胡亮

虚掩

时代出版传媒股份有限公司
安徽教育出版社

图书在版编目（CIP）数据

虚掩 / 胡亮著. —合肥：安徽教育出版社，2017
ISBN 978-7-5336-8648-2

Ⅰ.①虚… Ⅱ.①胡… Ⅲ.①随笔—作品集—中国—当代 Ⅳ.①I267.1

中国版本图书馆 CIP 数据核字（2017)第 323956 号

虚掩
XUYAN

出 版 人：郑 可
质量总监：姚 莉
策划编辑：何 客
责任编辑：何换生
装帧设计：吴亢宗
责任印制：何惠菊

出版发行：时代出版传媒股份有限公司 安徽教育出版社
地 址：合肥市经开区繁华大道西路 398 号 邮编：230601
网 址：http://www.ahep.com.cn
营销电话：(0551)63683012，63683013
排 版：安徽时代华印出版服务有限责任公司
印 刷：安徽新华印刷股份有限公司

开 本：880×1230 1/32
印 张：8.75
字 数：200 千字
版 次：2018 年 9 月第 1 版 2018 年 9 月第 1 次印刷
定 价：48.00 元

目　录

大江健三郎书店

日本有一家淳久堂书店，在其池袋总店，曾经内设一个大江健三郎书店。看到这个消息，我有些绝望，又有些怀疑：这位作家，他的书，即便搜罗各种版本，恐怕也难以撑起一个书店吧，即便能撑起，他会同意开办这样一个书店吗？接下来我才晓得，除了部分大江的书，这个书店主要摆放和出售其他作家的书，不过都是由大江来推荐和选定：从《伊利亚特》到《薄伽梵歌》，从马克·吐温到弗拉季米尔·纳博科夫，从布莱克、坡、艾略特到奥登。这是一个行为艺术般的另类展览：个人的、内在的、时间的书架，在这里转换成众人的、外在的、空间的书架；恍惚的、过去时态的书架，在这里转换成木头或铁皮的、将来时态的书架。就在四面环绕的书架之间，大江常去做讲座，他与男性护理师、大学生和纽约来的日本文学研究者分享了他的阅读史。系列讲座终成为系列语音书架。我们已经看到，这个充满回忆快感和孤独想象力的书店，异于其他所有书店，因为在此卖出的每本书，都在大江的私人阅读史里边遭遇过个人化的含咀：大江之薰不断散发自各个册页，混合着其他作家的初衷、虚晃、佯谬和吞吞吐吐的辩解。

对于包括上述作家在内的很多外国作家，大江颇有新鲜的见解，以至于这些外国作家——包括他们写到的人物——将他推向了出乎意料而又必然首肯的生活、思想和写作，换言之，他将迅速成为如此这般之人，如此这般之作家，就像他不假思索地遵循了《哈克贝里·费恩历险记》里那个人物——哈克——的最后的决心："那么，好吧，我去下地狱吧！"可是，如果仅仅说大江选择了这些外国作家，会不会暗含着某种不易觉察的单调和偏执呢？因为这些外国作家（哪怕已经殁入幽冥）也同时选择了大江。这是一条双向街。我们会说两者的相互选择可视为共振，或者给大江加点谦逊，说两者的相互选择可视为前者对后者的发轫。其实年轻的大江，如同一架高车，早已管不住那四只巨大的木轮，并且强烈地期待着在无人旷野上的风驰电掣。

此点不难唤起广泛的共识：很多年轻作家都坦陈受到过某个或某些巨匠的决定性影响，而且这个或这些"巨匠"还不必得到过某种范围的公认，在后面这种并非罕见的情况下，年轻作家似乎还能够反过来建立重新"发现"某个过往作家的事功：这个过往作家有可能受蔽于某种空间或时间的范围，也有可能拔高于这个对他青眼相看的年轻作家。比如美国诗人盖瑞·施耐德，他心目中的巨匠就是一个宋金佚名画家，留下了一幅《溪山无尽图》，此外还有一个连很多中国人都不晓得的唐代和尚寒山，留下了若干白话五言诗。可是在施耐德那里，寒山比李白和杜甫还刺人心肠。即便早在施耐德之前，已有日本作家森鸥外为寒山写过一篇小说《寒山拾得》，尽管都说是其最佳作品，也仅仅是叙述了而不是像施耐德这样发现了寒山。大江发现了谁？他很有可能至少发现了布莱克，正是后者的长篇预言诗（比如《伐拉，或四天神》），而不仅是众口称赞的抒情诗《天真之歌和经验之歌》，影响了前者"作为小说家的生活方式"[1]，以至于我们的小说家把这个隔海隔代的诗人匿入了他的不止一部小说，匿入了小说的不止一个局部，最后才摆放在大江健三郎书店的某个醒目之所。这种发现不仅是心灵的奇遇，还是才华的奇遇，发现和被发现具有相当的才华，甚至前者还要高于后者，两者都是活体，很快展开了才华的动态的竞赛。正是通过这样的竞赛，年轻的大江，也许还有曾经同样年轻的爱尔兰诗人叶芝，将自己连同布莱克都带入了朝向同一片天空的生长。以至于我们都快要忘记，如此切近的布莱克，居然已死一百八十八年——这个死难道是真的吗？到今年，大江已经八十岁，有点老啦，也许布莱克之火早已嗅到新的木柴，并试图在一万零一次复燃之后摆放进新的难以预料的书店。

当我在接下来的篇幅里主要谈到属于自己的外国文学时，首先必得沮丧地承认，自己并不具备促成这种奇遇的才华。正是因为认识到这个必须认识到的前提，我绝不会将我服膺过某些外国作家，表述成他们响应了我那逐渐成形的修辞、思想和立场。我不能开办一个大江健三郎书店，但是我可以拼出一个小小的柏木书架：这个柏木书架会不断被抽取，不断被添加，既是必然的书架，也是偶然的书架。这种偶然性甚至决定着物理学意义上的书架：后来柏木变成梨木，并从卧室移入客厅。对这个书架展开大江式的描绘和讲述，自然难以胜任，但是我可以接着前面的

[1] 《始自于接受布莱克》，大江健三郎：《读书人》，许金龙译，作家出版社，2011年版，第82页。下引大江，均见此书。

话题——布莱克——说下去，比如，我愿意谈到，布莱克引导我辨认日常里的神秘，艾略特引导我辨认自我里的传统，而普里什文则引导我辨认森林里的伦理——但是或许对我而言，三者都没有马尔克斯重要，因为他引导我辨认变形记里的现实。我曾经读过哥伦比亚作家达·萨尔迪瓦尔的《归根之旅》的某些片断，他说，“加西亚·马尔克斯能够构思出《百年孤独》，一个因素就是他觉察到了一个纯粹又简单的事实，即不仅外婆和姑姥姥们，而且大多数哥伦比亚人和拉丁美洲人都生活在一种准现实之中”〔1〕，读到这里，我就尖叫起来，因为萨尔迪瓦尔发明了一个如此有意思的短语——“准现实”，不但可以紧扣住伟大的马尔克斯，紧扣住他所经历的现实和被他写出的现实，而且揭露了我们每个人的处境和真相：山水草木之灵强化了乡村的准现实，而技术怪物则强化了城镇的准现实。对于我而言，童年，乡村，夜晚，巫婆，后山顶的鬼琴，诸如此类的准现实，早已经让位给手机里面的贝斯、键盘、爵士鼓和不确定的崔健。虽然对于“片断”的浅尝乃是我在阅读上的恶习，我还是在巨大的幸福感和陶醉感中读完了《百年孤独》，当然还有《霍乱时期的爱情》，后者引导我在灾难——两种灾难：霍乱和迟暮——里辨认情爱。从现在掌握的有限的资料来看，大江健三郎书店也许不会摆放这两部小说，但是又有什么关系呢，这并不妨碍马尔克斯的秘鲁学徒马里奥·巴尔加斯·略萨，及其中国学徒莫言，先后摘取瑞典皇家学院那颗璀璨的红心猕猴桃。更加奇怪的是，这甚至也不会妨碍大江对莫言

〔1〕 达·萨尔迪瓦尔：《归根之旅》，卞双成、胡真才译，《世界文学》，2000年第6期，第27页。

的几乎过了头的偏爱，或者这样表述，不会妨碍大江把珍贵的偏爱指向一位取法马尔克斯的作家。说着说着就说远了，且让我回到前面已有提及的米·普里什文，并牵涉出对普里什文赞赏有加的康·帕乌斯托夫斯基，这两位散文家，就像是另外两位散文家——蒲宁和爱伦堡——分别弱化的结果。诗人柏桦就曾对我说，与蒲宁相比，普里什文就不算什么事；现在我也可以学着柏桦的口吻对你说，与《人·岁月·生活》相比，《金蔷薇》就不算什么事。可是那又怎样，我在少年时代遇上的恰好就是普里什文和帕乌斯托夫斯基；爱伦堡则来得较晚，但我仍要暗自庆幸，因为他的仪表，相貌，心脏，以及与之相表里的峻嶒，后来都清楚地出现在我的面前。爱伦堡、帕乌斯托夫斯基，还有他们反复谈到的那些作家，尤其是苏俄白银时代的诗人和作家：阿赫玛托娃、曼杰施塔姆、茨维塔耶娃、帕斯捷尔纳克，不再是引导，而是直接培训出我的绝对立场：即便置身于庞然大物之阵也必须固守的某种立场。此种立场曾经赋予白银时代文学以夺目光辉，却给我的生活和写作带来某种程度的尴尬和惊扰——这也正是此种立场的命运。对这个问题，我本愿展开谈，又虑及某种"篇幅"许可度，却也不得不就此缄默。还是回到大江健三郎书店，这个书店对于白银时代文学的漠视（至少不是重视）让我几乎难以按捺，但是很快，它又以对于萨义德的热烈迎迓挽回了我的失落：这个去世已有十二年的"最后的犹太知识分子"，就像是白银时代文学在美国和西方世界的文化学结晶。萨义德是大江的朋友，后者还为前者的遗著《论晚期风格》写过 Quote（美国精装书在勒口处印出的小评论）。但是萨义德并没有出现在我的青年时代，但是他怀揣着一颗无怨无悔的“寒冬心灵”，以及“游牧的，去中心的（De-centered），对位的”〔1〕觉知出现在我的中年时代，并有可能更加彪悍地出现在我的暮年时代。这是一个幻觉或虚拟吗？不，我认为这是一个“既成”的未来：萨义德已经等到我，必定还将继续耐心地等着我。

前文已经有所言及，我的柏木书架，以及后来的梨木书架，与大江健三郎书店存有范围不算小的重合，这种重合让我知道有些诗人和作家乃是人类之公器。但是也触发了我的狐疑：因为大江健三郎书店是日语、法语或英语的书店，而我的书架则几乎全是汉语的书架。大江的布莱克与我的布莱克不仅体现为两者在认知方向和深度上的差异，还体现为英语、法语、日语和汉语的差异，这种差异让前述重合显得非常勉强，甚至最终体现为不可能之重合。由此引申出来的问题则是，我几乎全然不懂外语，我所谈论的“外国文学”，能够在多大程度上接近“原文”而不是作者和译者联袂共谋的“译文”？或许可以聊以自慰的是，通过语言的转换，特别是有效而对等的转换，我的阅读反而能够同时收获双重的美学与文化：我所遭遇的洛尔迦，亦是戴望舒的洛尔迦；瓦雷里，亦是卞之琳的瓦雷里；里尔克，亦是冯至的里尔克；叶芝，亦是袁可嘉的叶芝。如果把皮袄反过来穿，我们还可以得到更加曲折的乐趣，比如，从穆旦诗的字里行间，找出闪烁不定的潜文本：比如奥顿，还有艾略特。我们也可以代替日本当代读者展开如此奇妙的跨文本想象：在大江的小说《天真之歌，经验之歌》、

〔1〕参读单德兴：《译者序》，萨义德：《知识分子论》，单德兴译，生活·读书·新知三联书店，2002年版，第1页。

《冰凉的婴儿从愤怒的大气中站起》或《跳蚤的幽灵》里，细细地搜索出布莱克的佳句、身影和介于有无之间的气息，就像还可以在《致令人眷念之年的书信》里搜索出但丁，在《奇妙的工作》里搜索出鲁迅。由此可见，大江也是一个容易受到影响的作家，但是，他也同时展现出可以把控和驱驭此种影响的才能。

在很年轻的时候，大江曾经为了写作的需要，选择“特意误译”布莱克的部分短诗并在小说里加以引用。很显然，更多误译和误读并非来于大江此种自觉：他们试图用白银译出黄金，却交给我们一堆破铜烂铁。我对大江没有深入的了解，绝不敢妄言后者定然误读外国诗人和作家，只不过想要由此引出一个有趣的话题：对任何作家尤其是对外国作家的阅读，常常伴随着误读，如果误读与初衷能够匹配出两全其美的胜景，那么这种误读恰是罕见的幽会和绝美的欢媾，读者和作者完全可以共建另外一个大江健三郎书店。艾兹拉·庞德对部分唐诗和唐以前诗的误读，以及在这种误读的引导下建立的意象派诗学，可以作为范例和佳话，以至于我们能够轻易原谅庞德的三脚猫汉语。就水准而言，袁可嘉的英语绝对高于庞德的汉语，但是他对叶芝并非亦步亦趋，面对《当你老了》，还有《茵纳斯弗利岛》，他有改写和增殖，如此小心，又那么大胆，确已为我们匹配出两全其美的胜景。这样，稍微偏离叶芝的袁可嘉反而把这个爱尔兰诗人更加完美地托付给了汉语：这是两种语言和两位诗人的节日，译者的节日，也是像我这样的读者的节日。

从大江健三郎书店布局粗略来看，虽然也摆放有外国古典作家，但是更多的还是外国现代作家——这里的“外国”几乎不包括中国，也许在大江看来，中国不过是日本传统的一个根据。在古典和前古典时代，东西方文学并无一个共同的中心。到了近现代，西方文学像忽然拉开闸门，呈现出令人望而生畏的喷涌之势，似乎很快就建立了一个这样的中心。如此说来，大江之尤为渴慕西方现代作家，似乎已经自供为一个西方中心主义者，虽然他也曾对莫言和铁凝表达过对鲁迅的仰止——这个现象值得深究，因为鲁迅所持文化极端主义，恰好就有可能归结为西方中心主义。然而事实并非如此，鲁迅，包括其同代作家，他们所持文化极端主义不过是大破大立之际的策略化立场，可以为此作证的是他们的作品，尤其是鲁迅的作品，从来都试图在汉文学和西方文学之间求得艰难的平衡。到了上世纪八十年代，中国诗人和作家才将此种文化极端主义在某种后殖民主义语境里较为彻底地转换为文学行动：捷报和折损都同样引人瞩目。鲁迅曾在九十年前赌气般建议青年“要少——或者竟不——看中国书”[1]，但是在深入研习中国古代文化方面，可能没有任何八十年代作家能够超过鲁迅。同样作为东方作家——这也是本文选择大江作为视角的缘由——大江展示出与鲁迅相辉映的文化立场：他在西方文化与日本文化的冲突中，实现了两者的相互激活。本土神话与传说，类《竹取物语》古籍，以及日本文学传统里的象征性和想象力，都在西方文化的怂恿之下获得了新颖的面庞。由此可知大江绝非一个西方中心主义者，他的这种态度有助于今日中国反思对外国文学的朝圣式阅读，至少就我而言，已然更乐于把自己的书架平等地提供

〔1〕 鲁迅：《青年必读书》，《鲁迅全集》第三卷，人民文学出版社，1981年版，第12页。

给外国文学和中国文学（又特别是中国古典文学）。大江健三郎书店据说只开了六个月，我不知道那里的书籍如何摆放，揣度揣度大江，相信他愿意将西蒙娜·韦伊和渡边一夫摆放在一起，正如我愿意将莎士比亚和王实甫摆放在一起。韦伊也好，莎士比亚也好，他们将会彻底放弃东方人（尤其是中国人）强加给他们的某种美学权势，与王实甫和渡边一夫交换着得体的微笑和有分寸的信心。

我在前文谈到了较少的小说家，但是谈到了较多的诗人和散文家——像萨义德这样的学者和批评家，通常也被我视为散文家。正是对这些诗人和散文家的阅读，把我推向了现代诗论和文论的写作。

这种冷僻的写作，从胡适开始，就不过是西方诗学在中国的试验性应用。根据胡适《藏晖室日记》对美国意象派大将罗厄尔的记载，可知其“八事”或“八不”很有可能受到意象派领袖庞德的“六不”的启发。1916 年迄今，新诗细致地践行了欧美各种诗潮的方法论，诗论的写作亦是如此，几乎同等细致地践行了欧美各种批评流派的方法论：象征主义、超现实主义、马克思主义与新马克思主义、艺术社会学派、精神分析与原型批评、形式主义、新批评、结构主义与后结构主义、符号学、接受美学与读者反应理论、女权主义与性别研究、后殖民主义，凡此种种，无不赅备。我试图逐步中和这种刻鹄类鹜的应用性研究，慢慢求取具有个我文体学特征的汉语批评，转而向伟大的中国古代文化传统致敬。这看起来不过是一种逆鲁迅的新的文化极端主义，但是我意并非如此，或许可以试称为新传统主义或文化整体主义：从

“以夷复夏”过渡到“援西入中”。王国维、柳诒徵、陈寅恪、梅光迪、汤用彤、吴宓、胡先骕、吴芳吉、钱锺书诸君堪称先贤〔1〕。我与非我均非绝对。中国文学传统和外国文学传统都应该是开放的传统，只有两者的不断互动，才能共同臻于更加深刻和丰富的境界。在文学的阅读、写作和批评方面，黄色时代（复古）早已式微，蓝色时代（崇洋）尚未消颓，接下来，我愿意参与建设一个中西古今相会通的绿色时代。

好像就在那个书店的首次讲座上，大江曾说，“只要发现自己的第一本书，你便可以由此延续下去，从而创建成一个平台”——看到这里，我就陷入了充满阅读饥饿感的童年时代，某日，从村里陈木匠家取看的一册破书，没有封面，没有标题，首尾似乎还掉了页码——如同一个隐喻。要记住这册破书里的聱牙的人名，非我当时所能，但是那个引人入胜的无比的故事至今历历在目。

现在我已经可以断定：故事主人公叫作帕尔修斯，其他人物还有阿克里修斯、达娜厄、泼利戴克提斯、格里伊（三个巫婆）、克普斯、卡西奥匹亚、安德洛美达，当然，还有刻骨铭心的美杜萨：她长着满头蛇发，任何生物看见她都会马上变成石头。我当然拒绝在任何情况下变成石头，但是乐于把曾经如此美丽的卷发的美杜萨，她后来被强加的邪恶，她的被割的头颅，从她的血泊

〔1〕这些先贤之绝大多数为1922年吴宓创办之《学衡》之作者，向被称为“学衡派”，亦被称作“会通派”，包括中西之会通与乎古今之会通。参读徐葆耕：《前言》，《会通派如是说：吴宓集》，上海文艺出版社，1998年版，第1—23页。

里跳出去寻找主人的翼马，以及群岛之间关于她的各种议论，都用以开办成一个分店，或者干脆就开办成一个大江健三郎书店。

2015 年 11 月 2 日

两个金斯伯格

一

在诗人艾伦·金斯伯格（Allen Ginsberg）生前，据说，美国就曾出版过两部他的传记：一部是马克思主义传记，另一部是弗洛伊德主义传记。从这两扇窄门进入金斯伯格，无疑亦有很大的发挥空间，而传主金斯伯格，则有可能在种种“主义”的丛林里失去他的履踪。所以，在谈及这两部传记时，他曾对诗人北岛说，“挺有意思，但都不是我”〔1〕。西方人谈金斯伯格尚且如此，中国人则可想而知——这却恰恰成为我不惮于还要再谈金斯伯格的由头。我会尽最大努力钻出历史里的烟瘴，并解开手脚上的铁链。

二

1926年7月3日，金斯伯格出生在新泽西州瓦克帕特逊市，

〔1〕《诗人之死》，北岛：《蓝房子》，香港牛津大学出版社，2009年版，第14页。下引北岛观点，亦见此文。

家庭乃是犹太裔，他从小与父母住在一个小公寓。父亲路易斯·金斯伯格是个中学老师，“还会在他所剩不多的闲暇时间里写一些诗”[1]。路易斯出版过若干诗集，常带着妻子参加格林威治村的文学活动。这是一个怎样的诗人呢？或可从比尔·摩根（Bill Morgan）关于金斯伯格早年理想的描述中得到一点儿信息，“那时，金斯伯格正计划成为一名劳工律师，但他认为自己同时也可以是一名业余诗人”。这句话含有两个潜台词：其一，他的父亲是个业余诗人；其二，他愿意做个像父亲那样的业余诗人。由此可以看得很清楚，金斯伯格的写作并非始于对乃父的反叛。

金斯伯格有个哥哥，比他大五岁，叫做尤金·布鲁克斯。尤金也是诗人。如果说路易斯是业余诗人，那么，尤金则是传统诗人和理想主义诗人，两者构成了艾伦的家庭诗教。尤金写诗，向来喜欢使用“抑扬格”——或可把此种口味视为乃父与欧洲传统的流风遗韵。到1972年，金斯伯格已得了大名，他曾经回头批评乃兄“矫饰的创作风格遮盖了很多真实的情感”[2]。诗人也曾经

---

〔1〕比尔·摩根（Bill Morgan）：《垮掉》（*Beat Generation*），龙余译，江苏人民出版社，2012年版，第2页。下引文句，凡未注明，均见此书。

〔2〕参读金斯伯格：《诗人哥哥》，孙燕译，比尔·摩根（Bill Morgan）：《金斯伯格文选——深思熟虑的散文》（*Deliberate Prose*：*Selected Essays*），文楚安等译，四川文艺出版社，2005年版，第230—233页。关于后文论及的若干问题，还可参读本书收录的如下散文：《中国纪行》、《在美国参议院的陈述》、《十足的大麻骗局》、《冥想与诗论》、《声明（论审查制度）》、《精心改编开放性诗歌时的若干考虑》以及《自传摘要》。以“深思熟虑”来判定诗人之散文，或仅针对其观点与立场，而从文章学/文体学的角度来看，这些散文——正如其诗歌——大都是较为轻率的急就章。

尾随乃兄乃父，苦心雕虫，深陷于对古老诗体和格律——Lyric〔1〕或Sonnet〔2〕——的细细锤炼。他对乃兄的批评，或可同时理解为其对早年自我的批评。

从各方面的记载来看，少年金斯伯格内向、害羞、瘦弱、笨拙、古板、神经质，长着喜剧的大耳朵，似乎适合做一个学者。至于做一个诗人，开宗立派，他却并非天降，甚至刚抬步就走错了路——他通过沿袭父兄，沿袭了无孔不入的欧洲传统。眼看着，金斯伯格就要发育成一个彼特拉克时代的意大利诗人，或是一个维多利亚时代的英格兰诗人。这是家庭诗教的结果，也是美国诗的某个阶段还没有全部收尾的明证。

两个金斯伯格——业余的，专业的——中间隔着一块磐石，名字叫做杰克·凯鲁亚克（Jack Kerouac）。大约是在1944年，或1945年，两者相互认识——这是美国文学史上的大事。只比金斯伯格大四岁的凯鲁亚克，是个过气的足球运动员，可能的水手，无人赏识的散文家——要到多年以后，他才会写出《在路上》（*On the Road*），还有《得道流浪汉》（*The Dharma Bums*），用小说，为垮掉派立传，终成为一代宗师。两位天才见面之初，凯鲁亚克已经写出百余万字的散文——后来被称为“丛林顶端故事”。这个狂热之徒以其献身性的写作，引导了——或者说影响了——金斯伯格：是的，必须把写作视为事业！把写作视为事业？这在此前的金斯伯格看来，很扯，很过分，很不真实。正是凯鲁亚克改变了金斯伯格，或者说，唤醒了后者在中学日记里的自我期许：

〔1〕意为“抒情诗”。
〔2〕意为“十四行诗”。

"我……也许成为一个文学天才。"〔1〕

从业余，到专业，就是从欧洲的遗民，到北美洲的拓荒者——这是个要命的文化选择，后文还有详论，此处姑且从略。

三

金斯伯格的父母都热衷左翼政治，与父亲路易斯相比，也许母亲娜阿米——"信仰共产主义的美人儿"——的影响更深更久远。1905年，娜阿米十四岁，随父母从俄国移居美国。父母反对沙皇，支持俄国共产党。受乃父乃母的影响，娜阿米很早就加入美国共产党，还曾担任一个支部的秘书。金斯伯格七岁就跟着妈妈参加支部会议："我年少时曾是共产主义者却从不后悔。"这方面的情形，可参读其《美国》(*America*)，还有《卡迪什》(*Kaddish*)。犹太主义、资本主义、社会主义、共产主义，交错于幼小的金斯伯格。金斯伯格没有接受过犹太男性的成年受戒仪式，从父亲到他，犹太传统已经逐步消退。从信仰的角度来看，金斯伯格似乎是个二元矛盾体：他有着资本主义的肉体，社会主义和共产主义的心。从心到肉体，诗人都追求着革命和解放，而且，他将此种革命与解放，视为政治化的个人，或个人化的政治。

早年金斯伯格并无公共政治的兴趣，后来才发生逆转，1967年，他参加了美国历史上的显赫事件——"人类大聚会"(Human

〔1〕 转引自文楚安：《艾伦·金斯伯格简论》，《金斯伯格诗选》，文楚安译，四川文艺出版社，2000年版，第16页。下引金斯伯格诗句，及鲍勃·罗森塔尔(Bob Rosenthal)观点，均见此书。

Be-In）——他们高举“共同关注”的旗帜，展开行为艺术和乌托邦试验。他终于——而且以这样的方式——参加了公共政治，究其渊源，恐怕还是娜阿米的共产主义家教。

早在此前七年，亦即1960年，当金斯伯格和垮掉派[1]（The Beat Generation）已经头角峥嵘，联邦调查局首任局长埃德加·胡佛却公然宣称：垮掉派、理论家和共产党是美国三大公害。胡佛抛出此论，迎合右翼，姑不作臧否，但是，他确已清楚地察觉到垮掉派和左翼政治的某种关联。而美国的文学评论界，亦将金斯伯格的诗集视为一部左派运动史。胡佛权焰熏天，老想给诗人穿小鞋，奇怪得很，他却始终没有得逞——这真是一个奇迹啊。而金斯伯格，其观点完全异于胡佛。他认为，“美国已经不可救药”，而苏联，古巴，乃至捷克斯洛伐克，才是可期待的理想。其实，诗人之倾向，与其表述为反资本主义，不如表述为反专制主义。正因为如此，若干年后，当诗人前往上述国家，即景即兴，大放厥词，当然也就得不到预期的礼遇。

对于金斯伯格来说，母亲的影响不仅如此。她赋予儿子以暴力，最后，又赋予儿子以定力——多么奇妙，她也“生育”了两个金斯伯格。母亲患有严重的精神错乱症，怎么说呢，也许，这可以理解为金斯伯格之源：破坏力之源，当然，也是想象力之源。母亲的精神错乱症，遗传到儿子，已经转化成暴力之诗，热血之诗，与勇气之诗。《嚎叫》（*Howl*）也罢，《美国》也罢，都是如此，似乎必得赤条条来朗诵呢。若干年以后，母亲的病越来越重。

---

〔1〕 台湾译为“敲打派”。关于这个词的多重语义，可参读金斯伯格《对 The Beat Generation 的界定》。

哈利·沃森医生说，“需要实施脑前额叶切除手术”，诗人同意了这个建议。手术后，母亲归于安静，木讷，至于痴呆，这让诗人到死也不能原谅自己。1957 年，母亲去世，诗人悲痛欲绝，写出了让人流泪的《卡迪什》——在美国，很多内行认为，这是诗人最好的作品。卡迪什，意第绪文，意为“祷词”或“挽歌”。母亲去世前，留有字条，去世后，诗人才看到。这个字条，如同神启，必将联袂东方文化，安抚住金斯伯格，让这头猛虎终于遁入了坐忘。诗人将这个字条录入《卡迪什》，以便让全世界的儿子都能够收读。综合能见到的各个汉译版本，可以这样来撮述字条大意：“钥匙在窗台上，钥匙在阳光下——我有钥匙——结婚吧，艾伦，别吸毒——钥匙在窗台上，钥匙在阳光下，钥匙在老地方。”

四

“即便还是男孩时，”比尔·摩根写到，“金斯伯格也只对男人有性幻想。”由于当时风气还比较保守，金斯伯格对此感到很困惑，甚至认为，他继承了母亲的精神错乱症。为了迁就某种传统道德观，诗人压抑着内心，不欲人知，这种局促的生活，反过来强化了克制的写作。

诗人的欧式腼腆终结于 1943 年的曼哈顿。那年，他十七岁，乃是哥伦比亚大学的新生。为什么选择这所大学？因为，他深爱的男孩，高中同窗，就在这所大学。这个男孩对金斯伯格的坚拒，以及后来参军，离开大学，让诗人的同性恋倾向受到严重的制裁。且不要着急，这所看似选错的大学，终将给诗人带来数倍的赔补。

就在这所大学，诗人先后认识了校友卢申·卡尔，及其老师大卫·卡默尔，还有威廉·博罗斯（William Burroughs）——他后来成为垮掉派的长老，其代表作，就是很有名的《裸体午餐》（*Naked Lunch*）。这四个男人的相识，也是美国文学史上的大事。从更小的角度来说，至少彻底改变了金斯伯格。野兽就要出笼了。当其时，卡默尔正在追求卢申，后者很享受前者的赞美，又很讨厌他的纠缠，为此，卡默尔甚至切下一截手指。两人终于发生矛盾，都用嘴咬开了啤酒瓶，鲜血长流，这怂恿了更加极端的博罗斯，"他从厨房端出一盘剃刀片和电灯泡来作为开胃菜"。很快，金斯伯格就由一个旁观者，变成一个参与者——越往后，他甚至变成了一个组织者。诗人决定尊重自己的染色体，试着挑战某种传统道德观。不久，杰克·凯鲁亚克也来到他们面前。不管怎么样，金斯伯格爱上了卢申和凯鲁亚克，凯鲁亚克呢，则爱上了卢申的几任女友，同时也爱上了博罗斯，博罗斯呢，则爱上了金斯伯格。而卢申呢，他仍在伤害可怜的卡默尔，为了摆脱后者，他选择与凯鲁亚克私奔——卡默尔知道此事，马上追过去，然后，悲剧就发生了。卢申喝得大醉，失手刺伤卡默尔，把他扔进了哈得逊河。

似乎是为了鼓励——怎么说呢，或是为了接近——金斯伯格，博罗斯费尽了心思，他向前者推荐叶芝的《幻象》（*A Vision*），同时又无师自通，要对前者展开心理治疗。那是 1945 年，或 1946 年。对于金斯伯格来说，问题是，自己为什么居然是同性恋；而对于博罗斯来说，问题则是，自己为什么不能是同性恋？博罗斯打消了金斯伯格的杞忧，让后者开始释放真实的欲望。作为治疗方式，他写诗，写日记，完全忠于自己的内心。就在卢申杀人案前后，他已经意识到，应该停止“学术诗”的写作。诗人应该干嘛？“真实地表达自己”。他写出了异于父兄的作品《最后的旅程》，乃是一篇叙事性的长诗。

博罗斯的工作远非一劳永逸。1949年的夏天，金斯伯格被送进纽约州立精神治疗中心，在医生的引导下，他转而认为，同性恋乃是一种疾病，于是开始练习与女人约会。博罗斯大失所望，他认为，诗人关了水龙头，已然满足于自我欺骗，乃在给后者的信里说道，“不管我吃了多少玉米饼，我仍然想要牛排”。博罗斯先前的治疗，此时的反治疗，对金斯伯格的生命和写作产生了巨大而持久的影响。

从后来的史实来看，两个金斯伯格——同性恋的、异性恋的——始终在拉锯，这可以理解为染色体与某种传统道德观的拉锯。当卡萨蒂的妻子发现丈夫与金斯伯格的不轨，并对诗人产生极大的仇恨时，诗人几乎再次下定异性恋的决心。后来，诗人遇到新的精神治疗师——菲利普·希克斯——才真正学会对自己的“坦诚”。正如人家所熟知，同性恋的金斯伯格慢慢占据了上风。在火热的岁月里，诗人爱过较少女人，却爱过很多男人。他，他们，这帮视天性如上帝的家伙，用行动，实践了安德烈·纪德（Andre Gide）的小说：纪德的小说，比如《伪钞制造者》，所写到的人物，不是同性恋，就是双性恋。同性恋，双性恋……说走就走，说变就变，这也是迷幻革命——当然，他们还有更加危险的迷幻革命。

五

如果要研究美国的迷幻药文化，金斯伯格算得上百科全书式人物。这次，我们仍将面对两个金斯伯格：大麻的金斯伯格，脚步扑朔，眼神迷离；走向了樱桃的金斯伯格。

在金斯伯格的迷幻革命小词典里面，奇装异服；同性恋、酒精、药品、毒品、诗歌、爵士乐和摇滚乐、无政府主义，还有威廉·布莱克（William Blake），这些东西似乎从来就没有明确的语义边界。尽管如此，这部小词典的大词，恐怕还是“迷幻药”。为了玩时尚，求得极限的生活，诗人已将生命视为物质——各种物质，包括迷幻药——的试剂。从酒精、松节油、美沙酮、大麻、鸦片、安非他明、吗啡到可卡因和海洛因，以及其他种种迷幻药，都曾经可怕地成为金斯伯格的试剂。不过，异于垮掉派其他成员，金斯伯格小心控制着用量，还避免长期使用同一种迷幻药，这在某种程度上减轻了他将来的痛苦。

1954 年，有人给金斯伯格带来了佩奥特（Peyote），这是一种用同名仙人掌——产于墨西哥——制作的迷幻药。10 月 17 日，诗人吞下几颗佩奥特，眼前出现了幻象：“摩洛克（Moloch）巨大而怪异的脸”，他马上作了记录，后来成为长诗《嚎叫》的素材。若干次类似的写作经历，让诗人误以为：诗歌，以及美学活动，只能产生于迷幻革命。诗人还曾不厌其烦地谈到，吸食大麻，有助于更好地理解艺术。他言之凿凿，举例说，大麻让他看懂了某些古怪的绘画，比如《入浴者》（*The Bathers*），还有《魔术正方形》

(*Magic Squares*)。与金斯伯格相类，几乎所有垮掉派成员，都将迷幻革命作为艺术的课堂，写作的手段，当然，也作为文学的素材。迟至 1990 年，在纽约州立大学，诗人痴心不改，还举办了题为“化学制剂和诗学”的讲座。

有些医学教授告诉金斯伯格，迷幻药可以扩张知觉，引导超自然体验，甚至治疗精神错乱症——他不会忘记，母亲正是死于精神错乱症。1959 年，诗人参加了斯坦福大学的迷幻药（LSD-25）实验——后来他才知道，这是中央情报局的项目。这个实验的确可以扩张知觉，同时，也让他有所反省：迷幻药并不能带来“真正的启示”。当其时，有个临床护理员，叫做肯·克西（Ken Kesey），把这次经历写成书，就是后来很有名的《飞越疯人院》(*One Flew over the Cuckoo's Nest*)。金斯伯格并不甘心，又去了秘鲁，见到一个草药郎中，后者供给他最可怕的提纯迷幻药，来自传说中的死亡之藤：雅格（Yage）。这种迷幻药让诗人经历了死亡体验：精神，肉体，两者的联系，也许只剩下了一根游丝。1960 年，金斯伯格拜访了哈佛大学教授蒂莫西·利里，两人开始实施迷幻药革命计划，目的是治疗大脑，他们甚至还认为，通过这个计划最终可以减少乃至消除战争。而金斯伯格，反对朝鲜战争，也反对越南战争。

到了二十世纪六十年代，延至七十年代，美国施行越来越严苛的《毒品法案》和《迷幻药物法案》。曾经合法的药品，被逐步列为非法的毒品。昔日的吃药者，变成了今天的吸毒犯。这招致了金斯伯格的不满，他多次参加大麻合法化的相关活动。

1962 年，金斯伯格接受朋友——关于这个朋友，后文还将叙及——的建议，去了印度，由于在那里待得太久，他差点被当成间谍或传教士。事实却是，他在采集药物，同时研究印度教。诗人惊奇地发现，大麻和杏仁奶相混，居然成为圣餐，土著用来为湿婆神庆祝生日。他还在高止山脉看到奇特的火化场景：神职人员一边焚烧大麻，一边高唱圣歌。死亡、大麻、圣歌，让诗人陷入了思考。

到了次年，亦即1963年，这就不再是个问题。金斯伯格从印度回来，去了日本，接受了禅宗的启示。从京都，到东京，在火车上，诗人写出《改变》（*The Change*）。他终于可以确定，迷幻药、毒品，都不能带来“极乐”和“真正的启示”，并为十余年来遍访药品而深感痛悔。不要大麻，只要圣歌，诗人做出承诺，并下定决心：只有静修才是正确的精神行为。

为了给朋友们提供一个静修的场所，1968年，金斯伯格买下樱桃谷农场，要隔绝毒品和城市，并躬行光荣的体力劳动——此前十五年，大约是在1953年，博罗斯经营过大麻农场。两个农场都是垮掉派的胜地，只不过，当年的狂欢，已经兑现成今天的后患。比如瘾君子博罗斯，就面临着很大的痛苦。他尝试过怪异的“冷冻火鸡睡眠疗法”，还有看似有效的“脱水吗啡疗法”，最终仍不免陷入了更大的痛苦。金斯伯格希望用静修来帮助和治疗他们，但是，这些家伙自有办法，能在樱桃谷农场和早已破产的大麻农场之间找到隐秘的通道。肉体、精神，都出现了险情。诗人不得不接受和忍受噩耗，一个，接一个：1968年2月3日，卡萨蒂死于酒精和巴比妥酸盐的有毒混合物；1969年10月20日，凯鲁亚克死于肝硬化和连续不断的大醉。

六

关于如何来写作，早先，博罗斯认为，金斯伯格也认为，最好的真理不在美国，而在欧洲，他们很推崇法国诗人阿蒂尔·兰波（Arthur Rimbaud）——这也是个著名的双性恋者——关于“痛苦现实”的理论。上文已有提及，金斯伯格还非常迷恋英国诗人布莱克，他曾与鲍勃·迪伦（Bob Dylan）合作，给《天真与经验之歌》插上音乐的翎毛。1948 年夏天，他在深入阅读——阅读前是不是吸毒了啊——布莱克《啊！向日葵》（*Ah! Sun-Flower*）的时候，确认经历顿悟，并无限接近了宇宙精神。这就是著名的“布莱克幻境”：既是迷幻药，亦是清凉油。

而凯鲁亚克，背对欧洲，已经走得很远，他老是在纽约大街——而非大学、传统、英式英语和图书馆——寻找灵感，并开始尝试一种“美式叙述”。

对于金斯伯格的写作来说，除了凯鲁亚克，决定性的影响还来自一个小偷，以及一个长者。他们将使用一台古怪的三人担架，把金斯伯格从欧洲抬来美国，让他——至少在写作上——再也不愿重返那个古老而沉重的传统。

这个小偷叫做尼尔·卡萨蒂（Neal Cassady），曾吹嘘说，十六岁，他就已经偷过五百辆车。他带着年轻的妻子出现，并且，同时取悦了凯鲁亚克和金斯伯格。金斯伯格已然深陷，卡萨蒂却云淡风轻，后者很快重新上路，离开了痴情的诗人和小说家。1947 年 3 月，在去科罗拉多的半途，卡萨蒂给凯鲁亚克写了一封信，后来被称为“伟大的萨克斯之信”（Great Sax Letter）。卡萨蒂的“轻松的叙述”，震撼了凯鲁亚克，让他——并通过他让金斯伯格——懂得了如何警惕和摆脱所谓“作家的表达”。作家的表达，或者说，既有作家的表达，都是某种冷硬之物，已经远离口语和交谈，远离“此在”的即兴、意外和惊喜感。叙述，表达，不是运用范例，而是慢慢地“成长”为一个作家。1950年12月，卡萨蒂又给凯鲁亚克写了一封信，后来被称为“琼·安德森之信”(Joan Anderson Letter)。卡萨蒂的生动、迷醉和自由散漫再次震撼了凯鲁亚克，后者终于懂得何谓天性，何谓文体，并决定重写《在路上》，直到写成长达一百二十英尺的卷轴。作为这部小说的最早读者，金斯伯格大受启发，他也不得不思考天性、文体和诗歌的出路。后来，凯鲁亚克将自己的写作模式称为“无意识散文的精萃”，这成为垮掉派的技术指针——金斯伯格决定将他的方法运用到自己的诗歌。“我读了你给凯鲁亚克的信”，金斯伯格也写信给卡萨蒂，“它们有着惊人的可靠性”。卡萨蒂也让金斯伯格懂得，写作就是记录生活，记录心灵，不必高尚，却要真实。真实就是赤裸。在洛杉矶读书会上，有个醉鬼问，“你要证明什么”，诗人回答说，“赤裸”，然后走上台，脱光了所有衣服。除了真实和赤裸，不必考虑什么文学价值。文学价值具有偶然性和附加性，只是写作的意外收获——如果径求文学价值，那将是可怕的南辕北辙。卡萨蒂对垮掉派的影响力，由此可见一斑，以至于凯鲁亚克不得不将他作为《在路上》的主人公。

说完小偷，再说长者。这个长者叫做威廉·卡洛斯·威廉姆斯（William Carlos Williams）。威廉姆斯有首小诗《红色手推车》，能传神，能着色，能留白，素为中国读者所喜。1950 年 3 月，在古根海姆博物馆，金斯伯格听取了威廉姆斯的演讲。这位名宿的演讲，以及他的诗歌，他的有力的口语，来自呼吸的节奏感，再次让金斯伯格感到愧悔——为自己做作的词藻，板结的欧式格律。威廉姆斯告诫年轻的诗人，应写离鼻尖最近的事物，“No ideas but in things”——这则著名的诗论，也许可以不完全妥帖地译为：“没有抽象，除非及物。”〔1〕大约是 1951 年，谁知道呢，或许是 1952 年，威廉姆斯建议金斯伯格将日记或散文改写成诗歌，成果出来后，前者认为大有突破，应允将来为后者作序——不久，他就有机会兑现承诺。金斯伯格找到了方向，要清除父兄的影响，写出属于他们这一代人的及物诗：“对器官的重视远远超过政治。”

欧洲的金斯伯格，已经坐不住，他就要蝶变为美国的金斯伯格。1955 年，诗人开始写作《嚎叫》，迷恋破坏，反对献祭，抗议凶神摩洛克。全诗于 1956 年定稿。不久，他又写出《美国》，长句（诗人称为“意群”）、直觉、雄辩、口头禅、新闻体、急就章，以及北岛所谓“纽约的节奏”，伴随了诗人在写作上的井喷期。但是，诗人对《嚎叫》并无自信，他服膺于威廉姆斯的判断，继续专注于将日记或散文改写成诗歌。直到 1955 年 10 月 13 日，在旧金山六号画廊，当诗人朗诵了《嚎叫》，“我看见我这一代的精英被疯狂毁灭”，一切都变了，作者、读者、听者，迎来了节日和盛典，并共同见证和确认了这部新经典：堪与《草叶集》和《荒原》并列而无愧的新经典。这就是“旧金山诗歌复兴之夜”。

---

〔1〕二十多年后，1972 年，金斯伯格认识来自西藏的邱阳创巴仁波切。后者既是上师，也是诗人，他给前者讲了一句类似的话：“事物是它自身的象征。”

1956年，《嚎叫》由城市之光（City Lights）出版，在英国首次印刷，当年秋天刚运抵美国，出版人劳伦斯·费尔林希提却被告上了法庭——这简直就是个奇妙的隐喻。就在辩论和审判期间，《嚎叫》又连续四次印刷。案件引起各方关注，先锋派，保守派，甚至由此加快了分裂和对峙。结果如何呢？并非诲淫之作。胜诉的是出版人，败诉的不仅是海关、警察局，更是美国审查制度。此后几年，《查泰莱夫人的情人》，还有《北回归线》，才得以陆续出版。

时至今日，我们已经可以看得更加清楚，金斯伯格掐断美国诗的欧洲余绪，隔代遥继瓦尔特·惠特曼（Walt Whitman），已经传承和创造了一个充满活力和弹性的美国现代诗传统。

七

似乎无论什么事情，凯鲁亚克都会捷足先登。1954年，当卡萨蒂带着金斯伯格首次去往旧金山，而凯鲁亚克，却在加利福尼亚发现了东方的佛教，他花了很多时间研究释迦牟尼，后来还写成了《一些佛法》（*Some of the Dharma*）。在此期间，凯鲁亚克不断致信金斯伯格，力劝后者研究佛教，还附上了一长串参考书目。但是，后者在文化和写作上的选择，刚从欧洲转向美国，暂时还不能从美国去往亚洲。

其实早在哥伦比亚大学时期，就有一位教授，叫做雷蒙德·韦弗（Rimond Weaver），他精通禅宗哲学，对金斯伯格也颇有影响——但是这种影响，被美国式迷幻革命打断了。

金斯伯格去往旧金山，他不会想到，他将赶上并加入要紧的“旧金山文艺复兴运动”。恰是这个运动的参与者，要接力韦弗和凯鲁亚克，将西方的金斯伯格，转变为东方的金斯伯格——这个转变具有本土哲学基础，是的，我说的正是美国超验主义。“旧金山文艺复兴运动”的核心人物，乃是肯尼斯·雷克斯罗斯（Kenneth Rexroth），他给金斯伯格介绍了其他成员，比如迈克尔·麦克卢尔（Michael McClure），菲利普·惠伦（Philip Whalen），还有更重要的盖瑞·施耐德（Gary Snyder）。这些诗人具有相似的爱好：荒野、佛教、东方文化。惠伦和施耐德都当过和尚，还有森林火灾观察员，在他们看来，这两种身份都宜于静修。后来施耐德去往日本——他还不宜去往中国——醉心于参与和研究僧侣生活，修为日高，影响日大，以至凯鲁亚克不得不将他作为《得道流浪汉》的主人公，这是后话不提。旧金山这些诗人把东方化作为去欧洲化的手段，甚而至于，用这个手段取代了目的，也就是说，直接用东方化代替和代表了美国化——这似乎不可思议，然而事实正是如此。在他们看来，印度教、佛教、禅宗，正是东方式迷幻革命。金斯伯格被他们——也被东方文化——吸引了。诗人的包容心和亲和力再次派上了用场，很快，他就用佩奥特换得了他们的思想和怀抱。

金斯伯格不断收到施耐德的日本来信，建议同去印度研究佛教，如前所述，就是在1962年，他们实现了这个愿望。施耐德返回日本后，金斯伯格却选择留在印度：似乎不是为了佛教，而是为了印度教。施耐德，金斯伯格，两者都还有机会：1963年，金斯伯格出现在京都，施耐德及其导师引领诗人参加了真正的禅修。

而在此前，诗人和凯鲁亚克的导师就只是书籍。从坐姿到冥想，在京都，诗人都得了要领——他后来承认，这些知识很有用。佛教的众生平等观，成为理论依据，支撑了金斯伯格的美国理想：从自由性爱，共同关注，到清教徒生活，再到回归田园运动。

但是，金斯伯格并不认为，佛教和印度教会有重大的龃龉。1966 年，金斯伯格四十岁，俨然已是一切青年运动的导师。每次公开亮相，他都会带头吟唱印度教颂歌。似乎为了反过来响应金斯伯格，也在 1966 年，国际奎师那[1]意识协会将总部设在了诗人所住的街区——“精神支援终于抵达”。

到了 1972 年，金斯伯格遇见了新的导师，来自西藏的邱阳创巴仁波切，通过“密谈”的方式传教，让诗人相信喇嘛教更接近布莱克幻境。这位上师创办了那洛巴学院，邀请诗人负责写作系——1974 年，依托那洛巴学院，诗人创办了凯鲁亚克超验诗歌学校。在这个学校，诗人研究和讲授佛学，诗学，以及两者的关系。他也讲授凯鲁亚克，并且老是说：凯鲁亚克为垮掉派留下了良史。1983 年，顺着前述思路，诗人在哥伦比亚特区建立了“冥想和诗学”工作坊。

所以不妨这样来理解：西方的金斯伯格，就是作为嬉普士（Hipster）和嬉皮士（Hippies）的金斯伯格；而东方的金斯伯格，就是作为雅皮士（Yuppies）的金斯伯格。

施耐德终于从日本回到美国，那是 1970 年，他选择定居内华达山麓，践行非文明生活，恪守北美原住民道德，并修建了名为

---

〔1〕 Krishna，印度教主神。

Kitkitdizze——这是某种原生植物——的森林木屋。挨着施耐德，金斯伯格买了一块地，他梦想着也能修建自己的森林木屋。1972年，诗人正式宣布皈依佛教，法名达摩之狮（Lion of Dharma）。可是诗人永远也停不下“作为金斯伯格的工作”，其余生将迎来更加紧促的节奏，就像他的自嘲，“在出租车上取下我的领带，来不及将气喘匀，匆忙开始冥想”。嘿嘿，“匆忙开始冥想”。1992年，当诗人意识到自己不可能归隐，就将那块地卖给了施耐德——这是个准确而意味深长的隐喻：爱热闹的金斯伯格，终于还是难以企及伟大的施耐德。

八

如果不谈宗教，只谈诗歌，那么，可以忽略日本的那一点儿影响，把上文提及的东方化直接理解为中国化。在很大的程度上，中国化决定了美国现代诗的进程：很多诗人都有自己的一个或多个中国偶像。雷克斯罗斯就精通中国古典诗，尤爱李清照，其个人作品亦能得阴性之美。他还长期与台湾去的钟玲合作，翻译介绍中国女诗人作品。而施耐德，很早——不迟于1959年——就已将唐代诗僧寒山译介到美国。当然，他们的中国，更多是古代中国，或者说，更多是古代中国想象——此种想象具有后工业社会和后工业文明背景。

对于金斯伯格来说，在古代中国想象以外，还有当代中国想象，亦即社会主义中国想象。为了验证此种想象，1984年10月，金斯伯格随美国作家代表团来到中国，他兴致勃勃，先后去往北京、上海、保定、杭州、苏州和昆明。在北京，他与北岛见了面。从想象到亲历，他对当时的中国留下了深刻印象：“文化大革命”，档案，改革开放，整风自查运动，伤痕文学，赵一凡，以及青年的信仰危机，等等。有兴趣的读者可以参读其散文《中国纪行》（*China-Trip*）——如果不是翻译问题，这似乎是一篇吞吞吐吐的散文。

在当月举行的中美作家讨论会上，金斯伯格曾回忆说，他吓得发抖，仍然即席发言——这个发言后来整理成诗——《北京偶感》，可以视为其诗学纲领。此外，在中国期间，诗人还写出了十余首诗，其中，《一天早晨，我在中国漫步》(*One Morning I Took a Walk in China*)，回应了此前的当代中国想象；而《读白居易抒怀》（*Reading Bai Juyi-I*），则主要回应了此前的古代中国想象。这些作品，描绘了更加感性的中国。中国——而不再是迷幻药——给了他咳嗽，也给了他丰沛的灵感。

九

也许还有两个金斯伯格：英语的金斯伯格与汉语的金斯伯格。前者毋须多说；至于后者，可能要这样来理解：金斯伯格以减弱的力量进入了汉语。诗人伊沙就对文楚安的翻译甚为不满，转而盛赞乃师郑敏先生关于金斯伯格的口头讲授。“因为译不出金斯伯格的体臭，所以中文的金斯伯格就成了一个太监——他被中国的译者所骗。"[1] 要验证这个说法，可以径看《美国》第五行——"Go fuck yourself with your atom bomb" ——的各种译文。事实比伊沙说的更糟糕，从马永波，到文楚安，也包括更早的郑敏，没有一个译者忠实于原文。诗人张曙光的课堂讲授，有第五行的译文，相对更接近原文——却仍然没有后者那种直捣黄龙的力量。值得玩味的是，从郑敏，到张曙光，他们的"口头"或"课堂"，反而挨拢了金斯伯格。文字呢？算了吧。伊沙同时还说，台湾译者过于柔软，不可能——甚至永不可能——抵达坚硬的金斯伯格。历史总是爱开玩笑，后来，恰是两位台湾译者——蔡琳森，崔舜华——选用最准确的汉字，译出了诗人的体臭和生殖器[2]。

不管怎么样，汉语的金斯伯格——他有种重庆崽儿的气质——仍然凭其亚文化立场、及物性，以及波西米亚风格，深刻地影响了中国新诗进程。第三代诗歌的几个主要分支：非非、他们、莽汉、撒娇，在不同程度上，都响应——或践行了——金斯伯格的美学主张、文化立场，甚至生活方式。正是缘于此种自觉，第三代才能在十七年文学和十年文学的余绪里，甚至在今天派的余绪里，刻度清晰地呈现出自己的代际特征。后口语诗人，比如

---

〔1〕《中文的金斯伯格成了太监》，伊沙：《无知者无耻》，朝华出版社，2005年版，第60页。

〔2〕可参读：《美国当代诗选》，郑敏译，湖南人民出版社，1987年版，第84页；《1940年后的美国诗歌》，马永波译，北京师范大学出版社，1999年版，第123页；《金斯伯格诗选》，文楚安译，四川文艺出版社，2000年版，第138页；张曙光：《二十世纪美国诗歌：从现代主义到后现代主义》，黑龙江大学出版社，2007年版，第244页；艾伦·金斯堡：《嚎叫》，蔡琳森、崔舜华译，台湾木马文化事业有限公司，2015年版，第85页。"金斯堡"是"金斯伯格"的旧译，或以为旧译更为简劲、爽快而响亮。

伊沙、沈浩波，则更为自觉地置身于金斯伯格的影响——可以说，这是现在进行时态的影响。

除了诗歌，金斯伯格——以及垮掉派——还影响到中国小说。刘索拉、徐星、王朔、伊沙（作为小说家）、卫慧，都可以作为此种个案来加以考察。

十

1997年4月5日，中国清明节，金斯伯格以肝癌离世。“艾伦·金斯伯格也许是由爱欲和创造力相互结合得最快乐的一个典范”，他的秘书鲍勃·罗森塔尔（Bob Rosenthal）最后给出了这样的盖棺定论。诗人的离世，让一代人失去了他们的心脏。

早在此前二十三年，亦即1974年，诗人已经被纳为美国文学艺术学院的院士：反主流文化的草寇，终成为主流文化的祭酒。那么，到底是谁向谁妥协了呢？或者给双方台阶，昔日的非主流文化已经上升为主流文化？

月照千江千月影。这个金斯伯格，仍将鼓动着千万个金斯伯格，来挑战我们内心和外部的任何金科玉律。

金斯伯格——或者说凯鲁亚克超验诗歌学校——的很多学生，后来都成了诗人、作家或学者，乃至后垮掉派（Post-Beat）和新垮掉派（Neo-Beat）的中坚力量。

他们——以及别人——先后为金斯伯格写出很多献诗。唐纳德·列夫（Donald Lev）在《怀念艾伦·金斯堡》（*Thoughts On Allen Ginsberg*）中写道，“可是如今我们所有的人——不管喜欢与否——都在依照他创作”[1]。而杰克·弗利（Jack Foley）则在《金斯堡在大商场》（*Ginsberg at the Mall*）中写道，“勇敢的导师，老诗人呀，你有没有变成智慧的猫头鹰、力量的雄鹰、美丽的天鹅、一株向日葵、一片树叶、一缕阳光、一条在泥土里挖掘的蚯蚓？你有没有变为——不朽”？

2016年7月26日

[1] 弗农·弗雷泽（Vernon Frazer）：《后垮掉派诗选》，文楚安、雷丽敏译，张子清校，上海人民出版社，2008年版，第275页。下引弗利诗，亦见此书。

谁的洛丽塔

——洛丽塔诗学的叙述学分层

一

关于《洛丽塔》（*Lolita*），我们已经不便过多谈论：道德家就站在我们身后，顺手就可以剥我们的皮。连小说家自己，弗拉基米尔·纳博科夫，化名为小约翰·雷博士，所作的序言也不得不指认这部小说“无疑会成为精神病学界的一本经典之作”，并进而提请读者注意小说中所有的角色，这些角色提醒我们“危险的倾向”和“具有强大影响的邪恶”〔1〕。很显然，我们的小说家，哪怕隐身于一个化名，也仍然对那些潜在的道德家心存畏惧。这一点特别好玩：小说家只能通过小说人物实现自己的自由和幻想，当他终于完成全书，就会亲手扼死这种梦游，退后一步，举手投降，一下子变得索然无趣。然而，作为一个讲真话的读者，特别是讲真话的成年男性读者，我们得承认，这一堂思想品德课是无

〔1〕弗拉基米尔·纳博科夫：《洛丽塔》，主万译，上海译文出版社，2005 年版，第 4 页。下引诗文，凡未注明，均见此书。

效的，我们甚至得承认，这危险，这邪恶，盛来了全部诗意。“洛丽塔是我的生命之光，欲望之火，同时也是我的罪恶，我的灵魂。洛-丽-塔；舌尖得由上颚向下移动三次，到第三次再轻轻贴在牙齿上：洛-丽-塔。”这就是故事的开篇，我们看到，从开篇，来自巴黎的亨伯特·亨伯特先生——小说的主人公——轻易地就取代了来自圣彼得堡的弗拉基米尔·纳博科夫先生。如果继续下去，亨伯特和“性感少女”的日日夜夜将会不断流注我们，就像“一滴难得的蜂蜜倒确实落进了橡果的壳斗”——当然，偶尔，我们脑子里也会浮现出纳博科夫那伪装的苛颜。

但是，这篇小文所要关注的，恰好不是洛丽塔，不是古老的欧洲如何诱奸年轻的美国，或者说年轻的美国如何诱奸古老的欧洲，而是围绕洛丽塔展开的附着在故事之上的魔术般的文体学奇迹。你以为是亨伯特在贫嘴吗，不，是纳博科夫在创造一种前所未有的叙述模式。两者都是诗人：洛丽塔就是那个漩涡。层出不穷的杜撰．隐喻、双关、谐音、戏拟、互文、拆字和造词修辞格，如此贴切地配合了情节的推进而又一点都不捎带文字游戏的匠气：单就这一点而言，《洛丽塔》即便比之于伟大的《石头记》——啊，贾雨村，甄士隐，玉带林中挂，金钗雪里埋——也有过之而无不及。纳博科夫的俏皮话满纸游弋，目不暇接，且让我信手拈来一段：“我不是任意糟践一个孩子的性精神变态的罪犯。强奸犯是查利·霍姆斯。我是治疗专家——两者的差别就在于微妙的间隔。”强奸犯，Rapist；治疗专家，Therapist：“这个强奸犯”就是“治疗专家”。当你通读全书，就会不止一次地遭遇对这个词和其他词的奇妙拆造，以及能够内在地暗示和深化故事情节的人名、地名、食物名和旅馆名。这一点，我也不准备再作解说。我所要细细探究的，乃是穿插在此书中的零碎的诗学——我只能暂时称之为“洛丽塔诗学”——辨析这些诗学到底是亨伯特的观点，还是纳博科夫的观点，换言之，辨析这些诗学是小说人物自我表达的结果，还是小说家自我表达的结果。

二

诗人亨伯特对古罗马和古波斯充满了向往：这是我的猜测，或者说发现。因为，这是两个享乐主义时代，或者是纵欲时代，也完全可能是性感少女时代。亨伯特在这两个时代找到了古代诗人典范。我们已经得知，亨伯特不止一次这样呼唤洛丽塔：“最特别的就是她，这个洛丽塔，我的洛丽塔，使得作者古老的欲望具有个人的特色，于是，在所有一切之上，只有——洛丽塔。”这是模仿古罗马诗人卡图卢斯对其情人蕾丝比亚的呼唤，“生活吧，我的蕾丝比亚，爱吧”〔1〕。我们有理由相信，除了卡图卢斯，亨伯特还对普洛佩提乌斯，以及贺拉斯歌颂十六位妇女的诗歌，充满了一种吾道不孤的亲近感。至于古波斯诗人，那是经过英国诗人菲茨杰拉德创造性地翻译出来的莪默・伽亚谟，他的《鲁拜集》。我们看到，这一次，亨伯特几乎喝醉了，杜松子酒和洛丽塔在他的脑子里跳来跳去，然后，小说里忽然就出现了一个让人特别惊诧的词组，“血红色的斑马啊”。血红色，Incarnadine，正是菲茨

---

〔1〕 卡图卢斯：《生活吧，我的蕾丝比亚，爱吧》，《诗海》，飞白编译，漓江出版社，1989年版，第91页。

杰拉德在译诗中使用的爱词。如果这个细节不够确定的话，那么，亨伯特还会在后文中表达得更加清楚，“睡眠像一朵玫瑰，正如波斯人所说的那样”——这已经是第二次暗引《鲁拜集》了，对此我们不可不察。

不久，我们还会注意到亨伯特对但丁和彼得拉克的赞美，因为但丁在佛罗伦萨的一次私人宴会上爱上比阿特丽斯时，她只有九岁，穿着一袭深红色的连衣裙。而彼得拉克爱上劳丽恩时，她也只有十二岁，在风、花粉和尘土中奔向一片美丽的平原。亨伯特对他们的赞美，让我们心存疑惑，这是对诗人的赞美，还是对性感少女情结的赞美呢？或者说，正是性感少女情结造就了诗人？对亨伯特而言，这或许就是一而二、二而一的问题。关乎此，我们还有另外的证明材料。早在巴黎教书时，亨伯特就十分崇拜美国诗人爱伦·坡，他常常亲热地直称后者之名——“哈里·埃德加”。埃德加二十七岁时与他不足十四岁的表妹弗吉尼亚·克莱姆结婚，并在佛罗里达州的彼得斯堡度过蜜月。亨伯特毫不迟疑地将他推为“诗人中的诗人”，后来，我们的亨伯特甚至自称“埃德加·亨·亨伯特”。可是亨伯特的学生们却不这么想，他们将 Poet 讹为 Popo，将神圣的埃德加称为“波波先生”。这让我们啼笑皆非，因为 popo，在法国民间乃是“屁股”之意。

后来，我们的亨伯特为了生计，在编写一部法国文学手册的时候，终于发生了犹豫。七星诗社最杰出最大胆的几位诗人，皮埃尔·德·龙沙，特别是雷米·贝洛，关于女阴的描写，“覆满纤细的苔藓般绒毛的小丘，中央有一小条鲜红的窄缝”，让他犯了难：引用还是不引用呢？结果不得而知。我估计，亨伯特最终将不为五斗米而折腰，必定会用他那冥顽不化的性感少女美学挑战刻板的出版商美学和家庭妇女美学。在后文中，我们将会发现，亨伯特引用了曾经在龙沙《情诗集》中多次出现的，那献给一个银行家之女，也有可能是献给太后的伴娘或一个村姑的名句——“受到爱情的影响而神思昏昏”，来抒写他对洛丽塔的迷恋和沉醉。可以清晰地看出，这是正面的，而非嘻哈的引用。由此可见，亨伯特对龙沙们的偏爱也是不容怀疑的。

前面谈到爱伦·坡，现在学术界似乎已经有了公论：他与波德莱尔都是源头性的诗人，一个在美国，一个在法国，虽未携手，实则联袂，共同开创了现代主义诗歌之先河。波德莱尔似乎并没有性感少女情结，但是亨伯特肯定对这个“道德观上的第一位超现实主义者”〔1〕十分着迷，他这样忆起洛丽塔，充满了嫉妒和担忧，“而在她的一旁总蹲着一个棕色头发的少年，洛丽塔赤褐色的美和她腹部水银似的娇嫩的褶皱肯定会惹得他在未来好多个月里经常出现的梦境中扭动身子”，这些描绘就直接受到波德莱尔《黎明》一诗的启示。让我们首先取读陈敬容先生的译文《朦胧的黎明》：“这正是那种时辰：邪恶的梦好像群蜂/把熟睡在枕上的黑发少年刺痛。”〔2〕这个译文坚实、洗练，但是对颜色的判断和对动词的选择似乎不够精确。我手边还有胡小跃先生的译文《晨曦》，且让我也在此引来，“这时，蜂拥而至的令人恐怖的梦幻/害得棕

〔1〕布勒东语，转引自郑克鲁：《法国诗歌史》，上海外语教育出版社，1996年版，第182页。

〔2〕《图像与花朵》，陈敬容译，湖南人民出版社，1984年版，第50页。

发少年在枕上辗转不眠”[1]——这就对了。波德莱尔为亨伯特提供了趁手的人物和场景，但又增加了他那种情敌环伺的恐惧感，所以紧接着，他就发出了意味深长的叹息：“波德莱尔啊！”这叹息，包含了对波德莱尔的颂扬，以及情敌环伺的恐惧感对这种颂扬的干扰，甚至，还包含了一种慌不择路的诉说与求告。这且按下不表。我们知道，波德莱尔乃是法国象征主义的鼻祖。法国象征主义，乃至更大范围的象征主义，后来还出了很多天才人物。在这些人物中，亨伯特似乎对法国诗人魏尔伦颇有好感，他在故事的叙述中，曾两次暗引后者的诗歌：第一次是《一去不返》，第二次是《月光》。但是，亨伯特对另外两个象征主义诗人，法国的兰波，以及比利时的梅特林克的态度则十分暧昧。他搞了一个恶作剧，在叙述中提及两部作品《青舟》和《醉鸟》，事实上就是将兰波的《醉舟》和梅特林克的《青鸟》进行拆装组合的结果。这至少说明，后面还会得到印证，亨伯特试图并且已经调侃了他们。

三

总体来看，亨伯特对诗人还是很友善的。但是，他对学者、画家和小说家的态度则十分倨傲。只有一次，而且是唯独的一次，他称乔伊斯为“卓越的都柏林人”，并仿效了《尤利西斯》中斯蒂芬·德达勒斯的祈祷：“上帝、太阳、莎士比亚”。另有一次，他完成了一篇学术论文——《济慈致本杰明·贝利的信中的普鲁斯

[1] 波德莱尔：《波德莱尔诗全集》，胡小跃译，浙江文艺出版社，1996年版，第177页。

特式主题》，这篇论文虽然让六七位学者咯咯直笑，但是仍然牵涉到那经久不衰的伟大母题：时间和回忆。我们可以认为，亨伯特用这种方式，几乎向普鲁斯特含蓄地表达了有限的赞美。舍此之外，让我们来领教他的毒舌。

亨伯特的妻子瓦莱丽亚已经有了外遇，那是一个保皇党人，身材矮小的白俄前上校，他陪同瓦莱丽亚前来取走衣物，并向亨伯特正式告别。“我想，”他在向亨伯特请教了瓦莱丽亚的日常饮食、经期、衣服、读过或该读的书之后说，“她大概会喜欢《约翰·克利斯朵夫》的吧。”气炸了肺的亨伯特到底没有忘记，借助于这个恶棍的口，或许还有这个荡妇的胃口，表达了对罗曼·罗兰的厌恶。

另外一个故事是，洛丽塔的同学，与她合演莎士比亚的喜剧《驯悍记》，叫做莫纳的少女，她常常把巴尔扎克说成鲍尔扎克，“给我讲讲鲍尔扎克吧，伯父。他真的那么出色吗？”可是，亨伯特什么都没说，他甚至懒得纠正这个被讹掉的名字——对他而言，莫纳显然比莫纳的问题更加吸引人。

关于陀思妥耶夫斯基，亨伯特曾这样忆起某个瞬间，“我觉得脸上露出了一丝陀思妥耶夫斯基的狞笑”，这里的自嘲显然不怀好意——他对陀氏的这个态度让我十分意外。

而约翰·高尔斯华绥，亨伯特则直接断言，这是“一个毫无生命力的平庸作家”。他之所以与洛丽塔一起前往南方某州的木兰花园，并不是因为高氏“称道它是世上最美丽的花园”，而是因为那里的“儿童”。

画家呢？当亨伯特初次走进黑兹家，就在门厅里看见了《阿尔的女人》。这是在美国十分普及的复制品，为中产阶级妇女群起跟风雅爱。但是亨伯特显然不喜欢凡·高。所以，这幅画挂在黑兹太太的门厅，而不是她女儿洛丽塔的房间。洛丽塔的房间，除了华而不实的杂志、撕下来的彩色广告、广告上画出来的箭头和“纯洁的床”之外，甚至就不会有艺术品。由此可以看出，从一开始就已经注定：亨伯特宁愿做什么？对啦，不是黑兹的丈夫，而是洛丽塔的养父。

当然，最让亨伯特牙痒痒的，不是上述人物，而是弗洛伊德。我们知道，弗洛伊德生在捷克，长在奥地利，最后却死在英国，他是精神分析学派的创始人，研究对象注重现实人物与文学人物的结合，研究方式注重心理学与病理学的结合。据我统计，亨伯特至少七次无情地讥笑了这个响当当的奥地利医生。第一次，他说得比较含蓄，但又充满揶揄，“那是一个背井离乡的名人，以有本事让病人相信他们目睹了自己的观念而著称于世”。第二次，精神分析已经成为亨伯特的恐吓伎俩，他对洛丽塔说，“如果我们俩的事儿给人家发觉了，他们就会用精神分析法治疗你”，洛丽塔不知精神分析为何物，却也不免怵然而惕。第三次，亨伯特一本正经，他如此布道，“我们必须记住，手枪是弗洛依德学说中原始父亲中枢神经系统的前肢的象征”。第四次，亨伯特学着样，对他的敌人奎尔蒂——后文还将重点谈及此人——进行了推论和假定，“他不用自来水笔，任何一个精神分析学家都会告诉你，这意味着病人是一个受到压抑的水中精灵”，按照精神分析学说，水中精灵常常因为异性小便而激起强烈的性欲。第五次，亨伯特自称“一向是那个维也纳巫医的忠实的小追随者”。第六次，亨伯特不再反讽，不再戏拟，而是直陈观点，“二十世纪中期有关孩子和父母之间关系的那些观念，已经深受精神分析领域喧嚷的充满学究气的冗长废话和标准化符号的污染”。第七次，亨伯特表达了对恋母情结学说的怀疑和否定，“当时我只是个婴儿，回想起来，不论精神治疗大夫在我后来‘抑郁消沉的时期’怎么蛮横地对我加以盘问，我还是找不到可以跟我少年时代的任何时刻联系起来的任何公认为真实的思慕”。亨伯特对弗洛伊德及其徒子徒孙的攻击，就这样贯穿始终。只要一提及精神分析学说，他的嘴角就会浮起轻蔑的微笑。

四

不管怎么样，亨伯特的渊博已经得到充分的确认。事实上，他的涉猎范围远远超出我们已经论及的范围。或者换一种表述，《洛丽塔》一书与数以百计的诗歌、小说和戏剧文本构成山穷水尽、柳暗花明的互文关系，筑起了一座富丽、幽深而缭乱的复义大迷宫。亨伯特回忆起，有一次，洛丽塔钻出汽车站在雨中，“用一只幼稚的手把紧贴着胯裆的连衣裙的裙褶扯扯松”，就暗引了罗伯特·布朗宁的韵文戏剧《皮帕经过》。当亨伯特谈及他和洛丽塔住过的数不清的汽车旅馆，他就会发问，“你记得吗，米兰达，另外那个‘极端时髦的’、有着免费赠送的早咖啡和流动供应的冰水、不接待十六岁以下儿童的强盗窝”，这里袭用了洛克《塔兰台拉舞》的起句和叠句。后来，洛丽塔消失了，亨伯特需要有人陪伴和照料，他很快就在灯蛾酒吧认识了里塔，后来他记得，那是

"五月里一个堕落的夜晚"，天啦，这简直是对艾略特《老年》一诗中那个名句的直接引用："在堕落的五月，山茱萸和栗树，这些开花的叛徒。"我们还发现，他曾以歌德《埃尔柯尼希》为典展开过叙述，并且模仿过布格尔戏剧民歌《勒诺尔》中勒诺尔及其鬼情人联袂骑驰的妙文——由此可见，他不仅仅熟读英国诗人和美国诗人，而且熟读德国诗人。事实上，《一千零一夜》、柯勒律治、普希金、易卜生、福楼拜、契诃夫、奥尼尔、刘易斯·卡罗尔、基尔默、波特、佩罗、米尔恩、罗·路·史蒂文森……他们全都参与到《洛丽塔》的意义空间建设中来了。只不过，透过这些一晃而过的互文，我们并非次次都可以看出亨伯特对这些文本和作者的态度，也就是说，不是从所有的互文中都能够掘出一小筐洛丽塔诗学。

五

现在要牵涉出一位剧作家，大家都知道，我指的是奎尔蒂。这是小说中的人物，而非历史上的人物。此人按照通常的做法，引诱洛丽塔，玩弄洛丽塔，将洛丽塔置于众恶之墅。然后，他就消失了。亨伯特历经千辛万苦，终于找到了他。这个狡猾的家伙，当他看到亨伯特掌心那把油亮的手枪，立即仿效吉卜林的《订婚人》，现场胡诌了一句诗："女人就是女人"，试图软化亨伯特的复仇之心。事实上，奎尔蒂并非诗人，而是一个剧作家，写过悲剧、喜剧、幻想剧，热衷于越轨性行为，"被称作美国的梅特林克"——由此可以看出亨伯特对梅特林克和剧作家的态度。就是这个剧作家，在临死之际，他也没有忘记与亨伯特套近乎，“我们都是老于世故的人，不管在哪一方面——两性关系、自由诗、枪法”，可是这个一点也不管用，亨伯特扣动了扳机。

反过来讲，既然亨伯特讨厌剧作家，那么奎尔蒂就必须是一个剧作家。

六

除此之外，我们并非没有注意到泛指意义和本体意义上的洛丽塔诗学。

小说开篇第十一行，我们眼前就跳出了这样一条提醒：“你永远可以指望一个杀人犯写出一手绝妙的文章”，这是什么意思？亨伯特弄死了奎尔蒂，他是一个杀人犯，但是，他还是一个叙述者。他要我们把目光从杀人犯移到叙述者上来：杀人非要事，叙述很成功，两者不矛盾。我们很快就会相信：他果然作了精致的回忆。继续读下去，相左的观点出现了。亨伯特狂热地迷上洛丽塔，黑兹太太反而成了一个障碍。有一次，亨伯特甚至想到过弄死黑兹太太。就像是诅咒的应验，黑兹太太——她的名字叫夏洛蒂——很快就出车祸死了。亨伯特虽非凶手，但是做贼心虚，他为自己辩解道，“诗人从来就不杀人”，希望可怜的夏洛蒂呆在永恒的天堂，在沥青、橡皮、金属和石头的炼金术中千万不要恨他。

那么，叙述者亨伯特，诗人亨伯特，他到底喜欢什么样的诗？上文已经部分地回答了这个问题，这里可以进一步清晰化。“我悄悄穿过的那些温和蒙胧的境地是诗人留下的财产”，这个可以说明亨伯特的意境观；“她的凌空截击和她的发球就像结尾的诗节和三节联韵诗之间那样密切相关”，这个也许可以说明亨伯特的格律观：他就这样同时兼爱象征主义意境和古典主义格律。

刚才谈到，亨伯特将洛丽塔打网球的动作和姿态比作一种民歌的建行法和用韵法，可以这样说，在亨伯特的眼中，两者都是不朽之物。让我再次来到故事的结尾，亨伯特自知大限将至，但是他仍然清晰地列举出他和洛丽塔可以共享的一切不朽之物：欧洲野牛，天使，颜料持久的秘密，艺术的庇护所，当然，还有预言性的十四行诗。

亨伯特知道洛丽塔不爱诗，也不读诗，但是他仍然坚持做一个冥顽不化的诗人，而且一厢情愿地将洛丽塔视为诗之化身。在这个问题上，亨伯特宁愿骗自己，再也不愿意忍气吞声地迁就洛丽塔。

七

可是，亨伯特并不存在。

他只是一个“叙述的叙述者”，或是一个“被叙述出来的叙述者”[1]，常常在叙述与被叙述之间穿梭往来。这个小说人物，在多大的程度上与小说作者纳博科夫相吻合呢？或者这样说，纳博科夫在多大的程度上对亨伯特的叙述进行了干扰？这个叙述学的千古难题，再次摆在我们面前。

〔1〕 赵毅衡：《苦恼的叙述者：中国小说的叙述形式与中国文化》，北京十月文艺出版社，1994年版，第27页。

一些证据显示，纳博科夫认为普鲁斯特的小说《追忆逝水年华》的“前一半”是“二十世纪散文中四大杰作之一”——注意，是前一半，还是散文——这个态度与亨伯特颇有几分相似。另外，纳博科夫曾断言，并非所有的俄国人都喜欢陀思妥耶夫斯基，喜欢他的，大都因为他是一个神秘主义者，而不是一个艺术家。而纳博科夫，他十分“厌恶文学神秘主义者”。这个成见，导致亨伯特“露出了一丝陀思妥耶夫斯基的狞笑”。还有，纳博科夫认为，凡·高是一个二流画家，所以《阿尔的女人》就出现在黑兹太太的门厅——很显然，黑兹太太既非纳博科夫喜欢的人物，亦非亨伯特喜欢的人物。至于纳博科夫的弗洛伊德观，那是再明显不过，他多次自称与弗洛伊德的“巫术”存有“宿怨”。种种迹象表明，在诗学的直接表述和不经意的间接表述上，叙述者甚至就是作者，亨伯特甚至就是纳博科夫。这一点，还可以找到一些外围信息的支撑，比如，两者都从法国来到美国，都对美国汽车旅馆留下深刻的印象。

纳博科夫曾说：“我的亨伯特这个人物是个外国人，一个无政府主义者，除了性早熟女孩这一点之外，还有许多事情我与他的看法也不一样。”这个话值得反复玩味。纳博科夫所谓“性早熟女孩”，亦即亨伯特所谓“性感少女”。纳博科夫用一个冰冷的术语取代了亨伯特那热烈的赞语，借此表明两者嗜爱之异。但是我很怀疑纳博科夫的诚实，他这样说，是不是置亨伯特于不顾，转而从道德上为自己开脱呢？我不相信，一个不是亨伯特的人，能够写出如此刻骨铭心的亨伯特；一个没有性感少女情结的人，能够写出如此活色生香的洛丽塔。

退一万步说，即便在性感少女这个问题上，作者与叙述者（亨伯特）真有不同的观点，那也仅仅意味着，对于但丁、彼得拉克和爱伦·坡，两者可能会分别给出不同的赞赏理由。

由此可见，在很大程度上，洛丽塔诗学就是纳博科夫诗学，或者说，洛丽塔诗学就是纳博科夫对亨伯特的强加。

八

现在回到纳博科夫。

1899 年，纳博科夫出生于俄罗斯圣彼得堡。1919 年流亡德国，后来进入英国剑桥大学攻读法国和俄罗斯文学——中国诗人徐志摩于 1921 年进入剑桥大学当特别生，两人参差同校。1922 年开始在柏林和巴黎的文学生涯。1940 年移居美国，1955 年出版《洛丽塔》。1961 年迁居瑞士，1977 年病逝，墓碑镌文是“弗拉基米尔·纳博科夫，作家”。

这个镌文不一定得到过纳博科夫本人的首肯。因为，他不唯是作家，还是诗人，曾先后出版过《串珠集》、《山路》、《1929—1952 年诗集》、《诗歌与问题》等多部诗集。他有一首诗，说从天堂回来，找到了旧屋子，哭泣的门，蔚蓝小窗户上的一团蒲公英，卡累利阿桦木沙发，以及玻璃下面蝴蝶的家，然后他写道：“我将再度成为尘世的诗人：桌子上摊开了练习簿。”[1] 由此可见，当纳博科夫被公认为杰出的作家，他自己，也许更愿意做一个静悄

[1] 纳博科夫：《在天堂里》，《二十世纪俄罗斯流亡诗选》，汪剑钊译，河北教育出版社，2004 年版，第 299—300 页。

悄的诗人。

纳博科夫的诗充满了浪漫主义气息：爱情、湖泊、太阳、月亮、云朵、梦幻，以及与此相关的种种明喻。毫无疑问，这些诗不具有那个时代所迸发出来的现代性特征。我有个观点，任何一部文学史都是风格正变与风格奇变的交替史，二十世纪初现代主义的勃兴就迎来了新一轮的奇变期。纳博科夫的诗滞后一步，挽留了十九世纪正变期的一些重要特征；但是他的小说，无疑乃是奇变之奇变：充满了倾斜、跳跃、诡异、迷醉、白热化、神经质、异想天开和无暇他顾，设置了大量两人化的，不足为外人道也的意义死角——很多时候几乎完全不理会读者。到了今天，用我们饱受现代主义洗礼的眼光来看，他的小说甚至比他的诗更像诗。

倒是小说人物亨伯特的那些游戏之作，具有二十世纪的某些特征。我们不会忘记，亨伯特曾经把洛丽塔在拉姆斯代尔学校读书时的同学名单——里边有多少性感少女啊——视为一首诗。洛丽塔，当然，也就是"多洛蕾丝·黑兹"，前后两个同学，前面的"罗斯"和后面的"罗莎琳"，都是"玫瑰"之意，亨伯特就把她们称之为洛丽塔的"玫瑰护卫"。这张普普通通的名单，立马就被亨伯特"创造成"一首诗——这真是典型的后现代主义做派。当然，在整部小说中，亨伯特还曾写下数首诗歌，或是诗歌片断，一边唐突前贤，一边泄露自我。比如，他所写下的"冯·库尔普小姐"片断，就是对 T. S. 艾略特《老年》一诗若干行的剪拼。还有"圣徒，的确！当褐色皮肤的多洛蕾丝"片断，则是对布朗宁《西班牙修道院中的独白》一诗第四节的戏拟。值得注意的还不仅仅是亨伯特这种游戏精神，他有两首较为完整的诗，让他可以被称作诗人。一首是为奎尔蒂下达的韵文判决书，他要求奎尔蒂大声朗诵一遍，然后就枪毙了这个朗诵者。另外一首，是在此前，他弄丢了洛丽塔，住在魁北克一家疗养院里，在那儿度过了那年冬天余下的时光和第二年春天的大部分时光。期间完成的韵文寻人启事，那真是绝妙的文字，充满了甜蜜、猜忌、嫉妒、痛苦、寂寞和悲凉，大量具体可感的物象，比如汽车、棕榈成荫的海湾、自动唱机、磨损的牛仔裤、破了的圆领运动衫、名叫“绿日”的古老香水、亮着灯的铺子、短袜和蒙眬的灰色目光，点点滴滴，滴滴点点，撒落在全诗的每一个角落，让这种无计可消除的爱情获得了清晰可辨的独特徽记。除了这种历历在目的细节感，还有那心如死灰的结尾，“余下的只是铁锈和星尘”，让人过目难忘。对此，亨伯特自己也不免有几分得意，他说，“用精神分析法来看这首诗，我发现它真是一个狂人的杰作”——他一边赞美自己，一边再次揶揄弗洛伊德。很显然，这则韵文寻人启示，正是典型的“只写给一个人”的诗。只写给一个人，这种想法如此彻底如此决绝，以至于此诗终于可以写给任何人。这正是写作的坦途。

可是，就像我们已经知道的，亨伯特并不存在，亨伯特之诗事实上都出自纳博科夫之手。然而亨伯特之诗真是纳博科夫之诗吗？相似的问题是，薛蟠之诗，抑或林黛玉之诗，难道真是曹雪芹之诗吗？如果答案是肯定的，那么接下来的问题就不好回答：那个“侬今葬花人笑痴，他年葬侬知是谁”的作者，真是“女儿悲，嫁了个男人是乌龟"[1] 的作者吗？从某种角度讲，曹雪芹只是一个代笔者。纳博科夫也是如此，他只是亨伯特的代笔者。亨伯特的角色心理和身份特征，对纳博科夫形成了严厉的规定：他不能按照自己的意愿，只能模拟亨伯特的想法来写。如此，这些诗，就成了亨伯特对纳博科夫的反强加。奇妙的是，纳博科夫的写作居然藉此打开了一片新天地：我们当然已经发现，这些诗比纳博科夫本人的诗更具深情和快感，更加自由和开放。代笔者纳博科夫，就这样轻易地洞穿了个我写作的层层束茧，转瞬之间发生蝶变：亨伯特之诗原本不过是游戏之作，结果意外地上升为别开生面的美学创造。

九

洛丽塔诗学的叙述学分层到此结束。这笔糊涂账，还将继续给我们带来烦恼。谁的洛丽塔？这将是一个永恒的问题。但是，不管怎么样，我们的乐趣永远来自于计算，而不再是答案。

2011 年 5 月 22 日

〔1〕 蔡义江：《红楼梦诗词曲赋鉴赏》，中华书局，2001 年版，第 202、214 页。

你是谁，为了谁

——关于新诗现代性的札记

一

如果讨论现代性，必欲从波德莱尔开始着墨，将会招致亨利·施瓦兹（Henry Schwarz）先生的嘲笑：因为在他看来，当达·伽玛发现了通往印度的航线，或是哥伦布自以为发现了通往中国的航线，“现代性”就已经成为一个再也停不下来的全球规划[1]。但是，如果讨论文学现代性，或者讨论关于文学现代性的最初之讨论，撇开波德莱尔，难道像马泰·卡林内斯库（Matei Calinescu）在《现代性的五副面孔》所做的那样，再次将现代性之源追溯到1672年英国牛津的一部词典？是的，还是让我们回到1863年吧，在这年的11月，《费加罗报》开始连载波德莱尔的长文——《现代生活的画家》——现在已经有证据显示，早在1859年，诗人就完成了此文。在此文第四节，似乎不经意间，波德莱

〔1〕参见亨利·施瓦兹：《现代性是现代的吗》，赵英男译，《今日先锋》总第10辑，天津社会科学院出版社，2001年版，第124—135页。下引亨利·施瓦兹观点，亦见此文。

尔就已给出了关于现代性的定义："现代性就是过渡、短暂、偶然，就是艺术的一半，另一半是永恒和不变。"[1] 到了今天，我们仍然不得不承认这个定义充满了天才之思：诗人兼画鬼魑与犬马，让懵懂者油然清凉，让清凉者顿生懵懂。如何寻求那鬼魑般的"一半"，还得各人自己去面壁。不过，早在 1857 年，波德莱尔就以一部瓜熟蒂落的《恶之花》，以及据此改写的《忧郁的巴黎》，展现了某种具有初期示范意味的现代性：从通感和象征中结晶出痛苦的秘密与妩媚的阴暗。波德莱尔由是成为全世界一望即知的波德莱尔。

从此以后，世界文学史的一个重要奇变期就像无数个巨大的扇形一般呼啦啦展开。波德莱尔，以及爱伦·坡和陀思妥耶夫斯基，一转眼间就被诸多后起之新秀奉为先驱者。一个半世纪以来，现代性的灌木丛愈趋错综，相关的理论探讨，何为 Modernity[2]，何为 Modernism[3]，何为 Modernization[4]，愈是剪不断理还乱。战战兢兢穿行于其间，就像穿行于纠缠与歧误，又有谁能够及时自警？至于中国新诗现代性，还得置于古典性、民族主义和身份危机感的龃龉之下细细甄别，则更为望而生畏。本文之所愿，则是尽量借助于语境的明确化促成语旨的明确化，或可免于增添新的混乱。

---

〔1〕 波德莱尔：《波德莱尔美学论文选》，郭宏安译，人民文学出版社，1987 年版，第 485 页。下引波德莱尔观点，亦见此书。

〔2〕 意为"现代性"。

〔3〕 意为"现代主义"。

〔4〕 意为"现代化"。

二

确切地说，新诗之滥觞既不是十九世纪中期汉译《新约》所采用的官话（这让人扼腕叹息），也不是稍后黄遵宪的俗语，而是胡适的白话。面对白话诗，我们绝不能回避这个问题：它是现代性本身，还是现代性的产物呢？首先得如此认为，新文化运动乃是一场现代性运动，而白话诗运动，充当了前者的先锋。白话作为思想启蒙的借物远大于作为诗歌的载体：更大的工具理性偏往一边倒，压住了任何文学或美学的小算盘。所以，白话诗并不能内在地包孕一种艺术本体意义上的现代性，与之相反，是一场突如其来的现代性运动规定和安排了白话诗的出场。可怜的胡适，他不知道，“诗人”是其假皮肉，遮不住“语言改革家”的真面目。从这个意义上讲，对于新诗，胡适仅仅提供了一张窳陋的船票。这种船票，在李大钊、沈尹默、沈兼士、周作人、陈衡哲、陈独秀等人的手里，还攥着一大把。

是时候了，我们必须敢于这样承认：真正的新诗现代性之父是鲁迅。

这种立论，并非仅仅着眼于鲁迅与波德莱尔的显在联系。当然，在学术界，关于此二者的影响研究正在不断深入，换言之，鲁迅对波德莱尔的接受已经成为毋庸争辩的事实。如果鲁迅万一没有读到由周作人于 1922 年，或徐志摩于 1924 年，又或张定璜于 1925 年，译出的波德莱尔，那么我们只得强调另一个事实：在此前后，鲁迅译出的厨川白村《苦闷的象征》，就引录了波德莱尔的散文诗《窗户》——当是从马克斯·布鲁诺（Max Bruno）的德译本转译而来。鲁迅向以猫头鹰自譬——即便睡去，也睁着一只眼——也与波德莱尔存有莫大的关系。但是，拿来主义绝非虚谈：鲁迅并没有将波德莱尔供应的世纪末果汁一饮而尽——这一点，从他对徐志摩的揶揄即可看出。徐志摩在译出波德莱尔的《死尸》之后，曾津津乐道于后者的“Mystic”和“不可捉摸的音节”[1]。鲁迅很快写出一篇短文，对徐志摩极尽调侃讽刺之能事。由此可见，对在波德莱尔那里残存的浪漫主义余绪，鲁迅排拒态度之坚决。也许他认为，波德莱尔的意义在别一方面，比如“只要一叫而人们大抵震悚的怪鸱的真的恶声”[2]。所以，《野草》的颓废，不是后期浪漫主义的颓废，而源于主体性的确立与分裂，源于深刻的痛苦和压抑的愤怒：波德莱尔只不过是鲁迅的一个药引而已。鲁迅《过客》虽然深受波德莱尔《异乡人》之暗示，却比后者更为伟大。鲁迅之为鲁迅，由此可见一斑。周作人也学波德莱尔，只不过徒有其表，《小河》里何尝有过鲁迅式倾向？美籍学者李欧梵对此看得十分清楚，他认为《野草》“确实为卡林奈斯库所定义的‘美学现代性’提供了一个罕例”[3]。值得注意的是，《野草》完竣于1924年至1926年，距离世界现代主义文学的黄金之岁——1922年，不过短短几年时间。鲁迅的现代性，不妨称之为同步现

---

〔1〕徐志摩：《徐志摩诗全集》，顾永棣编注，学林出版社，1992年版，第259页。

〔2〕鲁迅：《“音乐”?》，《鲁迅全集》第7卷，人民文学出版社，1981年版，第54页。

〔3〕李欧梵：《上海摩登：一种新都市文化在中国1930—1945》，毛尖译，北京大学出版社，2001年版，第252页。

代性，而且是首次展现出来的的同步现代性。

也就是说，虽然波德莱尔为鲁迅提供了某种前现代性，但是并不影响我们做出如下判断：就在参差几年之间，世界几乎为我们同时贡献了乔伊斯、艾略特、后期的普鲁斯特、刚出道的布莱希特、里尔克、伍尔芙、曼斯菲尔德和鲁迅。

三

现在我们要进入后鲁迅时代。

鲁迅以降的新诗，必须置于殖民语境来加以讨论，否则不易点击其软肋。

1925 年，李金发出版第一部诗集《微雨》，与继起的王独清和穆木天等人，套袭法国前期象征主义，非常露骨而夹生地显示出一种西方渴慕。到了《诗镌》—《新月》时期（1926—1935），闻一多、徐志摩等人开始在英国维多利亚时代的阴影下展开写作。只有邵洵美，试图采用过度编织的唯美主义，以及一点点魏尔伦，来捕获现代性之鱼。软弱与呆板，其势不能已。一时间追摹如时尚，实践惰性很快就装扮成虚假的创造热情，现代性与西方性混为一谈。欧洲中心论如鼎之沸，现代性从来没有如此彻底地演变为一种全球化修辞。正如亨利·施瓦兹所说："但是就更大的范围而言，有一点似乎很明显，欧洲给世界强加了一种语言，现代性的语言，每个人都必须使用这种语言，不论它能否恰当地描述他们的现实。"这样，新诗所求得的，不过是一种后置现代性，甚或是一种后置前现代性而已。从此，新诗自居他者与边缘，被强加者反过来维护了强加，潜在的文化等级制度被弱势集团不断加以巩固。

到了《现代》时期（1932—1935），情况有所好转。戴望舒着手调和西方性与古典性——虽然苏佩维埃尔和洛尔迦仍然如同鬼魂附体。卞之琳则走得更远，化欧，化古，两手抓，两手妙。纵向一比较，或是稍加比较，我们就不得不惊叹于他在瓦雷里、艾略特、奥顿和晚唐诗、南宋词之间的从容流转，以及对官感性和思辨美的有效熔铸。

可以肯定地说，卞之琳只是短暂而个别的意外：殖民语境依然遮天盖地，密不透风。很快，他的准弟子穆旦，却凭借对于中国传统的近乎彻底的无知，居然也求得了让人叹服的柳暗花明：到 1945 年，他出版了《探险队》。很久以后，甚或是迟在 1972 年，当穆旦“发现”了陶渊明，他才意识到环伺的危险。然而，大限将至，为时已晚。戴望舒亦有一个准弟子路易士，后来易名为纪弦，于 1948 年渡海去台湾，并于 1953 年创办《现代诗》，亦树起横向移植、全盘西化的大旗，非常偏执地赓续了《现代》的香火。彼时，文化殖民性在大陆已被高涨的民族主义——或谓之充分社会主义化的民族主义——彻底废黜，却在彼岸弹丸之地率意蓬勃。

四

那么，空间怀疑论者就会发问：这种现代性是中国的吗？他山之石，可以攻玉，所攻之玉，亦属他山。如果答案确乎如此，也并不能干扰我们同时如此指认：这既是新诗的身世，也是新诗的命运。后置现代性如此缭乱，正是对固有文化长期内循环的必要挑逗。新诗只有在异域化的各个不同地段细细踩点，才有可能成功盗火，并缓慢地点燃自己的传统。谁也不能割断自己的传统，说割断，事实上包含着刷新这个传统的某种努力。所以，后置现代性乃是促成传统焕发的重要力量。不出这样的天花，同步现代性最终亦无从谈起。

唯其如此，继纪弦而起的，才有 1971 年之后的洛夫，才有超现实主义对禅的激活：当然，超现实主义不再是超现实主义，禅也不再是禅，两相添注与催化，新诗终于发作了令人刮目相看的“无理而妙”的痉挛。

五

对于欧美而言，中国亦是异域。中国古典诗甚至也为欧美诗预设了某些方面的前现代性。费诺罗萨、庞德和罗厄尔的汉字诗学公案已经成为陈芝麻老豆腐，没有必要再次例举。在这里，我要提及一位尚不被太多注意的挪威诗人奥拉夫·H. 豪格（Olav H. Hauge），他长期生活在西挪威海峡的乌尔维克村，直到 1994 年去世。对于我们而言，豪格显得如此偏远。然而，我们的陶渊明最终翻越万水千山，给他送去了生态诗学：小地方主义和大自然主义。“假如有一天/陶潜来看我，我要/给他看看我的樱桃树与苹果树。”[1] 豪格还会让我们旁及至今健在的一位美国隐逸派诗人盖瑞·施耐德（Gary Snyder），他将中国山水画、《道德经》、禅、寒山诗与美国超验主义成果（啊，爱默生！梭罗！）视为一个圆融的整体，亦悟出一种更深的生态诗学，其文学与思想成就，想来早就已经超出纽约派主帅约翰·阿什贝利（John Ashbery）之上。施耐德曾在日本当了三年和尚，现住在内华达山区，践行他躬耕自给的非文明生活，有时候会在草野山林之间课徒为乐。但是，毫无疑问，豪格和施耐德均公开持有某些中国根据，并藉此在某些向度，为西方文明提供了极其重要的现代性。在西方文明的视角中，这种现代性如此葱茏，看上去简直青翠欲滴。

由此可见，现代性的全球化修辞也绝非一条单向街。阿里夫·德里克（Alif Dirlik）就曾经非常深刻地指出：“现代性是一种关系，现代性是没有中心的，而在这个关系之下，各个地方出现了不同的发展。”[2] 只不过，具体到文学，欧美以其晚近特征输来中国，而中国则往往以其古典徽记回馈欧美。这也说明，在竞相驱驰的现代性之路上，近代以来的中国文化曾经出现过一个、甚至两个致命的断裂期。

---

〔1〕 豪格：《陶潜》，豪格：《我站着，我受得了》，勃克曼、西川、刘白沙译，作家出版社，2009年版，第89页。

〔2〕 阿里夫·德里克：《全球化、现代性与中国》，《读书》，2007年第7期，第11页。

六

现在，轮到时间怀疑论者发问：这种现代性是现代的吗？顺延上文的理路，这个问题显得异常吊诡。我们已经知道，波德莱尔就认为，“每个古代画家都有一种现代性”。美国学者乔迅（Jonathan Hay）就通过1700年前后的扬州画家，特别是石涛，证明了这个观点[1]。中国晚近之学者，比如江弱水，甚至在李贺、李商隐、周邦彦、姜夔、吴文英以及后期杜甫的古典诗里掘出了若干种现代性，即所谓颓加荡、讹而新、断续性、互文性是也[2]。钱锺书论“诗分唐宋”，有几段话堪称通人之语：“唐诗、宋诗，亦非仅朝代之别，乃体格性分之殊”，“非曰唐诗必出唐人，宋诗必出宋人也”，故有“唐人之开宋调者”与“宋人之有唐音者”，亦有“古人而为今之诗者”与“今人而为古之诗者”[3]。

另一个现象也十分有趣：近今之现代主义者，比如艾略特、叶芝，常会越过浪漫主义时间段展开其认祖归宗之途。前浪漫主义时期，潜藏着一个不起眼的神秘主义时期。艾略特选中的恰是玄学派诗人约翰·唐恩（John Donne）；而叶芝，选中的则是另一位神秘派诗人威廉·布莱克（William Blake）。这两位长期籍籍无名的古代诗人，却被誉满全球的现代主义者请来作了想象力和修

〔1〕 参读乔讯：《石涛：清初中国的绘画与现代性》，邱士华、刘宇珍等译，生活·读书·新知三联书店，2010年版。

〔2〕 参读江弱水：《古典诗的现代性》，生活·读书·新知三联书店，2010年版。

〔3〕 钱锺书：《谈艺录》，中华书局，1984年版，第2页。

辞术的导师，以至于托弟子之福，在近一百年里渐渐火了起来——甚至迟在大江健三郎的若干小说中，我们也能够发现布莱克一些长诗的零骸碎骨。

行文至此，似乎已经在一定程度上得到这样的证明：现代性乃是古今通理，只是何时发为主流与大端罢了。然则果真如此乎？如果我们愿意进一步分析，就可望避免重蹈买椟还珠之愚：倘若古典诗真有所谓现代性的话，那么与古之现代性相契合的乃是古之现实，而与今之现代性相契合的乃是今之现实，两者差距，不可以道里计也。

七

经过一番辛劳，我们已经逐渐逼近现代性问题的核心：现代性，不仅是一个修辞控，也不仅是一个思想控，还有可能是一个物质控。物质无穷而常新。也就是说，无论多么显赫的现代性都在迅速地退化为一种渐行渐远的前现代性。化用与互文都只能在形式主义的范畴之内获得一束“二手玫瑰”。虽然笔者绝非一个文学进化论者，但最后必然得回到“现代的”现代性：那与此时此刻的天文地理、鸡毛蒜皮密切相关的现代性。从绝对的意义讲，现代性就不是一个空间性问题，而只能是一个时间性问题。对这个问题最为热衷的人物，可能要数奥克塔维奥·帕斯（Octavio Paz）了。1990年，他在获颁诺贝尔文学奖的典礼上如此陈词：“现时”是现代性的“极端的、最后的花朵”，因此必须“和最近的过去发生决裂”〔1〕。很显然，帕斯所认定的现代性具有一种幻想气质，但是却让我们藉此洞悉了那些众人交口的现代性的可疑之处。是的，现代性绝非晚近倾向，而体现为眼下倾向，乃至可能倾向。无论是八十年代的喇叭裤，还是九十年代的互联网，都曾经参与现代性的生成。要命的是，此时此刻，现代性正在勾引哪一个豆蔻女生？那隐秘的受孕又将在什么样的场域以什么样的方式迎来一朝分娩？

新诗就该不断回答这个问题。新诗不仅要在西方性和古典性之间求得一张比例恰好的方，而且要求得千万张这样的方。这也还不够。对现代性的追求，既要持有工具理性，又要将这种工具理性置于一箭之遥。或者说，工具理性只能服务于对现时的深度介入。也只有这样，新诗现代性才能警醒于西方性之魅，获得真正意义上的当代意识，并反过来唤起土著的更为新颖的工具理性。

八

到这里牵涉及《今天》可谓正当其时。

1949年以后，大陆新诗现代性之路很快中断。到了七十年代中后期，一些诗人开始主动焦虑，并终于在面前那张铁幕上戳出了小而大的光眼，通过种种奇妙而惊险的途径重拾新诗现代性追

〔1〕 帕斯：《对现时的追求》，帕斯：《太阳石》，朱景冬等译，漓江出版社，1992年版，第337、343页。

求。数年前的“资产阶级毒草”慢慢上升为青年的教材[1]，更为引人入胜的则是我们的紧邻苏联之文学鲜活“解冻”的佳例。往者不可谏，来者犹可追，时间显得如此紧迫。所以，象征主义、未来主义、意象主义、表现主义、意识流以及超现实主义，凡此种种，已经不可能个个接受其志在专攻的中国学徒。现代性在眨眼之间就被熔铸于一口坩埚之内：火烧火燎的二次启蒙一次性启

---

〔1〕 最有力的证明乃是袁可嘉学案和卞之琳学案。1960 年 6 月，袁氏在《文学评论》上发表《托·史·艾略特——英美帝国主义的御用文阀》，此后又写出一系列类似的文论，用庸俗社会学和简单政治学方法严厉谴责英美现代文学及其理论。此类文论后来未见录入袁氏任何文集；进入八十年代以后，为了清除这批文论的不良影响，袁氏领衔编选出版四卷八册《外国现代派作品选》，继而著成专书，重估英美现代文学及其理论的价值，重塑其学术良知与学术品格，极大地引导了八十年代以来的新诗发展。参读袁可嘉：《现代派论·英美诗论》，中国社会科学出版社，1985 年版；《欧美现代派文学概论》，上海文艺出版社，1993 年版；《半个世纪的脚印》，人民文学出版社，1994 年版。至于卞之琳学案，则可以代表另一种情形。在 1949 年以后的三十余年里，限于社会和政治环境，卞之琳只得集中心力于“安全”的莎士比亚译介。1978 年，赵毅衡“从黑咕隆咚的煤窑里爬出来”，考入卞氏门下，亦为专攻莎士比亚。到了次年，卞氏敏感到风向的变化，同时洞察出赵毅衡的理论潜质，遂建议后者转攻新批评以来的形式论，后来赵毅衡果然在此一领域卓然成大家——卞氏就这样遇合了一位近乎完美的传人，替自己变现了形式论研究的梦游。参读赵毅衡：《新批评》，中国社会科学出版社，1983 年版；《文学符号学》，中国文联出版公司，1990 年版；《必要的孤独——形式文化学论文集》，香港天地图书公司，1993 年版；《苦恼的叙述者》，北京十月文艺出版社，1994 年版；《当说者被说的时候——比较叙述学导论》，中国人民大学出版社，1998 年版；《礼教下延之后：中国文化批判诸问题》，上海文艺出版社，2001 年版；《意不尽言：文学的形式—文化论》，南京大学出版社，2009 年版；《符号学：原理与推演》，南京大学出版社，2011 年版；《反讽时代：形式论与文化批评》，复旦大学出版社，2011 年版。

动了泛现代主义之锚。这也说明，工具理性已经退居到第二位，乃至第三位。最要紧的是什么？深刻的反思性、严峻的批判性、成熟的怀疑主义。现代性急不可遏地要从与现时——而不仅仅是与西方——的关系中露出尖尖角。所以，到了1978年，北岛们创办的民刊就叫做“今天”。现在看来，关于刊名的译名，北岛的选择是有点问题。他在创刊号上原本已采用冯亦代的译名 The Moment，后来却又改成 Today。很显然，只有 The Moment，才能挑明一代青年的苏醒和紧迫感；也只有 The Moment，才能毕现从那个伟大时代的裂隙中狼奔出来的现代性。

后来，经过一次美学狂欢，又经过一次鲁智深式的行为艺术狂欢，新诗忽而大变。进入九十年代以后，中国整顿资产阶级自由化行动与西方文化内部自我反省思潮轻易联袂，压抑的现代性潜入到叙事策略的渊面之下，对表达的过度研究往往使得表达越来越不自然，精致、幽微而险峻的形式感纹丝不动地只镇住了新诗天枰的其中一个托盘。新诗迅速由热执的意识形态关怀转变为无奈的象牙塔迷醉，甚至大面积地滑落入俗艳化与商业化之洼：无关痛痒的写作带来了相对而言风平浪静的生态环境。现代性辨伪日益困难。当然，也有少数怀有强烈的当代意识的诗人，割弃一切权宜，通过苦心孤诣的写作，求得了对现时的刺探，并内在地促成了语言和修辞的成功转型，渐渐在世界当代诗歌的混沌中浮现出个我的面目。可是，这种至关重要的写作，很快就被物质主义打落入一座废宫。俗艳化与商业化，比意识形态化更为彻底地放逐了诗人。

恰恰在此前后，中国文学现代性批判，以及批判之批判，忽而成为一门显学。一些诗人也先后宣称，从八十年代到九十年代，他们已经从秘密的现代主义者变成了公开的民族主义者。这种态势，一直延续到二十一世纪。

九

中国较早——如果不是最早——提及“现代性”的学者是周作人。早在1918年，他在翻译英国 W. B. Trites 的文论《陀思妥也夫斯奇之小说》时，已经使用此语并意识到相关问题〔1〕。而较为深入地谈及“现代性问题”的学者则是李健吾。1935年，他在为林徽因的一个短篇小说写下的短论中这样说，“一件作品的现代性，不仅仅在材料，而大半在观察，选择和技巧”，同时还一语道破天机，“一部杰作必须有以立异”〔2〕。显而易见，他对现代性的理解最终归结为一种独创性，与波德莱尔《现代生活的画家》一文的理论逻辑毫无二致：这是中西文论史上一次动人的心心相印。是的，只有独创性才能咬破一切前现代性的茧衣。相，非相，非非相，或可渐次臻于独创性之境。无论是面对顺流而下的时间与量的现代性，还是面对渡海以来的空间与质的现代性，当要做到不隔与不泥，才能够在现时的孤峰绝顶之上获得自己的立锥。

---

〔1〕参读《周作人散文全集》，钟叔河编订，第2卷，广西师范大学出版社，2009年版，第1—11页。

〔2〕《〈九十九度中〉——林徽因女士作》，李健吾：《李健吾文学评论选》，宁夏人民出版社，1983年版，第61页。值得一提的是，李健吾是福楼拜而非波德莱尔的研究者，他的弟子郭宏安，后来却成为几乎一切波德莱尔作品的杰出翻译者和诠释者。

就此意义上而言，现代性就不是一个形容词，也不是一个名词，而是一个动词；同时就不是一个主语，也不是一个宾语，而是一个谓语：探索，实验，反复地毁与塑，无止境地牺牲与占取。唯其如此，现代性才常常拥有一张先锋主义面孔，近来又拥有了一张后现代主义面孔。

在这样的过程中，汉文化的个我身份非但不会流失，反而有可能得到真正的确证和巩固。换言之，非现代性之路恰好才是身份危机感的最大和最后的导因。

最后，我们必得如是作结：新诗只能通过独创性来打破天真无邪的异域想象，帮助我们深刻地认识到自己的处境，从而缓慢地获得一种真正意义上的中国现代性；而评估新诗之价值则可以但看其在何种境界上实现了这种现代性夙愿。

2011 年 12 月 1 日

可能的七里靴

——介绍敬隐渔的诗与译诗

一

从1934年到1936年，罗曼·罗兰（Romain Rolland）万里飞鸿，先后两次，向傅雷打听他的朋友敬隐渔。奈何经多方咨问，傅雷也没有得到确切音信。罗兰者，巨擘也，宗匠也，大师也，何以如此关怀一个籍籍无名的中国青年？

那么，敬隐渔是谁？若干年前，叶灵凤就曾发出叹息，“敬隐渔的名字，现在知道的人大约已经不会很多了”〔1〕，而今天，眼看敬隐渔就快被——甚至快被文化界——忘得干干净净。好在一些素心独持的学者，比如王锦厚，尤其是张英伦〔2〕，仍在一点点剔除历史的尘封，试图拼凑和还原敬隐渔的眉目。

目前我们已经可以知道，1901年，敬隐渔生于四川遂宁，

---

〔1〕《敬隐渔与罗曼·罗兰的一封信》，叶灵凤：《读书随笔三集》，生活·读书·新知三联书店，1988年版，第50页。

〔2〕本文素材多取自张英伦：《敬隐渔传》，人民文学出版社，2016年版。下引罗曼·罗兰语、鲁迅语、郭沫若语、成仿吾语、罗大冈译诗，均见此书。

1909年赴彭县白鹿乡，入无玷修院，复入领报修院。1916年赴成都，入天主教会办的法文学校。1922年赴上海，入中法工业专门学校，结识郭沫若（创造社掌门）。1925年赴法国，先后入里昂大学、巴黎大学和里昂中法大学，结识——或者说投靠——罗曼·罗兰，1930年返上海。1932年后不知所踪，或以为蹈海而死，或以为投湖而亡，享年不会超过三十二岁。

敬隐渔的一生，坎壈、穷窘、病痛、遄速，雪泥鸿爪，电光石火，很快消散于茫茫天地，却让远在欧洲的罗曼·罗兰牵念难忘，其间自有一段非同寻常的奇缘。

二

敬隐渔的主要身份，乃是小说家，其次，才是小说翻译家——我们的小说家可能不会料到，他能留下名字，端赖同时还是小说翻译家。

作为小说家，敬隐渔的作品有《苍茫的烦恼》、《玛丽》、《嬝娜》[1]、《养真》、《宝宝》、《皇太子》和《离婚》，其中《养真》是《苍茫的烦恼》之修改稿，而《离婚》乃是直接以法文写成之小说。1925年12月，其小说集《玛丽》由商务印书馆初版，1927年再版，1931年三版。

作为小说翻译家，敬隐渔的作品则分为两类：汉译法作品，法译汉作品。法译汉作品有莫泊桑（Guy de Maupassant）之《海

---

〔1〕 这篇小说曾入选茅盾编选：《中国新文学大系·小说一集》，上海良友图书印刷公司，1935年版，第512—524页。

上》、《遗嘱》、《莫兰这条猪》和《恐怖》，法朗士（Anatole France）之《李俐特的女儿》，巴比塞（Henri Barbusse）之《光明》，罗曼·罗兰之《约翰·克利斯朵夫》。1930 年 11 月，敬译《光明》由上海现代书局初版，1931 年再版，1932 年三版。汉译法作品有郭沫若之《函谷关》，陈炜谟之《丽辛小姐》，落华生之《黄昏后》，鲁迅之《孔乙己》、《阿 Q 正传》和《故乡》，冰心小姐之《烦闷》，茅盾之《幻想》，郁达夫之《一个失意者》。1929 年 3 月，敬译《中国现代短篇小说家作品选》由巴黎里厄戴尔出版社（Editions Rieder）初版，很快就有英文转译本《〈阿 Q 的悲剧〉及其他现代中国小说》，1930 年初版于伦敦，1931 年再版于北美。

对于敬隐渔来说，却是 1926 年，可能更加让人激动。仅仅在此前十四年，罗曼·罗兰才完成《约翰·克利斯朵夫》，仅仅在此前四年，鲁迅才完成《阿 Q 正传》。然而，就在 1926 年，敬隐渔已首次将《约翰·克利斯朵夫》译介到中国，参差同时，又首次将《阿 Q 正传》译介到法国——或者说欧洲。对这两部作品的选择，乃至改译《红楼梦》的计划[1]，都很敏捷而坚定，可以看出年轻的敬隐渔实在是目光如炬。自 1926 年 1 月 10 日至 3 月 10 日，敬译《约翰·克利斯朵夫》（未完成）经郑振铎——他与鲁迅皆为文学研究会成员——连载于《小说月报》第十七卷第一至三号。自 5 月 15 日至 6 月 15 日，敬译《阿 Q 正传》经罗曼·罗兰修润

〔1〕 参读敬隐渔 1926 年 1 月 23 日致罗曼·罗兰信，张英伦编：《敬隐渔文集》，人民文学出版社，2016 年版，第 326 页。本文凡引用敬隐渔文字，均见此书。

和推荐后连载于《欧洲》[1]（*Europe*）第四十一至四十二期。当时在世的两位伟大作家罗曼·罗兰和鲁迅，经敬隐渔，完成了互读，也完成了如兄如弟的遥握。如果天假以年，敬隐渔必当促成这两个伟大人物——他们可以分别代表西方和中国——实现更为直接而深刻的对话。

虽然敬隐渔与罗曼·罗兰缔结了如子如父的友谊，“可能也是和罗曼·罗兰往还最早、时间最久、关系最密切的一个中国青年”[2]，却最终见弃于鲁迅。鲁迅至死都认为，敬隐渔，还有与之有隙的创造社，扣押甚至销毁了罗曼·罗兰写给他的一封信。1930年2月24日，鲁迅在日记中写到，“敬隐渔来，不见”。根据张英伦先生的研究，罗曼·罗兰这封信，并非写给鲁迅，而是写给敬隐渔，只不过敬隐渔1926年1月24日致鲁迅信语焉不详，“原文寄与创造社了”，故而引起了后者的猜疑和愤懑。如果鲁迅24日见了敬隐渔，文学史上自然就少掉一桩悬案。

三

敬隐渔的几篇小说：《苍茫的烦恼》、《嬢娜》、《养真》，尤其是《玛丽》，都用第一人称，都带有非常明显的自传色彩。《养真》的主人公叫作“K先生”，《玛丽》的主人公之父则叫作“K老先生”，而敬隐渔，在法国读书的时候，恰将自己的姓名译为“Kin

〔1〕 敬隐渔译为“《欧罗巴》”。

〔2〕 参读罗大冈：《三访罗曼·罗兰夫人》，《罗大冈文集》卷Ⅱ，中国文联出版社，2004年版，第372页。

Yn-Yu”。《苍茫的烦恼》，还有《玛丽》，主人公都叫作“雪江”，此名或涉“隐渔”，后来敬隐渔填了一首词——《忆秦娥》——袭用柳宗元《江雪》之诗意，补充交待了这两个符号的意义关联。至于《嬝娜》，主人公叫作“孑生”，正指向敬隐渔那无时不有的飘泊感和孤独感。而在《玛丽》里面，还透出来更多自传信息，比如，“母亲躺在床上，中了一颗流弹”——敬隐渔的母亲，正是这样的死法。

前述几篇小说的主人公，《苍茫的烦恼》的雪江，还有《养真》的 K 先生，其身份都是到山中养病的学生，相思病患者，前者还是欲罢不能的手淫者。两篇都有个潜在人物，唤作“真如”，后来修改为“养真”，似可印证作者对庄子——乃至道家思想——的喜爱。《玛丽》的雪江，其身份乃是异地读书的学生、严重的相思病患者、狂人、创作和翻译者。《嬝娜》的孑生，其身份很明确，也很重要，乃是神魂颠倒的租客，想女人又无端怨女人的小说家。《嬝娜》另有一个人物杜先生，就曾称呼孑生为小说家。但是敬隐渔的《嬝娜》写的似是真事，故而孑生——作为叙述者——每每在“写境”与“造境”〔1〕之间左右为难。“你说是天主教。于是我的想象便虚构一段小说。”叙述者提醒我们，他就要虚构了，读者诸君，请万勿将虚构部分混于真事。“但如眉毛太黑而自杀，这是一个小说家想象不出的。”这又是什么意思？叙述者

〔1〕参读王国维《人间词话》，“有造境，有写境，此理想与写实二派之所由分。然二者颇难分别，因大诗人所造之境必合乎自然，所写之境必邻于理想故也”。王国维：《王国维文学美学论著集》，北岳文艺出版社，1987 年版，第 348 页。

告诉我们，他不必想象了，读者诸君，因为正在记录的真事比想象更加奇怪而不可理喻。由此看来，这篇小说，颇具有元小说（Meta Novel）特征。这也就越说越远了。不管怎么样，这几个主人公的身份，尤其是孑生自供为小说家，已经大略还原出敬隐渔的形象，其主要身份，他也定然自供为小说家——虽然在这个小说家的雨伞下，还躲着个无计可消除的诗人或散文家。

小说毕竟还是小说，还是来看敬隐渔的夫子自道。1924 年 12 月 10 日，敬隐渔再次给罗曼·罗兰写信，曾有提及，“我也写些小说”，似乎可以印证前文的观点。面对这位伟大小说家，敬隐渔非常谦逊，没有直接自供为——像孑生在《嬝娜》中那样——小说家。虽说如此，可以看出，他还是更信任自己的小说——而不是散文或诗歌——的才华。

四

1925 年 4 月 12 日，敬隐渔完成《嬝娜》，小说主人公孑生，乃是小说家，但是小说却有叙及，“午前我高声读诗的时候，你还懒睡未起”，这是很有趣的事情。敬隐渔只欲——通过孑生——交代自己的主要身份，亦即小说家，可是，他写着写着就忘啦，居然连带牵出自己的隐逸身份，亦即诗人，至少，当是爱诗的人。

当我们细读敬隐渔致罗曼·罗兰信——1924 年 6 月 3 日至 1929 年 11 月 2 日，此类信现存三十九封——还会发现更多更具体的线索。1926 年 3 月 19 日信，敬隐渔曾提及三位诗人的名字：魏尔伦（Paul Verlaine）、缪塞（Alfred de Musset）、贝图纳（可能是指骑士诗人 Conon de Bethune)，同时还说，“我认为从未有人达到过《圣诗》的高度”。同年 5 月 6 日信，他想把某个中国剧本里的诗句译成法文的自由体诗句，故而向罗曼·罗兰请教“自由诗的艺术”。同年 8 月 7 日信，敬隐渔又提及一位诗人的名字：阿奈特，并说“阿奈特做的诗给病中的我以莫大的安慰”。阿奈特做的诗，唤作《夏季》：“你来了，你的手拉着我的手——我吻你的手。/充满爱情，充满恐惧——我吻你的手。//爱情，你是来摧毁我的，我完全明白。/我双膝颤抖……来吧！摧毁吧！——我吻你的手”〔1〕，云云，可谓热烈至极。可是，阿奈特，这个“诗人”并不存在，他只是罗曼·罗兰小说——《欣悦的灵魂》——中的一个人物。《夏季》亦另有作者，乃是罗兰夫人玛丽亚。她写给罗兰的情诗，被后者嵌入小说，没想到收件人新增了一个敬隐渔。

也许敬隐渔会认为，诗乃是文学的最高境界；并进而会认为，任何文类，包括小说，只要臻于此种境界，都可以直接称为诗。早在 1923 年 7 月 25 日，他就写了篇评论《罗曼罗朗》，断言《约翰·克利斯朵夫》(共有十卷）每卷“都是诗”，而他的理想，就是把整部小说“完全译成诗”——真是虔敬而又接近疯狂的理想。1925 年 9 月，敬隐渔完成《蕾芒湖畔》，径称罗曼·罗兰为“诗翁”。次年 1 月 24 日，敬隐渔致鲁迅信，又称罗曼·罗兰为“不朽的诗人”。我们可以相信，《庄子》，《红楼梦》，在他看来，肯定也都是诗。恰是因为敬隐渔看诗太高，就没有在罗曼·罗兰面前——似乎也没有在其他地方——自称为诗人。

---

〔1〕 译文出自罗大冈。

但是敬隐渔的几篇小说，除了《离婚》，却都有诗的氛围。这几篇小说，大都穿插着——甚至通篇都是——独白、呓语、意识流和抒情性段落，与其说是小说，不如说是小说碎片、散文、散文诗，有的甚至还可以直接视为未分行的诗。敬隐渔译过的小说——《故乡》，虽出自鲁迅，但似乎也更像一篇散文或散文诗——新文学运动初期，文类的边界，往往并不显豁，由此可见一斑也。

五

1925 年 9 月 10 日，在瑞士奥尔加别墅，敬隐渔初次拜访罗曼·罗兰，后者在当天日记中记载了他们的热烈交谈，其中有句话，“他写小说和诗歌”，说明敬隐渔得见其思想导师，终于没忍住，或有言及，“我也写些诗歌”。

从现存资料来看，敬隐渔最早写作——乃至最早发表的恰不是小说，而是新诗。1923 年 7 月 21 日，他在《创造日》第一期，次年 2 月 28 日，复在《创造》季刊第二卷第二期，先后发表新诗《破晓》。《创造》季刊还特别说明，“好作品不厌重登”。可以说，甫有作便引起关注。1923 年 9 月 23 日，他又在《创造周报》第二十号发表新诗，无题，名之《诗一首》，并有法文自译。敬隐渔的新诗，目前仅见上述二首，加上自译，共计三个文本。

除了新诗，敬隐渔还填词，作旧诗。1930 年 3 月 10 日，《出版月刊》登出一篇通讯《敬隐渔返国》，说他常失恋，能看相，似在推究天地间的至理，五十年后当有人能明悉他的意义，云云。其中一个信号尤为重要，说他随身带的小册子抄录有不少法文长短行和中文诗词。这篇通讯摘登了其中两首，一首不规范的七言绝句《无题》，一阕词《忆秦娥》——张英伦先生均视为敬隐渔作品。此类作品，大都已经散佚。敬隐渔的旧体诗词，目前仅见上述二首。

似乎可以如是小结：去国之前，敬隐渔爱作新诗；返国之后，转爱作旧体诗词——他山即我山，我山亦他山，孝子即游子，游子亦孝子，这倒是颇有意思的文化现象。

除了作诗，敬隐渔还译诗。1923 年 8 月 23 日，他在《创造日》第三十期发表法国诗人拉马丁（Alphonse Marie Louis de Lamartine）《孤独》的汉译，26 日，又在《创造周报》第十六号发表唐代诗人金昌绪《春怨》的法译，名之《译诗一首》。《孤独》的汉译，是“节译”，又是“改译”，这种习惯——或者说策略——后来被敬隐渔普遍用于小说翻译。敬隐渔的译诗，加上自译新诗，目前仅见前述三首。

行文至此，还可以再做小结：敬隐渔之诗与译诗，均发表于创造社之刊物；而其小说与翻译小说，前期发表于创造社之刊物，到 1925 年 1 月 10 日，《小说月报》第十六卷第一号登出《李俐特的女儿》，其后，在国内，均发表于文学研究会之刊物。或者这样说，作为诗人，敬隐渔属于创造社；作为小说家，他更多地属于文学研究会。但是，天知道呢，社团都是怪物，也许在敬隐渔，两者根本就没有什么分别，他只是看见了鲁迅或郭沫若而已。

除了作诗和译诗，敬隐渔还关注新诗的走势。1927 年 9 月 15 日，他在《欧洲》第五十七期发表《中国的文艺复兴和罗曼·罗兰的影响》，曾言及：“当代诗歌，结构自由，有些人的诗押韵，另一些人的诗仅有节奏感，与古典诗歌相比，不再那么简约和工整，但是更率真，更多姿多彩，更有独创性，反而和周代（公元前几世纪）以前的诗歌接近。”“周代以前的诗歌”，当指《诗经》，敬隐渔或认为，新诗可望重现民歌的天真。

六

敬隐渔留存下来的诗与译诗，少得可怜，却仍有一贯的题旨和美学立场。他的美学立场，偏于浪漫派，连他选中的拉马丁及其《沉思集》也被视为法国浪漫派之滥觞。诗人秉持此种美学立场，与创造社浮滑言情的氛围不无关系。说到其一贯的题旨，借用敬隐渔小说《玛丽》的话来说便是：“呀！孤独！”

先来读《破晓》，全诗仅八行，写到晓风吹寒，头发沾露，山行生乏，可以断定这是一次孤旅，故而诗人还写到临泉照影。“我的爱，你快把门儿打开”，这是第八行，结句，也是诗人一生到死的呼吁，因为似乎没有哪个女郎与他建立过像样的爱情。此诗的妙处在于，前七行，无涉相思病，直到第八行才不管不顾，终于向着无人之野，喊出了无人可诉的心里话。回过头来读，前七行，不免行行关乎相思病。景语，皆情语，此之谓也。

再来读《孤独》，全诗原有十三节五十二行，仅译出十节四十行，写到爱情与幸福不在此处，当在彼处，不在此生，当在来生，故而渴望狂风，渴望凋枯如残叶。拉马丁此诗，采用未亡人口吻，至于敬隐渔，生而便如未亡人，以是故，此诗似为敬隐渔量身订做——拉马丁的酒杯，就这样浇了敬隐渔的块垒。如果比较敬隐渔与郑克鲁的译诗，或以为各有长短，但是敬译更善于炼字，炼律，情绪也很饱满。

再来读《译诗一首》，原诗《春怨》乃是五言绝句，四行二十字，“打起黄莺儿，莫教枝上啼。啼时惊妾梦，不得到辽西”，写到闺中少妇之梦断。金昌绪笔下的“梦”，正如拉马丁笔下的“别的一洞天”，皆为疗救孤独而设，前者可疗救醒时之孤独，后者可疗救此处之孤独。原诗并未采用五绝通用的 abcb 韵式，却以首行入韵，韵式变为 aaba——这个韵式来自波斯鲁拜体。何以选用变体？答曰：波斯还在辽西之西。译诗亦为四行，敬隐渔不懂英文，他没有采用英诗常见的交韵（abab），而采用法诗常见的抱韵（abba）——但是也可以看出敬隐渔炼律之细。

再来读《诗一首》，全诗仅六行，写到慈母已死，人间无爱。在技术上，此诗或稍逊《破晓》，但失落之意、苦痛之情还有过之。另外，此诗将“纯洁的爱”人格化，称为“你”，乃是典型的西洋作派，这里就不再絮赘多言了。

再来读《无题》，乃是一首不规范的七言绝句，四行二十八字，写到缓与速，动与静，写到似是而非的力学、天文学，或者说，写到某种神秘主义。八十多年过去了，读此诗，我们还是不知所云。正应了《嬝娜》中的一句自供：“我的行文还是颠倒无序的哩。”我们或可藉此，侦知敬隐渔的精神之疾。

再来读《忆秦娥》，乃是一阕词，双调四十六字，自称“隐渔翁”，袭用“独钓寒江雪”诗意，写到寂寞、潦倒与狂躁。按照通行的说法，这个词牌乃是李白所创，格调哀楚，李白就有“秦娥梦断秦楼月”之句，早开了“啼时惊妾梦”的先河。

前文已有言及，敬隐渔小说，都带有非常明显的自传色彩。而诗，天然就是自传，亦即今之文论家所谓“诗传”。唯其如此，敬隐渔的诗与小说，才具有很宽的互阐空间。以《诗一首》为例，此诗既可以与《玛丽》互阐，也可以与《嬝娜》互阐，这两篇小说都写到慈母已死，人间无爱。尤其是《嬝娜》中的话，“除死了的母亲以外没有真能爱我的人”，简直可以直接——不能更准确地——作为《诗一首》的注脚。

敬隐渔的孤独——甚至不用读其诗与小说——被罗曼·罗兰一眼看出。1925 年 9 月 11 日，他再次接见敬隐渔，并在当天日记中写到：“可怜的小家伙好像极度地孤独。”

七

还要再谈谈《诗一首》，以便引出敬隐渔的汉语诗学。此诗第五行，“未必你沉入了坟墓”，殊难理解，因为作者用方言。“未必”，蜀语，可训为“难道”。敬隐渔的诗文，常用蜀语，甚至更小范围——比如遂宁——的方言。《苍茫的烦恼》之“四十来往岁”，《嬝娜》之“登时”、“良人”，《宝宝》之“降节伏气”、“估着”、“奶奶”，尤其是《读了〈罗曼·罗兰评鲁迅〉以后》之“铁心斗伴”，均为蜀语，可分别训为“四十左右岁”、“立刻”、“梗人”、“服软”、“强迫”、“乳房”和“死党”。仔细揣摩敬隐渔种种口吻，笔者每有会心——因为敬隐渔正是笔者的乡贤。然而，敬隐渔并非俚俗作家，除了蜀语，他还常用古语。比如，《孤独》之“氤氲”，《玛丽》之“趑趄”、“崚嶒”，《嬝娜》之“额颡”，《苍茫的烦恼》

和《养真》之“滂濞”。方言，古语，白话，加上西洋语法，初步展示出了一种亦雅亦俗、亦古亦今、亦中亦西的汉语风景。

还有其他佐证，可见出敬隐渔对于汉语的自觉——却是一种矛盾的自觉。根据罗曼·罗兰日记的记载，1925年9月10日，敬隐渔初次拜访他，曾谈及，“连语言也需再造：过去的语言，晦涩而又简略，无法表达现代生活的多姿多彩”；11日，敬隐渔再次拜访他，转而谈及，“今日中国似乎不仅丧失了对思想的兴趣，也丧失了对语言——它过去的艺术语言——的兴趣”。

三个多月后，即1925年12月16日，敬隐渔致罗曼·罗兰信，或可视为前者汉语诗学的纲领。这次，敬隐渔再次表述了对古文和白话文的双重失望。他认为古文“不够灵活和丰富”，而白话文“有些太简单”，欲以某种“综合方法”——包括吴稚晖（曾任里昂中法大学校长）的注音方案——来改革汉语，让汉语拉丁化，他甚至还告诉罗曼·罗兰，将以改革后的汉语来翻译《约翰·克利斯朵夫》。罗曼·罗兰很快就泼来冷水。同月31日，敬隐渔致罗曼·罗兰信，接受了后者意见，他原以为汉语改革“三四年即可成功”，现在才晓得“需要几个世纪的时间”。

敬隐渔的汉语改革构想，到今天，有些已经变现，比如简化字、拼音，至于成败，也许还很难说。他所启用——或者说锻造——的杂糅的汉语，毫无疑问，恰是汉语的方向。到今天，汉语固然也有生长，却也还存有某种意义上的枯萎——比如古意的枯萎，或者说词源学的枯萎。简化字、拼音、古典的缺席，促成了汉字的符号化倾向，也在很大程度上影响了我们对于汉字的深刻理解和巧妙经营——这也恰是敬隐渔的忧惧。

八

对于敬隐渔的才华，创造社同仁每每高度赞赏。成仿吾和周全平均称之为“天才”，郭沫若则称之为“创造社的中坚”、“多才的青年作家”。罗曼·罗兰也是高度赞赏，他认为敬隐渔的法文，“造诣实在罕见”，“很完美”，“是规矩的，流畅的，自然的”，对敬隐渔抱有厚望，后来，甚至不惜拒绝了傅雷翻译《约翰·克利斯朵夫》的请求。

即以诗和译诗而论，虽然敬隐渔只留下六首诗，七个文本，却已涉足六个领域：其一，作旧诗；其二，填词；其三，作新诗；其四，中法双语作新诗；其五，旧诗法译；其六，法诗汉译。同时涉足这六个领域，纵观百年诗史，似乎还没有第二人选。

我们完全有理由相信，只要活到五十岁，甚或四十岁，敬隐渔就有可能成为很重要的诗人和译诗家，还有可能成为更重要的小说家和小说翻译家。

敬隐渔凭其刚起步的写作，已经留名中法文化交流史，留名现代小说史，但是，他却几乎没有留名任何新诗史——即便是刘福春先生那部洋洋数百万言的巨著《中国新诗编年史》，也查不到哪怕一丝敬隐渔。敬隐渔穿上他曾无限向往的七里靴，自由的七里靴，刚起步，一步七里，两步十四里，很快就陨入了黑暗无垠的湖海。

2017 年 1 月 18 日

“且去填词”

——读《纪弦回忆录》

一

中国诗人还没有写出过一部伟大的回忆录，换言之，现有诗人回忆录还配不上他们遭遇的苦难。“时间”和“现实”是一对磨盘，足以让勇气和以勇气为前提的信史化为一小把齑粉。是的，有很多次，我们已经看到，诗人们具备了洞察能力，然而可怕的是，他们同时也具备了荒废这种洞察能力的能力。而且，他们愈趋年迈，特别是愈趋成名，对于艺术的苛求反而愈趋放松。此种委顿局面，试比于俄罗斯文学里伟大的回忆录传统，甚或其分支，伟大的遗孀回忆录传统，如何能够望其项背？

考量胡适以来的历史，最有可能写出伟大回忆录的诗人，当亦不下数位，纪弦就是其中之一。此翁生于 1913 年 4 月 27 日，殁于 2013 年 7 月 22 日，终得享百岁遐龄。其人祖籍陕西，出生保定，长于扬州，曾流落香港、上海，后迁徙台湾，复定居美国，由富贵而饥寒，由流离而安闲，其阅历不可谓不多舛而多艰。如纪弦果欲撰写回忆录，则不唯是一部新诗的通史，亦是一部中国乃至世界的断代史。远在 1966 年下年，或是 1967 年上年，纪弦还住在台北龙江街，诗人痖弦就已经当其面提出此类倡议。迟在三十余年之后，亦即 1997 年 5 月，纪弦已有八十四岁高寿，方才动笔响应痖弦的倡议，到 2000 年 11 月杀青，所获者三卷五十余万言，名之《纪弦回忆录》。2002 年 1 月，该书由台北市文化局出资，并由联合文学出版社付梓。然则，此书亦不得称为伟大回忆录，因为诗人终于没有将对自由的追求与对某种狭隘政治观的坚持区分开来，而个人意识的膨胀则严重影响了他对时人和时代的洞察，至于文风的夸张和自鸣得意，倒还在其次。但是，我们仍然发现，此书确实会在某些方面矫正并满足我们的期待，笔者试图围绕纪弦个人史与新诗史的瘤结般的交错，来展开这篇迟到的文章，并且稍稍瞻顾一下自己的青春：大约是在 1993 年前后，也许正当洛夫带领的台湾诗人团赴旧金山为纪弦祝贺八十大寿时，笔者读到诗人的复沓之诗《你的名字》，为其角度之刁，譬喻之奇，与节奏之美，而发出了难以掩抑的赞叹。

二

纪弦本名路逾，自云乃是汉儒路温舒之后，其父路孝忱却以武功名世。值得一提的是其祖父路岯（字山夫，号笑逢，被称为中宪公），性格孤傲狷介，作画作诗以自给，有《苇西草堂诗草》二卷传世。后来的事实证明，纪弦颇得隔代之遗传。

1929 年 9 月，纪弦考入武昌美术专科学校，只学一学期，就于次年转入苏州美术专科学校，其间因丧父而留级，毕业于1933年7月。这次转校让诗人遭遇到美学的保守派。苏州美术专科学校校长颜文樑，早年留法，即以水彩和图案享誉巴黎。其作品注重光与色，颇有印象主义"点画派"之风，但在总体上仍坚持写实主义。而纪弦却认为，武昌美术专科学校推行的野兽派和后期印象主义才是正途。争论由此而起。纪弦不准备屈服，"并且"，他甚至这样回忆："对于未来、立体、构成、超现实等新兴画派，我也颇感兴趣。"[1] 从纪弦1934年所作自画像，可以清楚看到现代风留下的齿痕。

大约就在转校前后，纪弦开始写新诗，其同学、校友徐京、王家绳、林家旅，亦有同好。纪弦早期笔名"路易士"，即由林家旅的戏称而来。纪弦之弟路迈，则用笔名"路曼士"，亦写作，亦翻译。由此亦可见当时西风之盛。当年，纪弦曾集徐京与沈绿蒂之句，得到一首"虚无主义诗"："管他妈的花谢花开，管他妈的春去秋来，我从女人的裤裆下，看见了一切的政治。"已经显现出重要症候："调侃"，以及"相对论"，此二种症候后来可以大体上标明纪弦的美学身份。

然而，我们切不可认为，现代派的旗手纪弦生而为现代派。他本人亦供认，其二十岁前作品，深受当时新月派影响，"十之八九为格律诗"。查其诗集《摘星的少年》所录"民国十八年至二十一年作品"，尚存四首六行诗，可知事实确乎如此。新月派引英国维多利亚诗歌为圭臬，具有从浪漫主义向现代主义过渡的各种

〔1〕《纪弦回忆录》卷一，台湾联合文学出版社，2002年版，第43页。下引诗文，凡未注明，均见此书。

“延异性”，并引导彼时新诗形成了犬牙交错的地质层。一者，部分新月派诗人开始豢养自己的象征主义之兽，比如徐志摩之于波德莱尔，邵洵美之于魏尔伦，而同属新月派的卞之琳甚至成为现代派的先驱者。再者，现代派的其他先驱者也自觉地从“新月派氛围”出逃，在“形式”之外，试图以内心的探秘作为对白话诗的反对和拯救，比如戴望舒，当他开始厌恶《雨巷》的音乐性，事实上就已经转向法国象征主义。对此已有公论，自然不必赘述。笔者想要说明的是，在此前后开始写作的纪弦，不但没有摆脱，甚至还服从和证明了新诗史上那个特殊阶段的“延异性”宿命。

据纪弦自述，其早期作品，由于受到王家绳及其南京同学的影响，“偶尔还带着点左倾的色彩”，由于作品散佚，已经难以印证。但是，后来他却拒绝为左翼刊物投稿。

如要研究纪弦，以上两点不可不察。

三

大约是在1933年底，或是1934年初，纪弦在上海四马路现代书局买到戴望舒的第二本诗集《望舒草》，同时订阅《现代》杂志。戴望舒的第一本诗集《我的记忆》，出版于1929年4月，从集内三辑作品来看，已经开始从音乐性向非音乐性缓慢转变。《望舒草》则主要收录新作品，也保留了《我的记忆》里的非音乐性作品：这表明戴望舒对新诗美学模式的最后选择。戴望舒的语言态度给路易士带来了“更具决定性”的影响，让他从新月派的“旧锦囊”里一跃而出：他决定废止格律诗，写作自由诗。戴望舒在《望舒草》附录《诗论零札》——此文作于1932年，原以《望舒诗论》为题，此前已在《现代》第二卷第一期发表——开宗明义就讲到："诗不能借重音乐，它应该去了音乐的成分。"[1] 纪弦却不排斥这个概念，他认为，"自由诗的音乐性高于格律诗的音乐性；诉诸'心耳'的音乐性高于诉诸'肉耳'的音乐性"。两者的观念是扞格的吗？显然不是：纪弦用反对的方式沿袭戴望舒。心耳肉耳之论，看似胜出一头，实则仍未跳出戴望舒的轨辙。不管如何，从1934年开始，纪弦迎来他的自由诗时代，当年《现代》5月号就刊出其新作品《给音乐家》，9月号又刊出其另一件新作品《时候篇》。从此一发而不可收。1935年春天，也有可能是夏天，在一个晴朗的下午，二十二岁的纪弦与三十岁的戴望舒在上海江湾公园坊见面了："他脸上虽然有不少麻子，但并不很难看。皮肤微黑，五官端正，个子又高，身体又壮，乍见之下，觉得很像个运动家，却不大像个诗人。"两人一见如故。1936年4至6月，纪弦曾赴日本游学。他狂热地搜罗西书，借日本诗人堀口大学的译诗集《月下之一群》，得到法国现代诗更多更直接的炙烤，"深受阿保里奈尔（Guillaume Apollinaire）之影响"，自此眼界大开，戴望舒自然也越来越缚他不住。在东京，纪弦写出《致或人》，此后不久又写出《火灾的城》，均自称为超现实主义作品。很多年以后，纪弦也拒绝承认他的风格与戴望舒存有相似性："一点儿痕迹都不见"。从种种信息来看，纪弦或认为戴望舒仅取法国象征主义，而他兼收法国象征主义和美国意象主义。"然则戴望舒

〔1〕 戴望舒：《望舒草》，现代书局，1933年版，第112页。

给我的影响何在呢？曰：自由诗的精神而已。”我们不妨如此表述：前者是在观念而不是风格上影响了后者。然而，观念和风格之间的复杂因果又不免让我对这种表述心存狐疑。戴望舒死于1950年2月28日，享年四十五岁。到1990年，纪弦写下《安魂曲：戴望舒逝世四十周年祭》，一连写了两首，“附有后记，说明一切”。

这里还要说说《现代》。该刊创刊于1932年5月，由施蛰存做主编，戴望舒和杜衡（本名戴巍，又有笔名苏汶）做编辑。根据国民党《上海市党部宣传工作报告》，当局曾认为这个杂志具有“半普罗”性质[1]。然而就杜衡个人而言，他似乎不但要做到“非普罗”，而且要做到“非政治”，于是引发了关于“第三种人”的论战。纪弦坚定不移地支持杜衡，他甚至认为杜衡之敌鲁迅，在论战中已经被人利用。“较之施蛰存，杜衡是更加欣赏我的才华的”。所以当1935年12月，纪弦出版第二部诗集《行过之生命》，杜衡乃欣然作序，并为诗人的虚无主义作辩：“并不是虚无的思想造成这丑恶的二十世纪，而是丑恶的二十世纪造成这虚无的思想。”纪弦与杜衡就此结下友谊：一起避难香港，一起滞留上海，一起流亡台湾，可谓如切如磋，如胶如漆，如兄如弟。但是杜衡也并未做到非左非右，其长篇小说《叛徒》（在《现代》连载时以《再亮些》为题），曾得纪弦激赏，仍然坚持右翼立场。到台湾后，他放弃文学，转而研究经济学，更加顽守右翼立场。杜衡死于1964年11月17日，享年五十七岁。纪弦称之为“三十年代保卫

---

〔1〕 参读王文彬：《雨巷中走出的诗人——戴望舒传论》，商务印书馆，2006年版，第82页。

文艺自由之英雄”、“一个杰出的小说家兼批评家”——这可能含有友谊的拔擢。在《现代》诗人群中，纪弦与徐迟或许最为相惜。大约在三十年代，徐迟就曾写有一首诗《赠诗人路易士》[1]，说在纪弦的黑西服的十四个口袋里都藏着诗，并且说，只有当纪弦握住他的手掌，他才能想到自己也能歌唱。此后两人走上不同的道路——纪弦认为是左翼诗人马凡陀“拐走了”徐迟。1985年，当纪弦出版自选诗第八卷《晚景》，徐迟曾专门去信“对之大为赞美”。1993年，《纪弦诗选》在大陆出版，徐迟为之作序，认为这些作品“比现代派之现代派还现代派”，同时还盛赞其“宇宙意识”[2]，这一点，后文还将论及。1996年12月12日，徐迟在武汉同济医院跳楼自杀，享年八十二岁。纪弦在美国获得消息后，十分悲痛，当月31日就写下《哭老友徐迟》。徐迟生前自云有两大恨事——此处不便也不必再细说，而他与纪弦的经历与命运，如果加以比较，还有谁不感叹造化小儿的胡闹？

1935年1月，《现代》改为综合性杂志，其后只出版两期，就告停刊。到1936年10月，由戴望舒另主编《新诗》月刊出版。戴望舒出一百块钱，纪弦、徐迟各出五十块钱。后二者不愿意担任编委，实际上仍然参加编务。这个杂志的新意和美意在于，终于跳出《现代》门户，试图从更大范围来总结和展示现代派的成就。按照纪弦的谱系学，当时的先锋诗人，可以大致按照居留之

---

〔1〕 见蓝棣之编选：《现代派诗选》，人民文学出版社，1986年版，第353—354页。

〔2〕 参读刘登翰、朱双一：《彼岸的缪斯：台湾诗歌论》，百花洲文艺出版社，1996年版，第140页。

区域和作品之精神分为两派："南方诗派"与"北方诗派"。南方诗派即以《现代》诗人群为主，包括金克木、玲君、南星、侯汝华、陈江帆、陈时（注意：此人被纪弦目为"后起之秀"）、徐迟、路易士、戴望舒。北方诗派则包括卞之琳、孙大雨、梁宗岱、冯至、何其芳、林庚、曹葆华。可以看出，北方诗派以后期新月派为主，强调通过格律来实现克制的抒情。为了强调南方诗派已经率先唤起自由诗之魂，纪弦还强把居住在上海的邵洵美纳入北方诗派，把居住在北京的冯文炳（废名）纳入南方诗派。这是纪弦的蛮横。纪弦认为，《新诗》创刊以后，北方诗派都渐渐"南方化"，而从 1936 年到 1937 年，"南方精神的胜利"，为新诗迎来一个收获季。只有林庚是个例外，因为"在他写了不少自由诗之后，忽又开起倒车来，发明了所谓的'四行诗'，而竟回到唐诗宋词元曲的天地里去了"。

值得注意的是，到了 1988 年下年，纪弦却忽然开始写俳句。这可能与他的留日经历有关：俳句正是日本最为流行的格律诗。这样，我们就看到有趣的场景：纪弦一边写俳句，一边反复自嘲："使用了五七五俳句的形式，虽说东西写得还算可以，但我不打算常用。因为俳句也是'定型诗'之一种，这违反了我一贯的'自由诗'的立场。"

四

战事起了。

1937 年 7 月，《新诗》出罢 7 月号，8 月，《新诗》社特约印刷所就遭到日军轰炸，徐迟诗集《明丽之歌》以及李白凤诗集《凤之歌》，原稿以及校样，均化为灰烬，再也不可觅回。纪弦带着一家老小溯长江而西上，由上海而武汉而长沙而贵阳而昆明而河内而香港，1938年下年初到香港，就认识胡兰成。胡兰成曾如此记录这次见面："打仗的第二年，一天，路易士从云南而来，在杜衡处见面了，是一位又高又瘦的青年，贫血的，露出青筋的脸，一望而知是神经质的。他那高傲，他那不必要的紧张、多疑、不安与顽强的自信，使我与他邻居半年而不能丢开矜持。"[1] 1942年夏天，纪弦回到上海，而胡兰成早在1939年下年就已被汪精卫召去南京。彼时上海已沦陷，纪弦很快陷入困顿，曾赴南京拜见胡兰成。胡兰成喜欢简静安闲的里巷生活，自云"没有劝过一个人参加汪政府"[2]，并说他的朋友穆时英（新感觉派小说家）也是自己主动要求参加的（后来遇刺了）。胡兰成有没有劝过纪弦，后者的表述很含混，接着就写到，"他很尊重我的决定，并未加以强留"，两人在丹凤街石婆婆巷的胡公馆里，"只谈文艺，不涉政治"。几天后，纪弦回到上海。他亦承认此后多赖胡兰成接济。1943年，胡兰成从南京回到上海，1974年，又从日本去往台湾：这两个时间段，纪弦是否与之来往，双方回忆录都没有记载。

关于纪弦，胡兰成（其人可废）至少写过两篇文字（其文不可废）：《周作人与路易士》、《路易士》，虽不及《今生今世》来得幽深灵异，却也自是不凡，或可视为关于纪弦的最好的文字。胡

---

〔1〕《路易士》，胡兰成：《中国文学史话》，上海社会科学院出版社，2004年版，第159页。下引胡兰成观点，凡未注明，亦见此书。

〔2〕胡兰成：《今生今世》，台湾远景出版事业有限公司，2009年版，第241页。

兰成认为，“路易士的诗在战前，在战时——战后不知道会怎么样，总是中国最好的诗，是歌咏这时代的解纽与破碎的最好的诗”，又说，“《女神》轰动一时，而路易士的诗不能，只是因为一个在飞扬的时代，另一个却在停滞的、破碎的时代”。胡兰成独拈出“破碎”一语，恰恰触及痛痒，也许他已然明白，这正是现代主义的块壤、瓜果和色香：啊，就这样，纪弦势必与民国时代一起“破碎”。纪弦亦言及，胡兰成曾说其诗“深受法国象征主义和美国意象主义之影响，然后又有意识地摆脱之而有所独创”，则不知出于何处。虽然胡兰成对纪弦亦颇有微辞，比如个人主义，病态，读书少，生活经验缺乏，狭隘，固执，装做骄傲，做作得很幼稚，等等，而纪弦仍然视之为知己：“胡兰成评论小说，固然十分中肯，而对于诗，他也有独到的见解。”

张爱玲也觉得纪弦做作，然而她却认为胡适、刘半农、徐志摩、朱湘都上了绝路，反倒是纪弦似乎透出某种生机，断言其部分作品“没有时间性，地方性，所以是世界的，永久的”，评价之高，甚于胡兰成〔1〕。奇怪的是，纪弦在回忆录中反而并未叙及。

后来，有人指认纪弦为“汪派”之一员，并说他到台湾后换笔名，正是为遁形。对此，纪弦力辩其无。回忆录至此，居然破口大骂。据纪弦举证，早在1945年抗战胜利后，他想要个“胖”的笔名，遂改“路易士”为“纪弦”，并常以新笔名给《和平日报》写稿。该报副刊主编恰是纪弦的老朋友徐淦。

〔1〕参读《诗与胡说》，张爱玲：《流言》，中国科学公司，1944年版，第141—147页。

五

1948年11月29日，纪弦移居台湾，时年三十五岁。到1953年2月1日，主编《现代诗》创刊号出版。这是中国新诗史上的大事。

纪弦向来热衷办诗刊，曾于1934年办《火山》，出版两期而止；1936年办《菜花》，出版一期而止；同年办《诗志》，出版三期而止；1944年办《诗领土》，出版五期而止；1948年办《异端》，出版二期而止；1951年办《新诗周刊》，出版二十六期而止[1]；1952年再办《诗志》，出版一期而止，乃是台湾第一家新诗杂志。《现代诗》似是这些诗刊合乎逻辑的结果。

然则事实并非全部如此：《现代诗》延续的乃是《现代》之香火。1935年，就在《现代》停刊当年，杜衡办《今代文艺》，出版三期而止；施蛰存办《文饭小品》，出版六期（纪弦误记为十二期）而止，戴望舒办《现代诗风》，出版一期而止；1936年，叶灵凤办《六艺》，出版三期而止；吴奔星、李章伯办《小雅》，出版六期而止；戴望舒办《新诗》，出版十期而止。从这些刊物可以看出，施蛰存、杜衡、叶灵凤的趣味在于整个儿的文艺，而戴望

---

〔1〕纪弦本人已经记不起《新诗周刊》出版期数。据张默《台湾新诗大事纪要（1900—2002）》：“《新诗周刊》借《自立晚报》副刊版面创刊，每周一出版。至民国四十二年九月十四日休刊，共出刊九十四期。此为迁台后最早出现的一份新诗期刊，第一至廿六期由纪弦主编，第廿七期以后由覃子豪主编。”张默：《台湾现代诗笔记》，台湾三民书局，2004年版，第334页。

舒则愈来愈坚持他的一门心思，或者说一门新诗。这些刊物（除《文饭小品》皈依明清性灵派）薪尽而火传，递交着被压抑的现代性，对纪弦的雕镌自是十分深刻。

到了1956年1月15日，纪弦组建现代派，加盟者计有八十三人，后来又扩充到一百一十五人，方思、白萩、辛郁、林泠、林亨泰、蓉子、郑愁予、罗门、罗马等赫然在列。为了区别于三十年代现代派，纪弦把这个由他领衔的现代派称为“后期现代派”，或“台湾现代派”。同年2月1日，《现代诗》第十三期刊出由纪弦执笔的《现代派的信条》及《现代派信条释义》，主张“横的移植，而非纵的继承”。从此以后，纪弦开始推动“新诗再革命”，提倡“新现代主义”（在不同场合和不同阶段，他又称为“后期现代主义”、“中国现代主义”或“东方现代主义”），终于将现代诗的火种播撒于台湾，并延及香港、越南、菲律宾、新加坡和印度尼西亚，在二十世纪五六十年代结下累累硕果。这些已是常识，此处不必絮烦。值得注意的是台湾赴美女学者奚密的观点，可能会让很多大陆学者感到意外：“五十年代到六十年代中期现代派所代表的现代诗并不是官方意识形态的表征；恰恰相反，在诗的理论与实践上均体现了对后者含蓄的批判和反抗。”〔1〕1996年5月，纪弦从美国回台湾参加“百年来中国文学学术研讨会”，31日，给汪启疆颁发“八十四年度诗选奖”，余光中代表《八十四年

〔1〕奚密：《早期〈笠〉诗刊探析》，转引自章亚昕：《二十世纪台湾诗歌史》，人民文学出版社，2010年版，第162页。下引林亨泰观点出自《〈现代诗〉季刊与现代主义》，痖弦观点出自《现代主义：国际与本土——现代诗运的回顾与前瞻》，均转引自此书。

度诗选》编委会致辞，却特别向纪弦致敬："中国新诗复兴运动的火种，是由纪弦从上海带到台湾来的。纪弦当年大力提倡现代诗，为现代诗出钱出力，现代诗在台湾逐渐形成气候，才有像今天这样辉煌的成就。"

可是纪弦自己却认为，他从上海带到台湾来的火种，"是的，火种，火种"，却是他"行囊里有两期《异端》"。异端社的发起人，除了纪弦，好像还有其弟路迈（路曼士），作小说时笔名"鲁宾"或"鱼贝"，作诗时笔名"田尾"的便是。异端社宣言由纪弦执笔，印在创刊号封面，强调"个性"与"自由"，反对并反对服务于"偶像"和"独裁者"。现在看来，这份孤独、匆忙而偏执的短命刊物，无论如何，难以确立为《现代诗》的前身——而纪弦自己，也没有完全践行其宣言，他五六十年代所作政治抒情诗，比如《在飞扬的时代》、《向史达林宣战》，可以作证；1975 年 4 月 5 日后所作多篇诗文，尤其是长诗《北极星沉》，也可以作证。后来他亦未用反省来弥补既成。尽管连纪弦亦不免如此，台湾诗人林亨泰却认为《现代诗》已经将国民党倡导的"战斗文艺"压到最低限度了。

1964 年 2 月 1 日，《现代诗》出版四十五期而止。借此终刊号，纪弦再次发表其代表性文论《论移植之花》，以示终不悔。该刊又于 1982 年复刊，已与纪弦无涉。

要在这里补充的是，现代派早期成员罗马，其实就是商禽，他后来转入《创世纪》诗社，在《现代诗》趋于式微之际，会同洛夫等人，取道纪弦曾有尝试的超现实主义，终于促成了台湾现代诗的柳暗花明。

六

现在必须谈到纪弦和覃子豪的论战。

这两位诗人的美学分歧由来已久。上文已有提及，1936 年 4 月至 6 月，纪弦曾赴日本游学。游学期间，纪弦先后认识两个四川诗人，一个李华飞，另一个覃子豪，三人时相过从，讨论艺术。纪弦和覃子豪都很热爱古典音乐，其他趣味则迥乎不同：画家，纪弦喜欢马蒂斯和毕加索，覃子豪则颇不以为然；诗人，覃子豪喜欢拜伦、雪莱、济慈和雨果，纪弦则喜欢艾略特、波德莱尔、马拉美、兰波、魏尔伦、瓦雷里和阿波利奈尔，“总之，他喜欢浪漫派，我喜欢象征派就是了”。由此可见，后来的论战并非偶然。

纪弦赴台不久，即与覃子豪重逢。1954 年 3 月，覃子豪与余光中另成立蓝星诗社。到组建现代派时，覃子豪亦拒绝接受纪弦的邀请。据余光中追述，蓝星“是针对纪弦的一个‘反动’”〔1〕。1956 年 4 月，余光中发表所译之史班德（Stephen Spender）之《现代主义派运动的消沉》。1957 年 8 月，覃子豪发表《新诗向何处去》，针对纪弦主张，提出“六条正确原则”，纪弦答之以《从现代主义到新现代主义》、《对于所谓六项原则之批判》。1958 年 4 月，覃子豪复发表《关于新现代主义》，纪弦复答之以《两个事实》、《六点答复》。关于这次论战的具体过程及主要节点，大陆学者，比如古继堂、刘登翰、章亚昕，已有比较深入的清理，简而

〔1〕 余光中：《第十七个诞辰》，转引自洪子诚、刘登翰：《中国当代新诗史》，北京大学出版社，2005 年版，第 308 页。

言之，就是“主知”与“抒情”的论战。纪弦强调“主知”，认为“诗乃经验之完成”。为了求得绝杀，双方，尤其是纪弦，将观点绝对化，颇不免意气用事。纪弦爱养宠物，养过猫，养过狗，还养过斗鸡。彼时之纪弦，与所养之斗鸡，大体上可以引为同志了。胡兰成曾说纪弦好比唐·吉可德，而《蓝星》，不免成为一架倒霉的风车。值得叙及的是，双方笔墨官司虽然如此热辣，见面时却依然礼节彬彬，言笑晏晏，亦堪称诗歌史上的佳话。

对于纪弦的反抒情、反浪漫、反表现、反确定、反格律，今日也不消再辩。但是纪弦在论战中提出的另一个观点，“无所为而为”，如剑悬顶，则尚未过时，“须知诗人兼充祭师、预言者、宣传员、人道主义者，或是社会改良运动家的时代老远地成为过去了”。

论战后双方各各反省，均有所修正。1960 年，覃子豪为某青年诗人作《序》，亦转而强调“以知性来净化情感”〔1〕；1961 年，纪弦发表《从自由诗的现代化到现代诗的古典化》，后来亦转而强调“抒情与主知并重”。就在纪弦开始矫正其观点的时候，亦即 1961 年，坚持绝对现代立场的洛夫却又与余光中发生关于“虚无”和“现实”的论战。这两次论战，其实都可以归结为“现代”与“传统”之争，其结果亦很相似：双方各各反省，均有所修正。洛夫后来亦认同笔者的观点，即这种论战可以视为洛夫与后来之洛夫，或者余光中与后来之余光中的跨时空辩驳，原是现代诗内

---

〔1〕 参读覃子豪：《序》，云鹤：《忧郁的五线谱》，台湾以同出版社，1960 年版。

部的和而不同[1]。痖弦甚至认为，《现代诗》、《蓝星》、《创世纪》共同“形成一个时代的风格”。1962年，纪弦宣布解散现代派。

覃子豪于1963年10月10日去世，享年五十一岁。11日治丧。众诗人公推纪弦撰写并朗诵祭文，据云读罢泪下如雨，“听者无不为之动容”。纪弦还写出好几首悼诗，而以《休止符号》为最佳，后来还曾当众称覃为“大诗人”。想来覃子豪亦必含笑于九泉。

七

1963年5月，应“菲华文教研习所”之邀请，纪弦赴菲律宾讲学，认识诗人莫灵乐小姐（Miss Morino），后者赠以茉莉花，居然使得诗人很快完成一首苦思难续的未竟之作：《M之回味》。这是诗人成名后与世界交流的开始。1969年8月，应尤荪（Amado Yuzon）之邀请，纪弦再次赴菲律宾，参加“世界诗人大会”。两次赴菲律宾，纪弦对这个民族的“色彩的良知”留下深刻印象。1970年6月，应许世旭之邀，纪弦赴韩国，参加“第三十七届国际笔会”。其间，曾听取川端康成和林语堂的演讲，并与韩国诗人许世旭、赵炳华等欢饮，与日本诗人草野心平邂逅——纪弦曾翻译过他的作品。1973年11月，纪弦参与筹办“第二届世界诗人大会”。此次大会，共有三十多个国家和地区的一百多位代表参加，

---

〔1〕参读洛夫、胡亮：《洛夫访谈：台湾诗，“修正超现实主义”，时病》，方明编：《大河的对话：洛夫访谈录》，台湾兰台出版社，2010年版，第273—274页。

包括美国女诗人玛丽·纳恩（Marie Nunn）和魏金荪夫人（Mrs. Wilkinson），后者对此后历届“世界诗人大会”的召开颇耗心血。

1976年12月28日，纪弦移居美国，时年六十三岁。此后朝暮徘徊于旧金山西海岸：不见台湾，亦不见大陆。1981年7月，应魏金荪夫人之邀请，纪弦就近参加在旧金山举行的“第五届世界诗人大会”。其间，纪弦获得世界艺术文化学院（World Academy of Arts and Culture）荣誉博士学位。1985年11月30日，纪弦首次用英文写出 *Foggy San Francisco*（《多雾的旧金山》）一诗。自此以后，纪弦每有诗意，就必须先选择使用何种语言，如果用英文来写，就坚持用英文来酝酿和斟酌。纪弦将新写的英文诗呈示魏金荪夫人，后者遂建议他给 *POET* 投稿。该刊由印度诗人克里希纳·斯里尼瓦斯（Krishna Srinivas）主编，他也是世界诗社（World Poetry Society）主席。按规定，必须先加入世界诗社，方可在该刊发表作品。纪弦当即加入。恰好该刊的美国编辑就是玛丽·纳恩。世间之巧，人际之缘，往往便是如此。此后，纪弦就以加州诗人名义，频频在 *POET* 发表作品。而纪弦，也与玛丽·纳恩结下让人歆羡的友谊。1987年4月，1991年8月，他们先后筹办两场朗诵会，朗诵者独有一人，即是纪弦，听者亦独有一人，即是玛丽·纳恩，地点都在玛丽·纳恩之家：从 Pacifica 到 Napa。纪弦还为玛丽·纳恩写呈许多献诗，其中有首《三人行》，将太平洋拉进来，加上二者，遂成三人行。在纪弦看来，太平洋是位王后，而玛丽·纳恩就是位公主，上帝把她安放在“青天，碧海，和金黄色的沙滩”之间。

然则纪弦与世界交流，似仅限于礼仪与日常，并未获致诗学上的惊艳、猎奇与合金般的冒犯和错综。

九十年代初以来，很多大陆诗人亦去往美国。从纪弦的回忆来看，除老南、老刘、老夏及顾城夫妇外，他几乎没跟更多大陆诗人接触，笔者原本甚为期待的某种对话也就无从发生。这也是令人遗憾的事情。

八

纪弦家族具有强大的繁殖能力，其儿女、孙儿女、曾孙儿女，总有数十人之多；而纪弦之创造能力，与之相比毫不逊色，到耄耋之年仍无衰退之势。张默早就曾说纪弦作品“当在千首以上”〔1〕。而其晚期诗，最大收获就是宇宙诗，1985 年的《宇宙论》，1986 年的《方舟》，即是代表；而 1989 年的《有一天》和《给后裔》，1991 年的《玄孙狂想曲》、《空间论》，1993 年的《宇宙诞生》，1995 年的《物质不灭》、《恒星无常》、《早安哈伯》、《致木星女人》，1996 年的《致水星》，1997 年的《黑洞论》、《关于飞》，2000 年的《圆与椭圆》、《诸神之足球赛》，也很重要。就在 2000 年，诗人编成自选诗第十一卷《宇宙诗抄》，这部诗集，可以视为他对 1942 年所作《摘星的少年》的衰年酬答。笔者之所以大量胪列纪弦晚期作品之目录，主要原因在于，此类作品，大陆学者多所不知，很难得见。纪弦的宇宙诗乃是科学和神学从相互错扰到达致和谐的结果。纪弦在少年时代，便对天文学产生过很

---

〔1〕 张默：《小诗选读》，台湾尔雅出版社，1987 年版，第 8 页。

大兴趣；到 1975 年 10 月 29 日老母去世，乃遵照其生前愿望，接受施洗，加入信义会。此二者，当是纪弦此类作品的内在的涌泉。

纵观纪弦一生之作品，或可如此括出其最著之特征：曰调侃，曰相对论，曰神学和科学。

还有两首诗必须稍作介绍：1992 年所作《预立遗嘱》，1999 年所作《水火篇》（原名《死之设计》）。两次，纪弦均明确交代须将其骨灰撒入太平洋。纪弦喜滋滋如是设想：千年之后，有一位美丽的姑娘，在旧金山海湾钓到一尾小鱼，烹而食之，终得其灵性，于是成为一位杰出的诗人了。

九

回忆录至 2000 年而止，传主之生命则至 2013 年而止：据云死前犹呼钓鱼岛。从头至今，纪弦都参与和见证了新诗的成长。再没有其他诗人拥有同等资历。那么，其新诗谱系是如何梳构的呢？他曾用两次演讲来回答这个问题：1986 年 8 月 16 日，在旧金山演讲《现代诗在台湾》，1989 年 4 月 2 日，又在桑尼维尔演讲《何谓现代诗》。纪弦认为，新诗大约可以分为四个时期：萌芽时期（1919—1931）、成长时期（1931—1937）、消沉时期（1937—1949）、复兴时期（1949—　）。后来他又认为，消沉时期之作品，不是传单就是口号，只能算是“非诗”。于是对这个谱系进行调整，仍然分为四个时期：以胡适为代表的白话诗时期，以徐志摩为代表的格律诗时期，以戴望舒为代表的自由诗时期，以纪弦为代表的现代诗时期。而现代诗，亦可分为三个阶段：格律诗的自由化（戴望舒），自由诗的现代化（纪弦），现代诗的古典化（郑愁予，抑或余光中?）。可以看出，纪弦对冯至、艾青和卞之琳的无视，以及对于“隐秘的”西南联大诗人群的无知。特别应当引起注意的是，纪弦甚至将大陆“朦胧诗”亦归于“台湾现代诗影响下的产品”。这种简单的文学进化论让人十分讶异。无论如何，纪弦终于将“今天下英雄惟使君与操尔”的雄视坚持到了最后。

附记：1963 年 4 月，纪弦诗集《摘星的少年》由现代诗社再版。也许就在当年 5 月赴菲律宾讲学期间，纪弦曾将这部诗集携赠给云鹤：后者就住在马尼拉。1987 年 1 月，云鹤将此书转赠给流沙河：后者正研究台湾诗。后来，流沙河又转赠给杨然，杨然则转赠给笔者。花开花落几十度，这本诗集才辗转来到笔者面前，翻动发黄而变脆的纸页，陡觉时空翻转，永恒亦刹那，刹那亦永恒，便只好抛去秃笔，闲坐高楼，独对西山一脉深黛。

2014 年 1 月 27 日

孙静轩

一

轮椅被推了出来：从书房到客厅。那书房隐约，而客厅逼仄。孙静轩先生就坐在轮椅上：乱发飞雪，苍须如铁，瘦颊似刀刻。他也拖着被鲨鱼咬剩的骨架，对，他简直就是那个用这种酷姿上岸的老人：可以被毁灭，不可以被战胜。这次来的鲨鱼，当然，我说的是癌，却更加饕餮。他说，我的病全国都知道了，舒婷、徐敬亚，都来了电话。又说，贺敬之与我观点不同，也来了电话。忽而又说，萨达姆这个人，太专制了，我支持伊拉克战争，我就是那百分之二十。然后，他请李平女士取出两册诗集，沉吟，题签，递给我。我接过诗集，目光稍稍扬掠，就再次看见墙上的诗人肖像——记得那是甘庭俭先生的木刻。

这最后的拜访，是在 2003 年 4 月 1 日。那天是愚人节。

二

1930 年 2 月 26 日，旧历正月二十八日，孙静轩，原名孙业河，出生在山东肥城。“上帝降我于人世是一个错误。他让我诞生于一个不幸的时代和一个不幸的家庭。”[1] 关于童年，除了饥寒，他没有更多的记忆。八岁，日军犯肥城，被迫开始流浪。十二岁，离开家乡参加革命。后来经历两次战争：抗日，反蒋。军队的方向已经确定，他只需要追随那毋庸置疑的蜂拥。这段个人史，与数以亿万计的类似个人史，最终混成了芸芸。换言之，是历史选中他，而不是相反。他必得成为那个共名时代之斑。还有什么好叙述的呢？而他自己，后来也在长篇叙事诗《黄河的儿子》中，借助流浪儿小盼，也就是后来的英雄战士铁雷的经历，打捞了自己的经历。

在战争中，他杀过人。按照主流叙事模式，也可以说，他立过功。但是，愈趋老迈，他愈为此忏悔。1993 年 8 月，他写出《人血不是水》，坦陈了从背后朝一个青年射击的往事。他闭目，发抖，开枪。那个青年最后一次回过头来，用“恐惧而又哀怨的眼睛望着我”，导致了诗人终生的噩梦。后来，那双眼睛又如影随形地出现在《遗恨》之中：诗人再也摆不脱被逼视的命运。到了晚年，诗人自认为战争的幸存者，但是拒绝自认为战争的胜利者。因为，从某种意义上讲，那个青年也是无辜的：他是屠戮者，亦是被屠戮者。这就是战争的荒谬。更大的荒谬，还在胜利之后——“胜利之后”，这是多么凶险而阴暗的历史学命题啊。1995 年 5 月，诗人写出《瓦尔特流浪在萨拉热窝》。当年萨拉热窝保卫战的传奇英雄——瓦尔特，如今白发苍苍，流浪街头，炮弹不时

〔1〕 孙静轩：《孙静轩自传》，《孙静轩诗选》，花城出版社，2011 年版，第 223 页。下引孙静轩诗文，凡未注明，均见此书。

从他头顶呼啸而过——这炮弹，并非来自“敌人”，而是来自“兄弟”。双方同为铁托元帅的忠实信徒，现在展开了你死我活的争斗。胜利之后，瓦尔特的困惑引起了诗人的共鸣，也许他们都面临着同样一个再也弄不清楚的问题：“究竟是谁打赢了那次战争？”瓦尔特不再留恋萨拉热窝，他走向荒野，将勋章抛向了冒着黑烟的废墟。

大约在1989年，诗人完成自传，将此前简介中的“参加革命”改为“当兵”。这篇自传以手稿传世，后来勒石于诗人之墓，算是首次发表。

三

1949年3月，诗人回到济南。10月，共和国成立。那年诗人十九岁。他先当记者，后做编辑，开始了文学生涯。1953年，诗人调《中国青年报》工作，很快经臧克家、王希坚推荐，进入中央文学研究所深造，业满后供职于重庆市作家协会。文学与政治甚为相得：那友好的关系和愉快的氛围并不能稍稍预告两者之间将会发生的龃龉。值得一提的是，艾青当年亦曾担任中央文学研究所教员，主讲西欧诗，这可能是诗人之为诗人和诗人之为此类诗人的重要契缘。此后到终老，诗人便以艾青门徒自居。1980年2月，两者劫后重逢，诗人与乃师共庆七十岁生日，连续写出六首诗呈献给后者，崇仰与爱戴之情溢于言表。其中一首名曰《船长》——我们知道，惠特曼也曾连续写出六首诗呈献给亚伯拉罕·林肯，其中一首亦名曰《啊，船长！我的船长！》。

我们有理由相信，是在1957年2月，在青岛，诗人开启了真正的写作：似乎没有任何兆头，他突然写出一个海洋诗系列——或可称为前期海洋诗系列。诗人制造了一个巨大的矛盾，然而无人觉察：一方面，他赞美大海的恬静、洁白、响亮、激情和摇撼山岳的力量，甚至将大海作为太阳的接生者和承恩者；另一方面，当迷雾笼罩，巨浪汹涌，大海就成为险恶之境，但又必将被我们征服。之所以无人觉察，缘于诗人在两种情况下都能够满足那个共名时代的阅读期待：要么表现欢乐（大众的），要么表现征服的欢乐（可能是小众的）。当第二种情况发生，读者就不再关注大海，转而关注“巡逻艇”和“舵手”。当然，诗人并没有刻意取悦某种集体话语模式，是一种内在的油然的真诚，让他自觉参与并成为这种集体话语本身。是的，他加入了一个合唱队。值得注意的是，当我们终得以从容地比较孙静轩与同时代诗人——比如白桦、蔡其娇、傅仇、高缨、李瑛、梁上泉、邵燕祥、闻捷、雁翼——的写作，就不难发现，他那明快、轻盈而酣畅的抒情性，即便置身于一个合唱队，也能够清晰地脱颖出自己的独特音质。诗人就此成名：《致小船及其舵手》至今仍是新诗必选之篇。后来，有学者将1957年称为“孙静轩年”。二十二年之后，时间来到1979年2月，断续延持至1984年4月，诗人重返青岛，并先后游历海口、天津、虎门、广州、湛江、上海，又写出一个海洋诗系列——或可称为后期海洋诗系列。这个诗人，在知天命之年，才真正看透大海，犹如看透自己的命运。当他侥幸逃脱那无数次的灭顶之灾，就开始反省昔日的天真与甜蜜，并试着练习抗议、搏斗和创造："它在浪尖上诞生，又在风暴中成熟"[1]。对读两个时期的海洋诗，我们就可以看出在汉诗内部发生的深刻变化：苦难唤醒了怀疑主义和个人意识并将写作推向了对内在惊颤的谛听。

除了"海洋诗人"，诗人亦被称为"森林诗人"。其前期森林诗系列完成于1956年，后期森林诗系列完成于1979年——阿坝州米亚罗森林是这些诗篇的重要渊薮。

海洋诗和森林诗都是抒情诗，诗人之前期抒情诗，往往轻写实而重写意，"只是抒发一种感情，流露一种情绪，或散播一种气氛，总之，它的意义或力量是隐藏在诗的内层的"[2]，颇有象征主义之风。这种主观之歌，也在一定程度上，针对了某种伪客观主义。

四

但是，诗人很快就响应了那个重轭般的时代，他在前后两个抒情诗写作期之间，硬塞进一段叙事诗写作期。新中国成立后，特别是"文化大革命"阶段，文学工具论以压倒性的优势威慑和规定了写作，抒情诗的性质和功能受到来自政治的巨大质疑，而叙事诗则有可能在较大程度上挽回诗歌作为工具的挫败感。诗人完全按照某种极致化的主流叙事模式，从1971年到1979年，从米易到成都，写出长篇叙事诗《七十二天》，再现巴黎公社兴亡

---

〔1〕《海鸥（又一首）》，孙静轩：《孙静轩诗选》，四川文艺出版社，1990年版，第18页。

〔2〕孙静轩：《谈谈抒情诗的问题》，《草地》，1956年第6期。

史。尽管在巴黎公社委员里会混杂着无产者、布朗基主义者、蒲鲁东主义者和更加可怕的机会主义者，但是诗人继欧仁·鲍狄埃、奥里维埃·苏埃特尔、路易丝·米歇尔和涅克拉索夫之后，积累性地重写这段血昙史，今天读来仍然荡气回肠。特别是费列的就义怒吼和米歇尔的受审陈词，发射出伟大的理想的光辉。值得玩味的是，米歇尔这个著名的“蒙马特尔的红色处女”，被诗人改称为“蒙马特尔的红色姑娘”——也许，在革命语境里，“处女”这个词多少黏附着轻佻和色情的嫌疑，完全有可能构成对这种语境的格拗甚至伤刺。这个问题就此打住。我想要说的是，就是这个米歇尔，在 1905 年 1 月 10 日逝世前，曾经瞻望过无产阶级革命从俄国蔓延到中国的可能愿景。似乎为了用一个续写的文本来告慰米歇尔，诗人在完成《七十二天》的参差同时，从 1972 年到 1978 年，从成都到武汉，又写出长篇叙事诗《黄河的儿子》，再现中国痛史和中国革命史。就像此前出间写《赶车传》，张志民写《死不着》，诗人也为政治正确付出了巨大的努力，但是此诗脱稿后，仍因未能很好遵行“三突出”原则而招致非议和退稿。

行文至此，忍不住要从一个小角度进入这两部长篇叙事诗，那就是革命者的爱情。按照主流叙事模式，爱情意味着享受、懈怠和腐朽，甚至意味着统治阶级生活方式，恰恰正是革命者的分神之物。因此，研究革命者的爱情，不免有点事后恶作剧。但是趣味恰好来自于中西方革命者在这个问题上的小异而大同。费列与米歇尔早已心心相印，但是彼此都佯装无情。直到双双被捕，米歇尔再也控制不住自己的心，她在牢房里给费列写去滚烫的情书。费列的回信完全是中国式的，他承认他对米歇尔倾慕已久，但是又特别强调，“个人的爱就是对祖国的叛离不忠”，继而坚决表态，“即使是绝代佳人也不能分享我对祖国的爱情”〔1〕。而铁雷则更加彻底：他从未瞩目任何女人。甚至，在他眼里，也许从来就没有异性。诗人对此坚信不疑，于是一厢情愿地展开了叙事。在把这种叙事模式加诸费列与米歇尔之后，现在，诗人要以更加纯洁而不夹带一粒沙子的态度来面对铁雷。中国革命者的爱情通常发生在后方医院，带着这条最近二十年才逐渐明晰起来的叙事线索，我重点细读了《黄河的儿子》相关片断。铁雷第一次受伤，是因为日军的空袭和他对战友乔大炮的舍身相护。在他接受疗救期间，叙事者，也就是诗人，对护士的出场是这样安排的：“一个年轻的女同志，大概是卫生员。”〔2〕而在铁雷康复期间，房东大娘果然出面说亲，前者的回答早已因为主流叙事模式在不同文本中的雷同设计而让我们觉得耳熟能详：“俺从小讨饭，后来拿枪杆，娶媳妇这种事，跟咱不沾边。”铁雷第二次受伤，是因为攻占南京总统府。在他再次接受疗救期间，诗人对护士的出场是这样安排的：“进来一个护士，穿着雪白的衣裳。”第一个护士，诗人交代了其性别；第二个护士，诗人隐匿了其性别：这是因为，到了第二次，诗人之眼才与角色之眼完全重叠。

还得回到米歇尔，这个失败的革命者，晚年受马拉托·普日和莱克留的影响，转向了无政府主义。这种思想认为，无产阶级不需要国家和政权，因为此二者意味着权柄，而权柄将会导致兄

〔1〕孙静轩：《七十二天》，四川人民出版社，1979年版，第334—335页。

〔2〕孙静轩：《黄河的儿子》，湖北人民出版社，1978年版，第188页。下引此诗，亦见此书。

弟间的争斗，无产阶级最终将有可能丧失热情、勇敢和质朴。孙静轩认为这些观点是“荒谬的胡诌”，对米歇尔的思想转变提出了严厉的批评。而铁雷，则是胜利的革命者。他所面临的，乃是“胜利之后”的问题。当无产阶级掌握了国家和政权，他意识到战斗并没有结束。可是，“敌人在哪里呢?”铁雷陷入了沉思，“说不定是党员”。他已经准备好积极参加“不流血的阶级斗争”。在这个叙事诗的篇终，诗人期待着与铁雷重逢，在哪里重逢呢？诗人说，“在那轰轰烈烈的‘文化大革命’”。可是，就是这个“文化大革命”，给所有中国人都带来了噩梦。那么，在经历“文化大革命”之后，诗人又将如何看待米歇尔的思想转变呢?

五

前文已有暗示，就在 1958 年，诗人迎来人生转捩点，从一个炼狱到另一个炼狱，前后持续二十余年。最初，诗人被化为右派，押送农场，接受改造。他的配偶李武珍很快就与他划清界限、断绝关系。有资料显示，在此前后，诗人乃是一个坚定而狂热的左派——对于政治而言，左派永远是先锋派和当权派。这个年轻左派积极参加反右运动，曾将很多文化界人士打成右派。当他发现身边的杰出人物已经所剩无几，却突然产生了怀疑，于是放出话来：“他妈的，这个也是右派，那个也是右派，谁有本事把我也打成右派试试。”不久，他就成为全国五十万右派之新丁，去到他此前的“敌人”们中间，在来自两个相反方向的蔑视中，度过了四年孤岛生涯：烧窑，伐木，打鱼，造饭。这打鱼的美差事，乃是长寿湖农场副场长罗广斌的安排。没有这个安排，诗人早就死了。长寿湖至今孤坟累累，记录着群体性和时代性的可怕饥饿。1962年，改造告一段落。二十五年之后，亦即1987年9月，诗人忆及这段孤岛生涯，写出长诗《这里，没有女人》：一群男囚，好比半兽，赤条条，直挺挺，仰卧于沙滩，或是草地，每天猥谈女人，然而他们却都渐不能勃起，浓重的悲哀几乎压垮了整座孤岛。对人的流放导致了对人性的流放。继思想之后，肉体也被阉割。那只无形之手翻覆着整个宇宙。不仅是男人，女人也遭遇了相同的命运：1989年4月，诗人写出的姊妹篇《月亮的回忆》，可以为此作证。

1963年，诗人调入四川省作家协会。孰料喘息未定，“文化大革命”即已爆发，诗人再次奋勇，立志继续做一个左派。在沙汀批斗大会上，他甚至上台煽了小说家的耳光。据说连疯子当街辱骂领袖，他也能与之扭打不休。但是，相似的悲剧再次上演：诗人很快被列为重点审查对象。此种遭遇，与其恩人罗广斌及其长兄孙文波之死，让他幡然有所悔悟。罗广斌之兄罗广文乃是国民党第十六兵团司令官，但是兄弟扬镳，前者后来成为《红岩》的主要作者。罗广斌曾在国民党监狱渣滓洞和白公馆挺过十四个月，却只在重庆建工学院红卫兵关押所挨过六天，便觑准一个机会跳楼而死。孙文波则是诗人的革命引路人，后又娶了一个国民党军人遗孀——这次跨阶级的婚姻最终让孙文波获罪。他后来被打成“走资派”，受尽折磨，含恨辞世。1976年，“文化大革命”结束，对于孙静轩而言，一个痛苦的反省时代却刚刚开始。1979年，诗人迎来三件大事：一是喜娶得成都某印刷厂工人李平女士，二是参加到《星星》复刊编辑委员会，三是当选为四川省作家协会副主席。1980 年 2 月，他写出短诗《故宫》，10 月，又写出长诗《一个幽灵在中国大地上游荡》，展示出强烈的批判性和忧患感。这两首诗的主题词都是“幽灵”，借自《共产党宣言》卷首名句：“一个幽灵，共产主义的幽灵，在欧洲游荡。”

六

事实上，更年轻的诗人更早亮剑。1978 年 12 月，《今天》创刊，一群突然冒出地面的青年诗人几乎同时展示出全新的俄罗斯式对抗美学。第二年 4 月，该刊印行第三期，发表齐云的《巴黎公社》，与诗人的同题材长篇叙事诗相比，此诗呈现出绝对另类的创造力，我们得承认，那就是为孙静轩所无的现代性雏形。当然，诗人也已经敏感到新美学的崛起并表示了作为前辈的首肯，这有他与青年诗人们的友谊为证：而这种友谊，显然建立在“心有戚戚焉”的隔代默契之上。在七十年代末八十年代初，前辈诗人持此种态度并非易事。“世界从来就是这样/对于陌生的天才/总是闭着眼睛”：我们已经知道，开明如艾青，从 1976 年到 1981 年曾与北岛时相过往，但是仍不免在从 1981 年到 1983 年连续发表的几篇文章中，由含蓄到直白地表达过与孙静轩截然相反的态度。在艾青与北岛决裂后不久，1982 年，孙静轩却与后者相会在岷江之畔。在此前后，诗人还与顾城、杨炼、舒婷、王小妮、徐敬亚、叶文福、傅天琳、欧阳江河、吉狄马加、翟永明、吉木狼格、石光华、聂作平等青年诗人结为忘年交，甚至还为这些诗人写出若干献诗，比如《小月亮》，《美之女神》，《只会爱，不会恨》，等等。对青年诗人作品，诗人多次坦言或有不懂，但是他知道这代人必有所恃。1992 年 10 月，诗人论及吉木狼格，曾如此作结：“对吉木狼格的诗，我全然陌生，我不知道该予以肯定还是否定。但是我尊重他的创新精神。创新是一种勇敢的行为。”〔1〕两代人之间心接神通的交往，给诗人带来了巨大的愉悦；而一些青年诗人株连祸结的命运，也给他带来了巨大的痛苦。1990 年春天，在乐山市邮电宾馆里，诗人目睹某不幸事件后，忽然捶胸顿足、呼天抢地、大哭嚎啕，如丧考妣，正是为了一个，或者说为了两个，四川青年诗人。在此前后，诗人蓄须明志，乃有典型的孙静轩之脸，这张脸，到死都在哀挽着“绝食的雪人”和“鲁智深式的超现实主义”〔2〕。由此可以见出，诗人具有强烈的“杀父”精神。东方文化拥有源远流长的“杀子”传统。父，意味着秩序、权威、命令和既得之利益；子，则意味着扰乱、创造、违抗和可能之转机。诗人此种精神，具有明显的西方文化特征，其诗《迈克尔·杰克逊》，还有《吹萨克斯的克林顿》，都可以作为注脚。

七

1981 年之后，诗人自惮于无形而无不在的寒意，忽然收敛了锋芒。他关注着青年诗人的狂欢，却又没有走近那堆篝火。前文

〔1〕孙静轩：《读吉木狼格》，《星星》，1993 年第 1 期，第 10 页。

〔2〕洛夫：《漂木》，《洛夫诗歌全集 IV》，台湾普音文化事业有限公司，2009 年版，第 216 页。

已有叙及，从 1979 年，诗人踏上了滨海城市之旅。1980 年 1 月，到北京；3 月，赴济南；4 月，回肥城。从 1981 年 11 月到 1984 年 3 月，诗人先后游历自贡、宜宾、乐山、永川、贵阳、渡口、昆明、绵竹、德阳和长江三峡。1987 年 10 月，诗人先后访问芬兰、瑞典和俄罗斯。在此期间，诗人写出大量纪游诗和赠答诗，似乎又回到了抒情诗之故径。

直到 1991 年 1 月，经诗人倡导，在成都云露酒家召开了戴卫中国画《钟声》同题诗会。戴卫，自号风骨堂，生于 1943 年，长于水墨和人物，或者说长于水墨人物，曾为长篇叙事诗《七十二天》作黑白插图六帧。《钟声》完成于 1988 年，绘有五十个人物，代表五十亿人类，均苍发缟服，瞠目结舌，长身遥望外天，侧耳谛听神谶，表现了人类的孤独感、惊悚感和渺茫感，是其代表作。当年 4 月，《星星》诗刊集中编发张新泉等十二位诗人的读画诗——却未见诗会倡导者的作品。以致或有认为，诗人已经才尽。1993 年 11 月，《星星》编发长诗《钟声》，我们才知道：早在 1989 年 7 月，诗人就写出了此诗。这个时间上的延宕，既有个人的，也有历史的原因。无论如何，这首长诗再次展示出强烈的批判性和忧患感，直承九年前两首幽灵诗的精神之脉——恰恰就是在这九年里，青年诗人们已经打造了中国现代诗的黄金时代。大约在完成《钟声》之后不久，诗人又写出姊妹篇《二十一世纪》，以“凡有罪者禁止入内”作为题记。“警钟如风/丧钟如烟”互见于这两首诗。至此，诗人已经站在“人类”的高度进行思考。他摆脱了当下语境的具体而微的磕绊，力图揭露整个人类的罪孽，预言地狱、末日与上帝之死。这两首诗语调激烈，笔墨酣畅，思想沉痛，议论沸扬，“如弩如箭高悬于我们的头顶”。《二十一世纪》引发了诗人的世纪之思。直到几年后他写出巨型长诗《告别二十世纪》，我们才知道，包括《二十一世纪》在内的很多作品，都不过是《告别二十世纪》的准备：所有相关作品构成了一个庞大的互文。从这些作品或作品片断来看，诗人多次言及，二十世纪是“我们的世纪”，而二十一世纪是“你们的世纪”。“你们”就是“孩子”。诗人自认为有罪者，唯愿背着十字架，独自在地狱里探险。他耻于进入新世纪，同时仍寄望在新世纪里人性再生而上帝复活。1998年，诗人曾将《告别二十世纪》自印百册，因外在的苛察和封闭，可能只有三四十册流传于世。笔者未能得见该诗全豹，不敢妄作月旦评；著名学者林贤治先生似曾获此机缘，且听他的读后感：

> 《告别二十世纪》是孙静轩一生写作中的最后一部长诗。全诗泱泱浸过一百年时光，容纳众多重大的国内外事件，有如江河入海，气势恢宏；虽然一览无余，却也并不因此显得单调。作为一首史诗，像这样的篇幅，这样的时空跨度，这样的政治意识，实为中国新诗史上所未曾见。〔1〕

由此可见，诗人通过这部长诗，对自己“肯定—否定—否定之否定”的一生，以及置身其中的那个世纪，做出了全面而全新

〔1〕《归来者的歌》，林贤治：《中国新诗五十年》，漓江出版社，2011年版，第165页。

的剖断。他用“最后以此为准”的语态，宣告了对自己此前所有作品以及内在观点的覆照。

诗人关于世纪之思的作品均未署明成稿时间——当其时，作品署明成稿时间，很容易被人拿来与时事相联系。而《告别二十世纪》并非诗人之绝笔则可以断定无疑。诗人之绝笔，乃是长诗《千年之约》，“2002年苦春于射洪”——诗人为射洪写出的另外一首诗是《啊，苦楝树》，乃是二十一年前亲历该县大洪水之所作。而《千年之约》，则是诗人在当地诗人蒲小林的陪同下，谒陈子昂墓之所作，其手稿亦同时留赠后者。陈子昂，孙静轩，两颗孤心，千年如晤，展开了“无声地对话”：挽与自挽，谁又能分得清楚？

八

诗人之作品，在其生前即已译成多种文字，在美、苏、意、英、日、芬兰和瑞典等国发表或出版。诗人自己亦甚夸负，2001年4月4日，他在成都杜甫草堂接受采访时说，“我的诗超过了杜甫”，又说，“能获诺贝尔文学奖的中国作家只有我”[1]。关于其作品，洪子诚、石天河、杨远宏、曹纪祖、林贤治等诗人和学者亦曾作过研究，尤以林贤治的研究较为深入，他曾经论及诗人的平民性、反专制精神、地缘政治兴趣，同时指出其“作品难免粗糙”——也许林贤治更看重的恰是前几个方面，但是这几个方面

[1]《四川青年报》，2001年4月5日。

都很复杂，具体问题还需要具体分析，不能简单地加以臧否。

今天看来，诗人的晚年涅槃让他最终可以被称为人道主义者和自由主义者，但是作为诗人，他始终处于“未完成”的状态。其写作，紧跟或者疏远政治，都未能摆脱被异化的命运。无论是前期对美学的追求，中期对哲学的盲从，还是晚期对神学的皈依，他都没有彻底实现独立写作理想。他在五十年代获得诗的时候，丢掉了思想；在九十年代获得思想的时候，又丢掉了诗：两者总是未能得兼。他甚至还袭用被他反对的事物的形式感，来反对这些事物，换言之，他具有作为过渡人物所必然具有的所有“延异性”。当他晚年无限趋近独立写作理想的时候，却又未能产生语言学的自觉。难以抑制导致了不可收拾，主观之火赋予作品以过长的篇幅和过快的速度，泥沙俱下势所难免。不管怎么样，诗人矢志不渝地锤炼和看守着“诚实、热情和文采”，用写作挽回和再现了作为一个中国知识分子的良知与尊严，仍然在新诗的历史，以及共和国的历史上，产生了较为重要的影响。也许，其更大意义还在于用文本的尴尬性不断地印证着个人与时代的关系：文本面貌之所以如此，之所以只能如此，乃是个人与时代相互挤压的结果。

随着时间的飞逝，后来者对其人的兴趣将有可能远远超出对其诗的兴趣。如果有人为之撰写传记，首先因为他是一个命运如此多舛的古人，其次才因为他是一个风格如此多变的诗人。

九

2003 年 6 月 30 日，诗人的心脏停止了跳动，享年七十三岁。

书桌上摊开的回忆录，原计划一百万字，最后仅完成三十万字。治丧期间，中共四川省委宣传部曾派专员吊唁，社会各界也自发送来无数花圈，很多青年诗人就着烛光彻夜朗诵着诗人的遗篇。后来，诗人被安葬于成都郊区长松寺公墓，艺术家谢淙泉为之铸像，作家黄化石为之题刻，陪伴他的是钢笔、诗集和火炬。

忽忽十虚年过去，迄未见有任何机构或个人整理出版其文集，更毋说出版其全集。倒是在2011年1月，一个外省的学者林贤治先生，乃重新编定《孙静轩诗选》，列入“忍冬花诗丛”，交由花城出版社付梓。“忍冬花诗丛”同辑另有《邵燕祥诗选》——诗人曾说自己与邵燕祥都是悲剧角色，现在，这两个悲剧角色竟以这种方式重逢了。说到新版《孙静轩诗选》，其开卷之作乃是森林抒情诗《致米亚罗》，此诗本有三十行，后面十四行却被无端腰斩，于是只剩下了前面十六行。

这就像一个象征，对于诗人屡被芟荑的生命。

2012年5月13日

“白金和乌木的气概，一种混血的热情”

——重读《青年诗人谈诗》

一

一个时代是不是也有其少年期呢？这个问题自然不消回答。当我翻开《青年诗人谈诗》，那些在页面之上、纸张之间跳动着的决绝、粗粝和莽撞，就连带把我也捎回了自己的少年期。啊，少年期，少年期，这是每个人回忆中的野蜂蜜，甜，带着涩，混合了绿林与水浒的香味……然而，当我们终于成年，当一个时代终于成年，谁愿意绕开鼎盛期的辉煌，转而细数那一星两星纤细的幼火？所以，到了今天，像《青年诗人谈诗》这样的旧籍，已经渐渐被淡忘。

《青年诗人谈诗》印行于1985年，收入北岛以降二十九位诗人五十一篇诗论，是北京大学五四文学社“未名湖丛书”之一种。“未名湖丛书”，我们知道的还有弥足珍贵的《新诗潮诗集》上下册，颇有当时已风行的“走向未来丛书”的新锐触角和简朴风格。当然，与其说这是书，还不如说是小册子，内部备忘录，只出一期的民刊，或者像编者老木——一个即将毕业的学生——所标明的那样："教学参考资料"。当然，老木的初衷正是将此书作为《新诗潮诗集》的一个附录，一个副本，或者一系列并非完全对应的笺注。所以，这套书被一起摆放在一架平板车上，平板车呢，由几个高年级同学摆放在北京大学的三角地。三册售五元。刚刚入读北京大学的一个学生陈国平，立即借钱买下，"这套书……使我下决心做一个诗人"〔1〕。这个陈国平，果然做一个诗人，就是后来兼擅批评的西渡。这不是孤例，风吹过的地方都有传奇……同为85级的褚福军，也在相似的摇撼与刺激之下，顺应生活自身的激流，后来成为了大名鼎鼎的戈麦：将诗稿扔进厕所、将肉身沉于万泉河的戈麦。

在此之前，我并未读过《青年诗人谈诗》。所谓重读，不过是语境替换之后的第二次凝视而已。所以，我面对的已经不是毛茸茸的现场，而是一堆历史性文献，是余温、回响，以及某种可能性。我说"某种可能性"，包含着隐晦的虚荣心：在这次重读中，我，作为沃尔夫岗·伊塞尔（Wolfgang Iser）所说的"暗含的读者"，将逐渐具体地显现出来。

二

毫无疑问，北岛是作为最初的中心或者说重心出现的。全书开篇就是他的无题短文——还有更短的短文，比如后面出现的严力的诗话、田晓青的语言论、崔桓的一篇论文提纲。但是，没有

〔1〕 参见西渡：《燕园学诗琐忆》，西渡：《守望与倾听》，中央编译出版社，2000年版，第180—181页。

比这篇短文更重要的了。北岛以他独有的冷硬、直截和果敢，宣布了人的觉醒："诗人应该通过作品建立一个自己的世界，这是一个真诚而独特的世界，正直的世界，正义和人性的世界。"〔1〕这个表述有赘词，有赘语，然而在赘词与赘语的涌溅之中，我们感知到一种急迫、时不我待和敢为天下先。与此同时，在人的觉醒与民的驯顺之间，已经产生巨大的龃龉。正面的倡导潜藏着负面的批判，诗学的矛头陷入了政治学的软肋，这让北岛成为一个英雄。所以，诗人，很多时候有待特定时代的成全：才气也需要运气。同收入本书的另外一些文章，比如骆一禾的《春天》、海子的《民间主题》，那种撒豆成兵般的思想和语言，已经远远超出北岛此文，然而，这个事实一点也不影响我们更高地评价北岛。所以，紧接着，舒婷就以《生活、书籍与诗》和《人啊，理解我吧》两篇文章与之相呼应："愿所有对自由的向往，都有人关注"，"我愿意尽可能地用诗来表现我对'人'的一种关切"。更多的呼应还要陆续达成：江河、林莽、梁小斌、王家新……连顾城，这个将全部热情和灵魂"系在昆虫翅膀上"的诗人，也在《剪接的自传》中出人意料地写道："我所属于的一代人，是必须奋斗才能存在的一代人。"这个话题，下文还将重新拾起，这里姑且打住。

三

我曾经将今天派诗人分为左翼和右翼：对抗美学与非对抗美

〔1〕老木编：《青年诗人谈诗》，北京大学五四文学社 1985 年印行，第 2 页。下引文字，凡未注明，均见此书。

学。北岛，多多，芒克，“虽千万人吾往矣”，正是典型的左翼人物。那么舒婷和顾城呢？被人为地“选择”为右翼人物。现在看来，持这个观点，正说明我还没有能够完全洞悉六七十年代的秘密。

舒婷讲到，为了惩罚课堂上的母爱教育，她的班主任被调到一个僻远的山区。母爱是自私的、不纯洁的、资产阶级的：一个革命者就这样分了心，走了神，落了后。面对此类荒谬，舒婷的申辩气质和叛逆精神与生俱来。她发誓要写一部艾芜《南行记》那样的书，“为被牺牲的整整一代人作证”。时间已经过去了四十多年，我们并没有等到这部证词。但是舒婷已经可以问心无愧：“老师，假如爱是你的罪名……那么，它仍是我今天斗争和诗歌的主题。”对爱和人性的坚持，给舒婷带来了今天已经难以想象的大麻烦。“四五”运动之后，全国范围追查“反动诗词”，老父亲恳求舒婷烧掉诗稿，她回答说：“不是还有哥哥和妹妹吗？你就当我这个女儿已经死了吧。”这个回答，让我想起另外一个十二月党人般的故事。当年，在北京东城的一个四合院里，李南、桂桂、程玉——唉，她是程潜的小女儿——等人第一次为《今天》工作时，北岛与她们进行郑重的谈话，末了说：“如果有人找你们麻烦，你们什么也别承认，都推到我和芒克头上。”〔1〕北岛的话激怒了这几个女青年，而舒婷，则伤害了提心吊胆的老父亲。不管怎么样，我们已经可以清晰地看到：他们站在一起，构成了一个齐整的小分队。

---

〔1〕 参见徐晓：《荒芜青春路》，徐晓：《半生为人》，同心出版社，2005年版，第145页。

说到烧诗稿，顾城的回忆也许溢满了欢乐。1969 年，顾城十三岁，他跟随下放的父亲诗人顾工，从北京来到一个干草和泥土的村落。爷儿俩在猪棚里对句，写诗，然后裹入稻草塞进土灶——到了现在，每念及此，我的耳边都充满了字与词的吱吱尖叫。“火焰是我们诗歌的唯一读者。”也许小顾城认为，诗稿本就是柴禾：父亲的沉痛经历还不能，也没有必要，说服他也必须谨小慎微……更加谨小慎微。直到后来，“他打碎了迫使他异化的模壳，在并没有多少花香的风中伸展着自己的躯体”。连在被抄家后唯一剩下来的书——法布尔——也不能安抚这个躁动的灵魂了。1979 年，他写出了《一代人》：黑夜给了我黑色的眼睛/我却用它寻找光明。所以，顾城并非只是一个唯灵浪漫主义者。他后来隐居在法布尔里面，隐居在花岛、水乡、碱地和麦田里面，隐居在豆荚、狐狸和爬虫里面，其实是为了寻求绝对的自由。当这种绝对的自由忽然成为不可能，他体内潜藏的暴力就如同一只轻易的气球，张嘴就吹大，吹大就炸裂。1993 年 10 月 8 日，在新西兰激流岛，顾城将斧子砍向了妻子谢烨。如果顾城没有去国，斧头将砍向哪里呢？他也许将证明：他不是凶手，而是一个试图躲起来的十二月党人，逼慌了，甚至可以站在小分队的最前面？

既然如此，何必分左翼与右翼。

四

必须再次提及田晓青，这可是个谜一般的人物。在短文《诗·语言》中，他写道，“除非迫不得已诗人竭力避开语言”，

“语言是诗人的最后手段”。事实上，他正是那个最吝惜笔墨、最漠视发表的诗人。翻开《新诗潮诗集》，在他名下，我们能够幸运地读到五首半。我喜欢《失去的地平线》：一代人的无力感之歌，一线希望之歌，破灭和挽留之歌。至于《季节的传说》，由于生硬地袭用《荒原》，很快让我皱紧了眉头。当然，最好的还是长诗《伟大的闲暇》，虽然是节选，已足以让人惊艳：短句接长句，快板加慢板，色、情、禅的漩涡与瀑布。除此之外，二十五年来，我们在应该读到的时候，几乎都读不到他的任何作品：从中国文学出版社 1998 年版《中国知青诗抄》，到武汉出版社 2006 年版《被放逐的诗神》。他就这样消失了，由一个退役者，变成了不知所踪的皮货商和广告人，混杂于芸芸众生，不求闻达，怡然自得。后来，同为《今天》早期成员的徐晓在一篇文章中这样谈及田晓青：

> 写作对于我，是现实生活向理想生活的逃避，我指望通过写作梳理自己，表达自己，提升自己，而晓青远没有我这样功利，他渴求的仅仅是一种状态。他之所以十几年如一日，平和冷静地面对琐碎，就因为他能够保持这样一种状态。这不是他为写作设计的，而是他为自己的生命设计的。这是他自己和自己做的一笔交易。用他自己的话来说，写作是他的压仓物，他因而不会像顾城那样翻船。晓青一定从中领略到了别人所无从领略的境界，所以，他知足常乐，他的这种别无所求常常使我

感动。[1]

由此可见，田晓青已经得到大自在。我们不必追问他的长诗足本以何种方式、在何种范围流传，也不必索隐是什么人、在什么情况下将此诗认定为“八十年代汉语写作的顶尖之作”。让我们记住他的叮嘱：“呵，人们，请不要以你们的余生揣度我们伟大的闲暇。”

值得注意的是，当我们放开田晓青，继续阅读《青年诗人谈诗》，来到柏桦的《我的诗观》，“从这个意义上说诗是不能写的，只是我们在不得已的情况下动用了这种形式”；再往下走，来到岛子的《与新诗探索者印证》，“诗是我们在不得已的情况下动用的一种形式”，我们就会再次领受那些奇妙的心心相印。

五

在这篇文章中，王家新要提前出现。因为正是此人，将北岛式对抗美学注入了俄罗斯式对抗美学的大海。在《沉思》、《关于诗的一封信》、《谈诗》三篇文章中，王家新关于技艺的表述，无论是“诗是经验”，还是“写的是现实而又把人导入超现实的境界”，是“非个人化”，还是“无理之妙”，不管是一种归总，还是一种创设，都是次要的，附丽的：相对一个精英主义抱负。他更为强调的是，“从笔尖上开始一点一点地滴下自己的血”，让作品

〔1〕 徐晓：《半生为人》，同心出版社，2005年版，第155页。

“从内部透出思想的火光”。所以，如果真有一个今天派，如果今天派真有一个发轫期和发散期，我愿意把王家新作为今天派发散期的代表性人物。

到了后来，葆有一种俄罗斯式对抗美学态度也能成就一个沉痛的诗人：帕斯捷尔纳克那“轰响的泥泞”来到了王家新的北京[1]。

忧患的、控诉的、承担的王家新，“流亡”的王家新，他也曾经以空灵冲淡的组诗《中国画》，“浑然坐忘于山林之间”[2]，为当代诗第二浪潮贡献了水花。

但是，他终于不能成为第三代人。

六

当代诗的第二浪潮，是以对传统的自觉为前提的。

从《生活、书籍与诗》一文来看，早在七十年代，对于舒婷而言，李清照、秦少游与普希金、泰戈尔就已经是具有同等效应的影响源。但是，她是不自觉的。到了1984年，顾城在《诗话录》中回答王伟明说：“传统在我们身上生长，挣扎，变得弯曲，最后将层层叠叠开放出来，如同花朵。”顾城已经有了认识的自觉，但是并没有促成写作的自觉。同时具有两种自觉并成功实现

〔1〕参见柏桦：《从模仿到互文——论帕斯捷尔纳克对王家新的唤醒》，柏桦主编：《外国诗歌在中国》，巴蜀书社，2008年版，第97—100页。

〔2〕《山水人物》，王家新：《王家新的诗》，人民文学出版社，2001年版，第21页。

文本生成的是江河和杨炼。在《随笔》中，江河不点名地提及一位伟人的诗学，古典加民歌的诗学，并称之为“形式主义者”；然后他写到，“传统永远不会成为一片废墟。它像一条河流，涌来，又流下去。没有一代代个人才能的加入，就会堵塞”。这与杨炼在《传统与我们》中的表述何其相似乃尔：“传统……像一趟用看不见的挂钩连接起来的列车，活在我们对自己环节的铸造中，并通过个人的特性显示出民族的特质。”江河与杨炼的传统：一种现在进行时态的传统。在写作中，半个江河留在《今天》，半个江河来到这片曾经属于盘古、女娲、夸父、后羿和精卫的厚土中间，小心翼翼地接过一代代传过来的古精灵。于是，我们就读到了组诗《太阳和他的反光》：不仅仅是重写神话，而是打探我们心灵的根源。1999 年 9 月，太原，我和潞潞忽然谈及江河，他马上激动起来：“多么好的诗人！”后来，江河选择出国，肯定不是为去接受异域文化。许多年过去了，他是否仍然如同翟永明在一篇美国旅行记中提及的那样，住在纽约那个“意大利黑手党控制的小区里”[1]？他还写诗吗？或许憋坏了？为什么宁愿忍受？……他消失得比田晓青还要彻底。至于杨炼，他整个儿都来了，披肩的长发如此艳丽，如此热烈。随着其全部作品的陆续出版，我们已经逐渐看清楚，当年轰动一时的中型组诗《诺日朗》，不过是巨型组诗《礼魂》的一个局部。对，甚至连《半坡》和《敦煌》也只是一个局部。杨炼这种穷尽和坐拥的气魄，以及他的华彩、恣肆和冲动，慑服了一代更年轻的诗人。在《青年诗人谈诗》的作者简

〔1〕《科罗娜 19 号》，翟永明：《纽约，纽约以西》，四川文艺出版社，2003 年版，第 179 页。

介中，我们屡屡读到这样的夫子自道："受到江河尤其是杨炼的影响进行史诗的探索。"

循着《青年诗人谈诗》的交叉曲径细加清理，江河和杨炼的后继者大约可以分划为三个向度。其一，以石光华为代表。他认为要肯定杨炼比否定他更加困难。在一封书信的摘段里，他指出杨炼的作品与中华民族的"实践理性"相悖。为此，他稍微推开后者，"在一弯月亮、一脉清风、一声蝉鸣中，感受和发现了无限和永恒"，最后臻于"物我同一"、"仁礼一体"之境。诗：为了人与自然的和谐。石光华一步一步剔除杨炼的暗示，从《东方古歌》、《混沌之初》来到了《黑白光》，自诩《黑白光》"希望使抒情诗获得某种未来的意义"。然而，这些作品，今天已经难以得睹。翻开《后朦胧诗全集》，读到的将是石光华的另外一批作品，应该更加成熟，"看山水一片清明"[1]。与石光华参差相近的，还有宋渠和宋炜——他们的诗与文总是共同署名。这一次，他们带来《这是一个需要史诗的时代》，作为全书的压轴戏。宋氏兄弟强调了"思索"的力量，认为比"觉醒"更重要。但是他们在作品中展现出来的那种旧式文人的家居无为生活，散淡与雅致，珍惜与满足，似乎并无"思索"的容身处——也许，这正是"思索"的结果!? 值得注意的是，在宋氏兄弟这一批作品的背后，存有一个神秘的"柴氏"：比如，他们有一首诗《与柴氏在房山书院读几册旧籍》，另有一个组诗《戊辰秋与柴氏在房山书院度日有旬，得诗十首》。柴氏何许人也？这已经成为当代诗历史上的另外一个

---

〔1〕 石光华：《大宗师》，万夏、潇潇主编：《后朦胧诗全集》上卷，四川教育出版社，1993 年版，第 483 页。

谜。翻开《后朦胧诗全集》，当我们读到宋氏兄弟的《门户之见》，“门关户闭，宅第一派清明”[1]，明知不是，仍然乐于将柴氏指认为石光华——似乎也没有什么大的不妥当。其二，以牛波为代表。这位画家诗人，抛出《略论青年诗人的“古老”以及关于正常生长的一般性看法》，他的纸页与厚书之论，与江河、杨炼如出一辙。但是请注意，他转而又提出，“一切就在我们之中存在着”，“任何一件新制造的东西上都描绘着古老”。所以，他从新式电锅上看到了鱼形纹，而他就愿意直接写一写这口新式电锅。这种态度，似乎再次刷新了诗人们的传统观。后来，唐晓渡和王家新主编《中国当代实验诗选》，以牛波开卷，绝非偶然也。其三，以海子为代表。这个大质量的天体，曾经也是一颗小卫星。他提交的《民间主题》——目录上错列为《谈诗》，后面又误将该文标题及篇前引诗混入正文——其实就是长诗《传说》的序言。这首长诗，海子用以“献给中国大地上为史诗而努力的人们”。海子的思想和语言从来都是非线形的混沌系统……如同天风海涛，钻石滚动……让我们来倾听其中较为清晰的吉光片羽，“是啊，这世界需要的不是反复倒伏的芦苇、旗帜和鹅毛，而是一种从最深的根基中长出来的东西”，“史诗是一种明澈的客观”，这些观点与其他诗人并无大异。但是，很快，被唤醒了史诗冲动的海子就从印度沿用另外一个词语作为自己的理想：大诗。所谓大诗，在海子看来，必然超越民族和国度，乃是人类之诗。骆一禾在海子《土地》代序中曾经谈到海子大诗的文化背景：从西方古代史诗向东方古代

〔1〕石光华：《大宗师》，万夏、潇潇主编：《后朦胧诗全集》上卷，四川教育出版社，1993年版，第205页。

史诗——主要是《罗摩衍那》和《摩诃婆罗多》——转换；以及其想象空间：东至太平洋以敦煌为中心，西至两河流域以金字塔为中心，北至大草原南至印度次大陆以神话线索“鲲鹏之变”贯穿的广阔地域。[1] 海子有此抱负，所以很快就从《传说》来到梦想中的《太阳·七部书》。这固然不是江河、杨炼所能梦见的，也不是海子所能胜任的。所以，他在《诗学：一份提纲》中表达了“一种隐约的欣喜和预感”：“人类经历了个人巨匠的创造之手以后，是否又会在二十世纪以后重回集体创造?!”[2] 集体创造已经成为不可能，应该交付给集体创造的沉重理想势必压垮这个瘦弱的诗人。

这就是第二浪潮：它甚至将一些志不在此的诗人也席卷进去。比如欧阳江河，临时写出《悬棺》；翟永明，临时写出《静安庄》。

七

徐敬亚的出现恰逢其时：他代表了当代诗“自己的”发言人。他置身于一代青年之中，从而把自己与谢冕和孙绍振都区别开来。《空间·跳跃·线条·表面层》是徐敬亚关于当代诗前两个阶段的美学观察，或者说美学引导。此类文章，前面还有顾城的《关于诗的现代技巧》，后面则有牛波的《试比较诗歌、音乐、绘画在形式上的关联》。毫无疑问，顾、牛二氏只是现身说法，传托个人的

---

〔1〕 骆一禾：《我考虑真正的史诗》，张玞编：《骆一禾诗全编》，上海三联书店，1997 年版，第 862—863 页。

〔2〕 西川编：《海子诗全编》，上海三联书店，1997 年版，第 901 页。

衣钵，只有徐敬亚具有批评家的自觉：他的视野几乎容纳了所有青年诗人的创造。岂止如此而已，徐敬亚更大的魅力来自于一种思想家式的快雪机锋。不过，像《空间·跳跃·线条·表面层》这类文章好比佛家所谓有为法，难免“着相”。所以顾城在《诗话录》中转而说道：“忘其形才能得其魄……可惜许多死于章句的人都不这么想。”《金刚般若波罗蜜经》云：一切有为法，如梦幻泡影，如露亦如电，应作如是观。果真如此：全新的美学思想已经在泛现代主义的邻地上破土而出，后现代主义也急于露出端倪。北岛时代很快就会成为历史，而徐敬亚也将疲于他的美学跟踪。

八

还得回过头去看。顾城在《学诗笔记》中已经提出，“一句生机勃勃而别具一格的口语，胜过十打美而古老的文词”。梁小斌——他的文章题目极端老实：《我的看法》——则希望将一切了不起的发现，“通过孩子的语言来说出”。这些当然都不是真正的源头：因为顾城和梁小斌的作品，在这个革命性的向度上，并不具备立法意义。

值得注意的是上海诗人王小龙——这个王小龙，在1979年的一个闷热的下午，曾经和朋友们一起讨论用诗来消灭官僚主义的可能性。这种理想主义的呆子气，恐怕已经永远消逝了——1982年7月，他在两个朋友诗人菲菲、蓝色的启发之下，完成《远帆》一文，开始反思和质疑那种“一两星星，四钱三叶草，半斤麦穗或悬铃木”的现代诗意象丹方。意象，以及夹杂其中的书卷气、脂粉气，已经如此让人生厌。王小龙愿意重提陈独秀的“三个推倒三个建设”，再次掀起一场白话文运动。他说：“我们希望用地道的中国口语写作，朴素、有力，有一点孩子气的口语……赋予日常生活以奇妙的、不可思议的色彩。”在此后完成的《自我谈话录：关于实验精神》中，他进一步坚定和迫切了“学会自己走路”的想法。就在1982年，王小龙完成《心，还是那一颗》、《外科病房》等一系列作品。杰作《出租汽车总在绝望时开来》写于何时已经难以考证，在此之前后则无疑义。到了1986年，他甚至又写出《纪念航天飞机挑战者号》。亲切、新颖、跳脱、率真、幽默，口语魅力展现无遗。王小龙并不是一个孤独的先驱，同行者已经排成了耀眼的天使队。韩东是同时出现的，1982年就完成《有关大雁塔》，次年又完成《你见过大海》。于坚亦起步于1982年，但是要等到第二年才完成《作品39号》，第三年才完成《尚义街6号》。李亚伟要晚一点，迟至1984年底，他才完成《中文系》。到1987年，阿吾完成《相声专场》，被张远山誉为“汉语中最杰出的漫画”〔1〕。1988年，蓝马完成《世的界》，伊沙完成《车过黄河》。仅仅六年时间，口语的涓流已经汇成解构主义的浪潮，当代诗的第三浪潮。这可能是王小龙始料未及的。作为今天派及今天派后裔的相对者，王小龙们的华丽转身让他们成为真正意义上的第三代人。

到伊沙完成《饿死诗人》，时间已经进入九十年代。一个铺天盖地的后口语时代出现了：口语最终被口语淹没。

〔1〕 张远山：《汉语的奇迹》，云南人民出版社，2002年版，第7页。

但是仍然让我们记住王小龙——他已经快被彻底忘掉了。

九

如果说王小龙是源头性的，那么，翟永明已经在另外一条秀水上泛舟中流，接引着过去和未来。让人庆幸的是，她也应邀参加了老木主持的这场美学聚餐。我注意到了翟永明在《谈谈我的诗观》中所使用的那个词组："毁灭性预感"。就在《青年诗人谈诗》印行的同时，翟永明又完成了另外一篇文章《黑夜的意识》，再次言及这种"与生俱来的毁灭性预感"。很显然，臧棣正是从第二篇文章中注意到我之注意。后来，他在访问翟永明时专门设计了一个与此相关的问题。后者回答说："这种'与生俱来的毁灭性预感'也许类似动物对自然界灾变的本能预知，它支配着我的生活与我的诗歌中的主题、动机，甚而支配着我的词汇。"〔1〕事实上，正是这个潜伏着的小东西，包括与之相表里的疾病意识，让翟永明在1985年写出组诗《女人》，逐步"在一切玫瑰之上"现身出来。林子和舒婷终于成为过去，未来的女诗人面临着巨大的阴影。

当然，翟永明绝非一个自恋者。从一开始，她就存有更加宽阔的理想。在《谈谈我的诗观》中，她接着说："我作为女性最关心的是我的同性的命运，站在这个中心点上，我的诗将顺从我的意志去发现预先在我身上变化的一切。"这种关心贯穿了她的思考

---

〔1〕《完成之后又怎样？——回答臧棣、王艾的提问》，翟永明：《纸上建筑》，东方出版中心，1997年版，第241—242页。

和写作。后来，我们将会陆续读到她的一些文章。这些文章表明：一方面，她逐渐意识到女性自身的局限性给女性诗歌带来的局限性，于是从女权主义慢慢撤退，试图发出非性别意义的独立声音，关注人类普遍的命运，真正回到文学和艺术本身。这种观念的确立，使得翟永明的写作增加了客观性和场景性：啊，《咖啡馆之歌》！然而，这种增加，在我看来，又何尝不是一种减损。另一方面，她从来没有淡忘过作为一个整体的女性诗歌，她激动于同龄的更年轻的甚至还年轻的文学与艺术的闺中密友。有好几次，她想要编选一本《中国现代女诗人诗选》，试图挑选出所有的“玫瑰中的玫瑰”。让我们记住这些被她一再低唤的芳名：陆忆敏、张真、伊蕾、唐亚平、海男、唐丹鸿、小君、小安、刘涛、陈小蘩、蓝蓝、周瓒、吕约、尹丽川、巫昂……

她们的翅膀已经全部开张：不是为了占领半个天空，而是为了自由飞翔。

十

翟永明很少，或者说根本就没有提及过王小妮。

然而，今天看来，在《青年诗人谈诗》的所有入选者中，王小妮几乎是唯独一个越写越好的诗人，“自然”，炉火纯青，不容我辈置一词。

十一

老木的宾客已经星散，一些人甚至消失得无影无踪。一平是谁？张小川是谁？崔桓又是谁？我们已经不能知道他们的半点消息。上文已有提及，崔桓只留下一个论文提纲：《聚集在沙滩上的人》。这个提纲，显示了非同一般的历史眼光。比如，她将“新诗潮”分为三个板块：《今天》诗人及诗，老一代人中的新兵，追随者。一直要到此后很多年，学术界才能够像崔桓那样，用“今天派”取代“朦胧诗”这个轻薄的称谓。对我来说，最感兴趣的还是她对第二浪潮的叙述构架：区域性诗人群和刊物，呼唤史诗的诗人，虚构个人童年讥讽成长的时代及强调城市感受的群体代表。当其时，“他们”、“整体”和“莽汉”刚好成立，“撒娇”即将诞生，“非非”尚在酝酿。在茫茫竹海之中，崔桓已经听到哪些嫩笋的拔节声？第三节更是一个谜：虚构个人童年讥讽成长的时代？她说的是顾城？顾城可不具备“讥讽”的品质。如果顾城位处第一章第一小节，那么她说的或是车前子？当时，《三原色》已经发表近两年。城市感受？天啦，宋琳、张小波、孙晓刚和李彬勇的诗合集《城市人》还要在两年之后才会出版。那么，她说的又是谁？而且还是一个群体？

崔桓似乎并未完成这篇可期待的论文：不是历史，而是关于历史的一种独特叙述框架，就这样胎死了。

到了今天，聚集在沙滩上的人，连同崔桓本人，都已经面目模糊。

十二

通过对作者的选择，《青年诗人谈诗》展现了一种双城记般的地理学视角：毫无疑问，我指的是北京和四川。北京诗人，四川诗人，各据一桌，煮酒论英雄。这也大致符合三十多年来现代诗发展与嬗变的事实。当然，遗珠之憾是不可避免的。比如，像多多、芒克、黄翔、西川、孟浪这样的诗人都未能占得一席。但是，我宁愿相信，个中原因，恐怕还在于他们当时根本就没有理论建设的积极性。1984 年，欧阳江河已经完成诗学长文《受控的成长》发表于香港《大拇指》诗刊，显露了渊深的学养和机智的识见，也未能占得一席，似乎应该归咎于那无处不在的偶然性。至于周伦佑和蓝马，他们要在《青年诗人谈诗》印行后的第二年，亦即 1986 年，才在西昌月亮湖畔完成《非非主义诗歌方法》。也在同一年，宋琳们才完成《城市诗：实验与主张》，京不特才完成《撒娇宣言》——可惜的是，这个宣言迄今仍没有获得应有的重视，朱大可在《流氓的盛宴》一书中的相关论述，堪称精确独到，诗歌研究界亦无反响应和之声。继续往后走，到了 1993 年，李亚伟才完成《流浪途中的“莽汉主义”》，于坚才开始写作《拒绝隐喻》。所以，我们已经需要另外一部书来与这段历史相对称。

十三

二十五年过去了。

当年的青年诗人已经慢慢衰老。我们的北岛已经六十一岁。还有一个比他年长的诗人肖驰，已经六十二岁，早已转入古典诗学研究领域。最年轻的海子设若不死，也已有四十六岁，快要逼近知天命之年。

感谢老木：他为我们保留了一个时代逐渐泛红的青春。

2010年6月1日

“隐身女诗人”考
——关于若干海子诗的传记式批评

野鸽子
——这黑色的诗歌标题　我的懊悔
和一位隐身女诗人的姓名
——海子《野鸽子》

一

近年来，海子研究已经成为一门显学，举凡思想探析、文本读解与传记写作，均取得了一些重要成果，已有多位学者以此鸣世。然而，“隐身女诗人”案一直是难以破解的斯芬克斯之谜。海子的几位传记作者，要么陷入迷雾，要么妄自猜想，要么绕开困局，均未能给出准确的答案。本文则试图在相关研究中有所突破。当然，我的目的，乃是重新启用“过时”的传记式批评（Biographical Criticism），更有效地阐释海子留下的一系列相关作品。揭秘与猎艳，固非本人之志趣也。

二

1988年5月16日夜，海子完成了一首七十七行的短诗《太阳与野花》[1]，特别标明“给AP”。在海子所有作品中，这一件，无论从何种角度看来，都显得十分特别。如果单单考察其形式感，我们马上就会震惊于全诗中人称的错乱与清晰。是的，只能这样评价：错乱与清晰！比如，第一行的“他”，第三行的“我”，第三十八行的“海子”，都如此确定地指向了太阳，亦即抒情主体；第二行的“她”，第三十二行的“你”，都如此确定地指向了野花，亦即抒情对象；而第三、四、六行的“你”，拥有一个樱桃的母亲——樱桃，已经明显偏离野花之于落寞、低贱、素洁和“竟岁无人采，含薰只自知”的意义指向——这肯定意味着全诗在主题和主角上的旁逸斜出；至于第二十二行的“你”，相当男性化，无疑已是泛指。毫无疑问，诗人同时拥有多个视点（Point of View），并在这些视点之间游移不定，终于构建出繁复摇曳的叙事学：他有时候使用全知之眼，看到“太阳是他自己的头/野花是她自己的诗”，甚至发现了海子“自由的尸首”。有时候使用半知之眼，比如太阳之眼，以观野花，“你们还可以成亲/在一对大红蜡烛下”，又如野花之眼，以观太阳，“去看看他　去看看海子”。海子曾经说过，诗歌不是修辞，而是一团烈火。此诗中视点的频繁转换，显然并非出于形式主义的穷讲究。之所以不得不如此，乃是因为

〔1〕 西川编：《海子诗全编》，上海三联书店，1997年版，第391—394页。下引海子诗文，凡未注明，均见此书。

海子同时叠加了生命中几段不同的情缘，“在技术处理上还存在着一个意象上另一个意念的附着、覆盖，以及退出，这样一层层的丝膜错杂”[1]。读罢全诗，我们会发现作者的一条附注：“删86年以来许多旧诗稿而得。”由此亦可见，此诗绝非一时一地一人一景之作。因此，与其说是视点的频繁转换，不如说是视点的仓促集结，乃至最终不能归于一统。

樱桃女儿，海子在日记和诗歌中均称之为B，乃是中国政法大学1983级学生，来自内蒙古，父母均为高级知识分子，后来成为海子的初恋，并设法在《草原》上发表了后者的若干作品。海子曾为之写下不朽的诗篇：《给B的生日》。但是，正如《太阳与野花》所显示的，“你的母亲是樱桃/我的母亲是血泪”，或许还有其他原因，最终导致两人早早分手。1986年10月，海子在《泪水》一诗中写道：“在十月的最后一夜/我从此不再写你。”这场绞机般的爱情几乎粉碎了诗人的心，同年11月18日，他在一篇日记中写道：“今天是一个很大的难关。一生中最艰难、最凶险的关头。我差一点被毁了。”接近两年之后，B又出现在《太阳与野花》的开端，虽然一闪而过，亦可见海子之念念不忘。但是，很显然，B仅仅是此诗的一个序言，为了后文中AP的正式出场。

然则，AP何许人也？燎原认为，AP实为两人。细细考察《太阳与野花》，全诗不同处确有差异化的表达，明显存有多重指向；第二十行：“两位女儿在不同的地方变成了母亲”，则提供了较为明确的信息；另有一个外围事实，海子向以单个拉丁字母，

---

〔1〕燎原：《扑向太阳之豹：海子评传》，南海出版公司，2001年版，第248页。下引燎原观点，凡未注明，均见此书。

比如B、S，指代其生命中的重要女性，亦可作为这个观点的参考。据燎原等人研究，P是海子的一位同事，已婚，有孩子，其老家应在青海德令哈。海子于1983年到中国政法大学工作，第二年就在《不要问我那绿色是什么》一诗中写及青海湖。在《太阳与野花》定稿半年后，海子又完成一首《无名的野花》，再次在一种致幻般的氛围中，写及青海湖边的野花、大草原上的恍惚的女神。同一时期还在多件作品中写及青海公主，可能就包含着对于P的臆想。1988年7月25日，海子坐火车经青海德令哈，写下那首肝肠寸断的《日记》："姐姐，今夜我不关心人类，我只想你"，显然就是献给P的呓语。燎原进而指出，P即是《野鸽子》一诗中的"隐身女诗人"。《野鸽子》完成于1988年2月。同年同月完成的另外一首诗《一滴水中的黑夜》，"野鸽子"再次出现，并与一位"女王"构成互涉，"这些陌生人系好了自己的马/在女王广大的田野和树林"。在海子的心理指认中，P是一个姐姐，好比导师，A是一个妹妹，接近情人。《太阳与野花》有句："是谁这么告诉过你：/答应我/忍住你的痛苦/不发一言/穿过这整座城市/远远地走来/去看看他　去看看海子"，就明显出现一个三角关系：善良的P最懂得海子的孤独和绝望，她把解救的希望寄予A。但是，目前没有证据显示P是一位诗人，她最多只是海子才气的"欣赏者和引导者"。

必须附带说明的是，B和S亦非诗人——B尚能欣赏海子诗，S则对海子诗可能带来的现实龃龉抱有极大的担忧。

三

边建松认为，《日记》一诗原本献给西藏女诗人 H[1]，则又不准确。因为还要在完成此诗数日之后，海子才翻越唐古拉山，在 8 月初到达拉萨，初次，也是最后一次，见到 H。如果单从内容来看，《日记》的悲伤、孤独和空荡，则又与 H 坚拒海子莽撞示爱的事件构成了严丝合缝的呼应——或许，在见到 H 之前，忐忑不安的诗人就隐约预知并提前领受了这种悲伤、孤独和空荡？H 年长海子近十岁，与后者密友骆一禾交厚，此前可能与海子有过书信往来，当时离居拉萨，与一条大狗相伴。可能以其品性芬芳、思想纯净、境界高远，燎原借用马原一部小说的书名，称之为“拉萨河女神”。她能够与燎原等坦言海子夜访事，亦可见其胸襟。她的名作《我的太阳》，以及散发出来的边地文化气韵和成熟女性魅力，对于以“太阳”自许的海子来说，构成了强烈的召唤。H 似乎已经成为最大的嫌疑。但是，她亦不可能就是那位“隐身女诗人”。因为在见到 H 之前半年，海子就已经完成《野鸽子》一诗。

四

剩下来的，需要被证明的，只有 A。A 已经与“隐身女诗人”

〔1〕 边建松：《麦田上的光芒：海子诗传》，江苏文艺出版社，2010 年版，第 205—206 页。下引边氏观点，凡未注明，均见此书。

重叠在一起。现在，我们必须循着另外一条线索继续从头起步。

1987 年 8 月，海子完成《十四行：玫瑰花园》。很明显，此诗隐藏着诗人与某女诗人彻夜谈论但丁及贝亚丽丝的本事。诗人写道："四川，我诗歌中的玫瑰花园/那儿诞生了你——像一颗早晨的星那样美丽。"我们已经在青海和西藏陷得太久，现在，必须依照海子本人的指引，由西北而西南，来到另一块土地。

在其短暂一生中，海子至少两次进入过四川。

第一次是在 1987 年 1 月。他乘坐北京直达成都的列车，未至成都，便在广元站下车，然后换乘汽车，去了川北藏区九寨沟，继而折回，来到川东北山区的达县盘桓数日后，乘汽车赴万县，换乘江轮，顺长江而下，回到安徽安庆。九寨沟地处四川盆地向青藏高原过渡的坎前边缘区，作为旅游圣地，现在已经驰名于世界。然而，九寨沟被评为国家级风景区，却迟在 1984 年；被评为世界自然遗产，则迟在 1992 年。1987 年，九寨沟尚处于保护区向旅游区的过渡期，名气不甚大，人迹不会多。1 月，正是体验九寨沟冰雪世界的最佳期。海子此去，或如燎原所言，乃是为了朝拜诺日朗：想来诺日朗瀑布已然冰冻，而诺日朗雪山当更加晶莹——1983 年 5 月，杨炼在《上海文学》发表组诗《诺日朗》以来，此诗就一度成为诗歌界高度关注的焦点和热点，并引领了当代诗歌史文化地理向度上的史诗写作潮流。很多四川诗人，比如宋氏兄弟、廖亦武、石光华，部分的翟永明和欧阳江河，都是后起者。我们的海子，也正是声气相通的后起之秀。巧合的是，在九寨沟的山谷森林之间，镶嵌着数以百计的湖泊，犹如镶嵌着一块块蓝水晶。当地人就称之为海子。海子此去，或为与若干海子聚首亦未可知。这种地气上的契合感，引导了海子最后的行踪。经查，1987 年 10 月，海子曾忆写有《九寨之星》一诗。此诗仅有八行，抒情对象之人称，迅速由第四行的“她”转变为第七行的“你”。值得注意的是，海子把九寨沟的海子喻为女神点亮的一盏灯，却把“你的一双眼睛”喻为镜子中的两盏灯。这颗九寨之星，是否就是两个月前在《十四行：玫瑰花园》中曾经出现过的那颗星？不管怎么样，海子的九寨之行，隐约出现了一位女性。当他到得达县，写下《冬天的雨》，这位女性已经逐渐清晰：“一只船停在荒凉的河岸/那就是你居住的城市。”那么，海子此行，乃是去见当地一位年轻的异性朋友？这个观点的确立，有赖于排除另外一种可能：海子去见正在老家度寒假的徐永。徐永，男，诗人，1965 年生于四川万源，北京大学中文系 1983 级学生，以《矮种马》一诗享誉校园，曾任“五四文学社”社长、《启明星》主编。徐永进校前，海子已毕业，但是两人相熟则无疑问——均在 1986 年，前者写下《竹篮》，后者写下《鱼筐》，亦即著名的《在昌平的孤独》，表现出相似的题材攫取和不同的情感皈依。万源与达县毗邻，今同属达州市辖。然而，经徐永回忆，他绝未与海子在达州见过面——他甚至不知道海子到过达州。可见海子一直保守达县之行的秘密，其目的，可能正是帮助某个人“隐身”。然而，这秘密最终还是被他自己的作品泄露：《冬天的雨》，以及《雨鞋》，明确标明写于达县——从所署时间来看，海子至少在达县停留两天，从当月 11 日至 12 日。另一件作品——《雨》，被海子另一位密友诗人西川，认为大概就是《冬天的雨》的重写稿或改定稿。这些作品径用第二人称“你”，明显地隐藏着若干本事：特别是与一个“仙女”雨中共伞的本事。《冬天的雨》中诗人“随身携带的弓箭”后来再次在《太阳与野花》中出现，“一张大弓、满袋好箭”。而在完成《九寨之星》的同时，海子还完成了一首《野花》，提及一位“雨和幸福/的女儿”。综合考察这些信息，我们将毫不犹豫地把这里的“你”与A重合为一人。《雨鞋》则显示，此前海子与A曾有通信。据多人研究，此行中，海子曾与A同游达县境内的州河及七里峡真佛山。回到安庆后，海子写有《给安庆》一诗，有“可能是妹妹/也可能是姐姐/可能是姻缘/也可能是友情”之句，泄露了他对S与A的感情预期。海子离开四川后不到五个月，他的作品《献给韩波：诗歌的烈士》、《水抱屈原》、《但丁来到此时此地》发表于达县《巴山文艺》第6期“启明星诗卷”——经考证，这次发表机缘的促成，正是徐永及其朋友——另一位达州诗人凸凹——的努力之功，可能与其他人没有什么关系。值得注意的是，在《但丁来到此时此地》一诗中，海子写道：“树桠裂开，浅水灌耳/在香气的平原上/贝亚德丽丝/你站在另一头，低声歌唱。”贝亚德丽丝就是海子在《十四行：玫瑰花园》中写及的贝亚丽丝。在1986年8月的一篇日记中，海子使用的则是王维克先生在上个世纪三十年代翻译《神曲》的译名：贝亚德。贝亚德丽丝，这个佛罗伦萨少女，在九岁时引发但丁的爱情，当其二十五岁夭死之后，就一直是但丁诗篇中永恒的女神。海子在《巴山文艺》选发《但丁来到此时此地》一诗，已然自视为但丁，并将A视为贝亚德丽丝，亦即此诗的收件人，其苦心与深意自不待言。

第二次是在1988年3—4月。海子陪母亲游览北京后，怀揣尚未完成的长诗《太阳》，直奔成都，先去川南，观瞻乐山大佛，并在沐川宋氏兄弟的房山书院盘桓十余日，继而回到成都，先后住在诗人万夏和尚仲敏处，并与欧阳江河、翟永明、石光华、刘太亨、廖亦武、钟鸣、杨黎等见面，还曾当众朗诵廖氏《大盆地》一诗，盘桓数日后方回北京昌平。很显然，这是一次诗歌之旅。四川诗人，特别是整体主义诗人，带给海子生活的、诗学的——暖意，让他刻骨铭心。据一些当事人回忆，在成都期间，海子可能有过约会。此行结束回昌平后，4 月 23 日，海子即写下《跳伞塔》一诗——跳伞塔，乃是成都市区一个小地名——“我在一个北方的寂寞的上午/一个北方的上午/思念一个人”。这首诗的第六节共有五行，则更为重要，“已经有人/开始照耀我/在那偏僻拥挤的小月台上/你像星星照耀我的路程”。几天之后，时间来到 5 月，海子又写下《星》，“星/我是多么爱你”。这里的跳伞塔之星，旷野之星，是否也就是八个月前在《十四行：玫瑰花园》中曾经出现过的那颗星？如果是，A 或曾赶赴成都与海子见面亦未可知。在沐川期间，宋氏兄弟中的宋炜曾为海子算过卦，言及海子的诗已然形成一个黑洞，要将他吸将进去；又言及，海子在成都有一个女友，今后不会在一起。第一卦显然应验；第二卦不知准确否，却影响了海子传记作家燎原，后者认为 A 老家在达县（该县毗邻神农架），毕业于北京某大学，工作于成都某医科大学，并称之为“神农氏之女”，云云。另一位传记作家周玉冰，显然受了影响之影响，在此基础上对海子与 A 的两次交往均作了绘声绘色的文学性摹写，并将 A 称为“安妮”，工作单位则由一所大学变成一家医院。大学而兼医院，难道是指华西医科大学？倘若真的如此，海子或另有所遇——在完成于1988年8月的《雪》中，明显可以看到，“草原”和“成都”，都是海子的情感寄托地。

或以为在1989年初，海子曾第三次来到四川。然而证据不足，可能乃是误记。

五

海子另有一件作品《病少女》，完成于1987年2月，即离开达县的次月。此诗写及一家三口为他送行的情景，特别写到一个小姑娘，“病少女　清澈如草/眉目清朗，使人一见难忘/听见了美丽村庄被风吹拂”。很多论者以为，一家三口即是A的一家三口。那么，A是病少女母亲还是病少女本人呢？这个问题颇难回答。边建松就否认《病少女》与A有关；但是，边氏同时认为，此诗是经验综合的结果，不一定确有其事，则又未必。1988年2月，海子《大风》诗中又出现了相似意象：“想她头发飘飘/面颊微微发凉/守着她的母亲/抱着她的女儿/坐在盆地中央/坐在她的家中。”奇怪的是，此诗之地理信息再次指向四川。病少女一案，或者另有本事亦未可知。真是“正入万山圈子里，一山放出一山拦”。

六

1989年的春天不可避免地到来了。

我们当然会发现，在此期间，海子连续写下《太平洋上的贾宝玉》、《献给太平洋》、《太平洋的献诗》，牵肠挂肚于在一年前就已经移居海外的B。但是，同时，海子还写下《桃花》（共二首）、《桃花开放》、《你和桃花》、《桃花时节》、《桃树林》，似乎在很大程度上指向了A。无论这个直觉准确与否，都不影响我做出这样的判断：海子对A的幻想和创造仍在不断膨胀。3月9日，在自杀前的第十七天，他删定当年1月就草成的诗稿：《月全食》。“月”，自然是“星”的演绎——如前所述，此类意象已经被海子写为系列作品，埋藏下重要的线索。这首诗开篇就写道：“我的爱人住在县城的伞中/我的爱人住在贫穷山区的伞中/双手捧着我的鲜血”，无不与达县之行及《冬天的雨》、《雨》、《雨鞋》等诗中的诸多细节相吻合、相映射。唯“我的爱人”一语，可能是万念俱空之后的谵呓，也有可能是撒手之前的闪念，剩下来的唯一稻草：海子藉此暂时漂浮在世俗的水面上。但是，决心已定，舌头颤抖，斧头闪现，空气紧张，死神的脚步已然戛戛而来。海子已经看到自己的鲜血，他希望最终由A用双手捧着他的鲜血。

七

那么，A是不是一个诗人呢？

根据边建松的研究，AP实为一人，就是A。边氏曾得见并引述过A写给海子的信件。这些信件分别写于1987年1月海子去达县之前和1988年4月海子回昌平之后，据边氏摘引的部分内容可以判断：A长期住在达县，工作与算盘和数字有关，闲时尝试着写一些自白式的诗歌，对海子的一些作品也不是太懂，曾邀请海子去达县一游，并对后者抱有某种情感上的期待——这是海子第一次四川之行选择那样一条奇怪线路的重要原因。两人的现实关系，应该处于倾慕与克制之间。换言之，最后中断为遥远的友情。

据此可知，A有可能即是达县女诗人D。D，生于1967年，中专毕业，专职会计，业余写诗。与海子交往时，年仅二十岁，小海子三岁。近年来，D完成了较多作品。对阿拉伯数字的敏感屡见于《辞职报告》、《求职书》、《任命书》、《计数器归零》诸诗。曾写有多篇作品，比如《州河，女人与瓦罐》、《我声音多么卑微》、《蝉音》，纪念其在州河及七里峡真佛山的行踪。让人惊异的是，D也写下为数不少的桃花诗，似在与海子相酬唱。在《又见桃花》中，出现了“牧羊人”，与《太阳与野花》中海子对A的祝福，“那个牧羊人/也许会被你救活/你们还可以成亲”，也构成了呼应。但是，也许D并没有领受海子这种了犹未了的祝福，多年以后，她写下《行船调——写给自己的生日献词》一诗，再次忆及这一折“躺在诗歌里的爱情”。2009年，海子逝世廿载。在上一年的春天，D自言，当她看见那些抽穗的麦苗时，不禁悲从中来，当即写下《最后的诗章——给海子》，“既然，在这三月无法让文字欢愉/那么，让曾经的美丽，风干的记忆/谱写一曲最后的歌谣”。近来，D另有《空白》、《三月，不敢想桃花》二诗，亦为纪念海子，或者说想念海子之作，风格朴实真切、直白深挚。D在自己的诗中特别提及海子的《女孩子》，应予特别注意。《女孩子》，不详何年所作，有“她用双手分开黑发/一枝野樱花斜插着默默无语”之句，与《冬天的雨》中一些诗句颇有牵连，“这都是你的赐予，你手提马灯，手握着艾/平静得像一个夜里的水仙/你的黑发披散着盖住了我的胸脯”。D还有一诗，《在暮色中静下来》，虽未明确标示为海子而作，但是似乎具有更为清晰可辨的海子风，对面隐藏着一个再没有比海子更合适的聆听者，“亲爱的人，如果有一天我听不见你的声音/我是幸福的/如果有一天，你读不到我的眼神/你，也应该是幸福的”。

为进一步求证，笔者对假设当事人进行了短信采访。据D答复：早在1987年，她便知道海子，并尝试写作；后来中断二十年，直至2007年读到大量海子作品，才重拾诗笔；她视海子为诗神，常常在自己的作品中将“你”设定为海子；她从未与海子有过书信和现实往来，却对海子葆有“个子中等，黄黑肤色，络有胡须，深沉不苟言笑，能洞穿世事，悲悯而有大爱”的印象；她同时断言笔者“肯定在达县找不到海子见的那个人”。

世间居然有这等巧合事。

八

达县还有两位女诗人：T和L。T生于1974年，夭于1993年。此女虽然甚有才华，然而1987年尚不足13岁，想必还不能与海子对谈但丁——愿她在天之灵得聆海子哥哥的诗教。L出身书香，写诗，画画，据闻美丽不可方物。有关信息显示，其年龄甚或比T更小。

舍此，达县再无女诗人矣。

九

“我不能忍受太多的秘密/这些全都是你的”，海子在《月全食》的最后一节如是说。不能忍受的已经离世，愿意忍受的始终缄口：这个问题恐怕将难以解决。

真是完美无缺的隐身。

当然，我们的思考也许还应该存有另外的向度。1986年8月，海子在一篇类似诗学断片的日记中写道：“其实，抒情的一切，无非是为了那个唯一的人，心中的人，B，劳拉或别人，或贝亚德。她无比美丽，尤其纯洁，够得上诗的称呼。”由此可见，在海子看来，他生命中的重要女性似乎都可以称之为“隐身女诗人”。

既然如此，哪怕A终于现身揭秘，我们也不能理直气壮地指认，只有A，才是那位“隐身女诗人”。

十

现在必须归结到海子的《四姐妹》上来，“荒凉的山岗上站着四姐妹/所有的风只向她们吹/所有的日子都为她们破碎”。四姐妹，不多不少只有四姐妹——在B、S、P、A、H之中，海子剔除了谁？我有一种感觉：如果P确实存在，他剔除的应该是H。

十一

这篇胶柱鼓瑟、捉襟见肘的传记式批评就要煞尾了。我认为，传记式批评之本意，绝非将个人化隐私上升为历史性问题。恰恰相反，与一切文本中心主义者相接近的是，传记式批评的前提和原则，虽然还不是文本（Text）的主体性、独立性和自足性，但是最终仍然要回到文本本身。我深有体会的是，一些文本的幽深与陡峭之处，无论怎样细读（Close Reading），都难以求得合乎逻辑、令人信服的阐释。而传记式批评一旦介入，这些看似蹊跷的问题就会迎刃而解。一切都有因由：千般玄妙都来自柴米油盐的真实颗粒。

当然，传记式批评在考订本事的同时，不免恰恰误将作品和作者进行改写和曲解。美国哲学家亨利·亚当斯在写给自己的弟弟——小说家亨利·詹姆斯——的一封信中，这样解释写作其自传《亨利·亚当斯的教育》的初衷："本书只不过是坟墓前的一个保护盾。我建议你也同样对待你的生命。这样，你就可以防止传记作家下手了。"〔1〕我的这些努力，可能在一定程度上也损坏了海子坟墓前的保护盾。传记搅浑诗歌，或者说，诗歌搅浑传记，都是批评的失败。所以，我在行文中添加了新批评式的圆滑：牢记 Text 一词的拉丁语源 Texere〔2〕，保持对文本的适度信任，对传记性因素的必要警惕。

2010 年 10 月 31 日

---

〔1〕参见许德金、崔莉：《传记》，赵一凡、张中载、李德恩主编：《西方文论关键词》，外语教学与研究出版社，2006 年版，第 897 页。

〔2〕意为"编织"。

诗人之死

是谁，是谁
是谁的有力的手指
折断这冬日的水仙
让白色的汁液溢出
——郑敏《诗人与死》

人选择自己的生命，自己的决断，
离虚幻而识智慧、思辨、追忆，
那沉入世界的追忆，
而无物可惊扰他内在的价值。
——荷尔德林《更高的生命》

一

我仍然不能免俗，这个意思就是，本文仍然将把荷尔德林作为开篇。但是，如下观点我可能与其他人相异：荷尔德林并不是

1807 年才疯狂的。1802 年夏天，在法国西部的波尔多做家庭教师的荷尔德林获知了他那无望的情人迪奥提玛的死讯，徒步横穿整个法国回到德国南部的施瓦本，他事实上就已经疯狂了。后来，他的同乡，诗人和作家威尔海姆·魏布林格（Wilhelm Waiblinger），在一篇文章中谈到了他回到故乡时的丢魂落魄："这个人脸色惨白，骨瘦如柴，带着幽深粗鲁的眼神，头发和胡须又长又乱，穿得像一个乞丐。"〔1〕不免让我们马上想起下文即将谈及的一位中国当代诗人。此后，荷尔德林先后几次住进精神病院。1807 年，也许是 1808 年，一个可敬的图宾根木匠齐默尔，用自家的塔楼收留了这个混乱而崩溃的天才。后来，很多学者都把 1807 年——我则把 1802 年——视为荷尔德林"黑暗时间"元年。荷尔德林在塔楼中活到 1843 年才死去——其时，连魏布林格都已经离世十三年。在这三十六年里，荷尔德林写下《塔楼之诗》，后人整理出版的共有三十五首。

今天已经可以得知，在荷尔德林的同时代人中，连伟大的歌德也未能认可其价值。魏布林格可能是他的少数几个知音之一——值得庆幸的是，这少数几个知音，还包括伟大的席勒。1827 年的某一天，已经离开图宾根的魏布林格似乎看到，朋友荷尔德林那美好、孤独而抑郁的形象在南方的天空下渐渐沉堕，他突然感到一阵激动——"曾经在祖国身上体验到的那种激动"。这让魏布林格下定决心要完成一个旧计划："从最初的起因和动机中

〔1〕魏布林格：《弗里德利希·荷尔德林的生平、诗作和疯狂》，荷尔德林：《塔楼之诗》，先刚译，同济大学出版社，2004 年版，第 86 页。下引魏布林格，亦见此文。

推导出他这种悲惨的内在疯狂的产生，并追溯到他的精神失去均衡的那个关键点。”

我对魏布林格这种激动如同身受，并且越来越清晰地感到，二十余年来，一些以更加彻底的方式——死亡，以及死亡的多米诺骨牌——步入黑暗时间的中国青年诗人，也赋予我同样的决心和义务。

二

1933年12月4日，诗人朱湘用借来的二十块钱，登上了从上海驶往南京的吉和轮。深夜，他一边饮酒，一边默诵海涅的诗篇，当吉和轮到达采石矶，他纵身跃入滚涌的寒江。鲁迅曾经亦揶揄亦赞叹的“中国的济慈”〔1〕，就这样结束了生命：一颗二十九岁的尖刺，自己把自己拔了出来，从一具溃疡的尸身。很显然，他死于孤傲与赤贫。五十六年之后，诗人柏桦抚今思昔，写下一篇《纪念朱湘》，在其最后一节中发出了这样意味深长的感喟：

> 唉，为什么这榜样到死才出众
> 才让我们忙着纪念
> 忙着说话，忙着通信

---

〔1〕 鲁迅：《通讯·致向培良》，《鲁迅全集》第7卷，人民文学出版社，1981年版，第272页。

忙着这一切，直到1989年〔1〕

时间到了柏桦所说的这年，3月26日，朱湘的同乡小辈青年诗人海子，白衬衣、蓝裤子，外加一个军用书包，在山海关至龙家营之间的一段铁路上从容卧轨，列车一过，肉身两断。海子，1964年生于安徽怀宁，十五岁考入北京大学，十九岁执教于中国政法大学，卒年仅二十五岁。他死的时候，已经好几天没有吃东西，胃里只有几瓣橘，袋里还剩两毛钱，身边却带着四册书：《圣经》、《瓦尔登湖》、《孤筏重洋》和《康拉德小说选》。这个场景已经被无数的诗人和作家复述，我之所以再次复述，是因为总是不断地震惊于这个场景的偶然性和必然性，物质的匮乏与精神的丰饶以及两者之间无休止的敌意。

此前近五个月，海子完成《不幸》一诗，向荷尔德林致以兄弟般的敬意，并将后者称为"纯洁诗人、疾病诗人的象征"〔2〕；此后几天里，他又写下《我热爱的诗人——荷尔德林》一文，"从荷尔德林我懂得，诗歌是一场烈火，而不是修辞练习"。穿过时代、语言和国度的重重障碍，两个纯洁、痛苦而光辉的灵魂，犹如两个半神，举行了激动人心的幽会：这既是美妙的瞬间，亦是严重的时刻，前因与后果已经开始交织。是的，至少连续五年，海子自囚于烈火的囹圄，完成了两百万字的作品：抒情诗、长诗、

---

〔1〕柏桦：《山水手记》，重庆大学出版社，2011年版，第118页。下引柏桦诗，亦见此书。

〔2〕西川编：《海子诗全集》，作家出版社，2009年版，第361页。下引海子诗文，亦见此书。

诗剧、神秘故事，论文、札记、碎片和日记。这些作品，深受人类艺术史上那些乖舛天才的传染和煎熬，除了前面已经提及的荷尔德林，还有雪莱、普希金、梵·高、坡、马洛、卡夫卡、尼采、韩波、马雅可夫斯基、叶赛宁、克兰和狄兰，海子把他们称为“王子”或“太阳神之子”，他们构成了第二序列。至于第一序列，但丁、莎士比亚和歌德，则更高，最高，是“终于为王的少数”。海子已经清楚地洞见，他自己并不能臻于那尤其伟大的和谐和圆满，只能暂时加入第二序列。第二序列恰恰就是死亡序列。到了今天，我们已经能够清晰地看到，海子很多作品，甚至可以说全部作品，如此疯癫而精确地诠释了布罗茨基“写诗也是一种死亡的练习”[1]的断言。从《死亡之诗》到《春天，十个海子》，一系列连波接浪的作品已经越来越清楚地昭示出一切：光焰反复喷薄，只为突然冷灭。在这里，我要再次提及《面朝大海，春暖花开》。这件作品，选入了语文教材，最终被无数的中学老师反复误读。之所以如此，是因为他们根本没有深入理解最后两行：

愿你在尘世获得幸福
我只愿面朝大海，春暖花开

很显然，两行之间出现了语义的陡转和处境的彻换，大有你走你的阳关道、我过我的独木桥之意，惜乎竟为众人所不见。尘世之外对尘世的祝福被误读成尘世对尘世的祝福：消极之诗摇变为积

〔1〕 布罗茨基：《文明的孩子》，刘文飞译，中央编译出版社，2007年版，第78页。

极之诗，绝望之诗摇变为希望之诗。海子之遗言，在高一女生的樱桃的嘴边，摇变为汪氏之格言。这是时代的一个喜剧，却是海子的一个悲剧。除了这些传诵不衰的抒情诗，海子的长诗也未尝一刻稍远死亡，不妨以十分著名但又并未获得太多深入阅读的《太阳·七部书》为例。第一部《断头篇》，完成于1986年，共有三幕，第二幕是一个残篇，好在第二幕第三场的“诗人的最后之夜”已经完成，这正好是一个长篇死亡独白：“来吧，死是一直/存在的逼视。”第二部《土地篇》，完成于1987年，共有十二章，以春夏秋冬为内在图骥，演绎了“歌唱然后死亡”的王子生涯，王子为了让情欲老人和死亡老人放过“名叫人类的少女”，宁愿放弃自己的“诗和生命”。第三部《大札撒》，大约完成于1987到1988年之间，也是一个残篇，只剩下一首共有十九节的《抒情诗》，其“看不清眼前的事物，只剩下天堂”让人震撼，至于“我丢失了一切/面前只有大海”句，则再次表明，“大海”必非尘世之景，可与《面朝大海，春暖花开》相参读。第四部《你是父亲的好女儿》，完成于1988年，是一部小说残篇，现存九节，在第六节中出现了一个惊悚的画面：“我用镰刀割下血儿的头颅，然后又割下自己的头颅，把这两颗头颅献给丰收和丰收之神。两条天堂的大狗飞过来。用嘴咬住了这两颗头颅。又飞回去了。飞回了天空的深处。”不久的下文，诗人写道：“现在简直是时候了。”第五部《弑》，完成于1988年，共有三幕，在第一幕第五场中，借助于舞台背景歌曲，直言“死亡是一种幸福”。第六部《诗剧》，完成于1988年，只有一幕，开幕盲诗人独白之首句，及落幕众人合唱之尾句完全相同，“我走到了人类的尽头”。第七部《弥赛亚》，完成于1988年，共包括两首《献诗》，诗剧《太阳》，以及作为补充的《原始史诗片断》。在《太阳》中，海子借助天堂打柴人之口如此具体地预言了自己的死况：“内脏有着第一日/一劈为二的痕迹”——《弥赛亚》完成于1988年底。很快，正如海子自己谈到的，这些诗变成了手中的诗和兵器的诗：对死亡的眺望、猜想和抚摸，迅速转化为一种行动：怎样写，就怎样做。如前所述，海子把末一日，称为第一日，是因为他终于在此日得渡，加入到恢弘壮丽的天堂大合唱。

海子弃世甫满一月，到4月26日，诗人骆一禾就已经整理出他的一个长诗，并在那篇赶写的代序中，以不容置疑的口吻如此断言：

> 我拒绝接受他的死，虽然这是事实。他是一位中国诗人，一位有世界眼光的诗人。他再生于祖国的河岸必会看到他的诗歌被人念诵。今天我要在这里说：海子是不朽的。[1]

这个最初的断言一步到位，当年却只在散文家苇岸那里，甚至没有在诗人西川那里，获得清晰的友声。到了今天，我们已经发现，骆一禾二十二年前的孤注，已经在越来越大的范围，甚至将会在世界的范围，转变成一种蜂拥的共识。毫无疑问，海子“死里求

---

〔1〕 张玞编：《骆一禾诗全编》，上海三联书店，1997年版，第868页。下引骆一禾诗文，亦见此书。

生”的梦想，如同荷尔德林“在毁灭中生成”[1]的梦想，各各夺取了相互艳羡和媲美的大功德。

海子之死如此草率，却又仿佛是精心安排：他选择的时间、地点，以及采取的方式。很快，他进入了更加开阔的视野，被反复议论——到了最后，他甚至变成了一个亟待议论的由头和借口。从种种发言来看，海子之死一方面已成为八十年代的一个挽歌，另一方面又成为九十年代的一个预言：就这样，他被赋予烈士和先知的双重身份。或许正如钟鸣所说，海子处于一个“中间地带”[2]，当然，绝不仅是山与海之间，北京与昌平之间，而是一个时代与另一个时代之间：启蒙、狂飙、白热化与载重、忍受、收缩性之间。“海子是替我们去死的”，诗人王家新对另一个躁动不安的诗人多多如此说道[3]。唯其如此，海子之死，才被一些学者称为“巨大的死”[4]。

1989 年的冬天，大约在南京这座具有颓废传统的城市里，诗人柏桦又写下一篇《麦子：纪念海子》。这次我们要征引的，仍然是其最后一节：

---

〔1〕《在毁灭中生成》，荷尔德林：《荷尔德林文集》，戴晖译，商务印书馆，1999 年版，第 253 页。

〔2〕参阅钟鸣：《中间地带》，崔卫平编：《不死的海子》，中国文联出版社，1999 年版，第 62—64 页。

〔3〕参阅王家新：《火车站，小姐姐》，王家新：《坐矮板凳的天使》，中国工人出版社，2003 年版，第 27—34 页。

〔4〕施太格缪勒语，转引自吴晓东：《诗人之死》，吴晓东：《二十世纪的诗心》，北京大学出版社，2010 年版，第 86 页。

请宣告吧！麦子，下一步，下一步！
下一步就是牺牲
下一步不是宴席

三

海子生前一共留下七份遗书。前六份遗书都充满了幻象与呓语，只有第七份，亦即他最后带在身边的一份遗书，简短，清楚，有层次，弥漫着炸裂之前的瞬间冷静。在这份遗书中，海子明确交代："我的诗稿仍请交给《十月》的骆一禾。"海子如此托付，显示出一种不作第二人想的惺惺相惜：骆一禾，就是那个念念闪现的解人和义人。

作为海子最早最杰出的密友和知音，骆一禾的确在很多方面表现出金镶玉式的呼应与般配。他推崇"情感本体论的生命哲学"，认为"以智力驾驭性灵，割舍时间而入于空间，直达空而坚硬的永恒，其结果是使诗成为哲学的象征而非生命的象征"，同时直陈对修辞的微词，"技巧与形式，代表了企图经由重复凝定这团活火的企图，建筑在苍劲推理上的玄学亦复如是"，此类观点与海子如出一脉。鉴于刚才征引的文论《春天》和《美神》，事实上早于海子的文论《诗学：一份提纲》和《我热爱的诗人——荷尔德林》，我们不妨把话反过来说：海子观点与骆一禾如出一脉。换言之，许多珠胎早就已经暗结于骆一禾，反倒是海子，顺势促成了光华的绽放和不可收拾。骆一禾说，活火。又说，我所服膺的火光。海子则直接说，烈火——这个傻弟弟！从这个意义上，我们就会发现一个曾经多次被颠倒的真相：骆一禾不妨是海子的美学导师。诗人西川曾说，海子《秋天的祖国》中的“圣火燎烈”，来自于他的《汇合·雨季第一》[1]，但是我们同时发现，“燎烈”一语，同时亦出现在骆一禾的长诗《世界的血·第十二歌》。由此可以看出，在具体而微的美学实践中，骆一禾确实在非常高的境界上毕现出与海子一样的朝霞艺术或谓之曙光艺术的诸般特征：华彩、热烈、新鲜、痛楚、高迈。我们还清楚地看到，在对水、麦子、太阳和大海这几个基本元素的抒写上，骆一禾也与海子血肉相连心意相通，不约而同地完成了一系列让人讶异的孪生文本。这让海子毫不犹豫地选定了骆一禾。

骆一禾亦深感托付之重。当年春天，他便与西川从海子昌平家里运回所有带文字的纸页，开始整理其全部作品。这是个残酷的过程：骆一禾不得不一寸一寸地在艰难和悲痛里浸落得更深，甚至就要触及那深渊之底。4 月 12 日，骆一禾完成《冲击极限——我心中的海子》；同月 26 日，完成《我考虑真正的史诗》，为即出《土地篇》单行本之代序；同月 28 日，完成《致袁安》，将海子恰当地安放入“众神谱系”；5 月 11 日，完成《致阎月君》，再次指出海子的重要性，苦心交涉海子诗集出版事宜；同月 13 日，最后完成《海子生涯》——这里所谓最后，葆有两个含义：骆一禾关于海子的绝笔，以及他自己全部写作的绝笔。从这些文字的内容和所署时间来看，在海子死后的几乎每一个深夜和凌晨，

---

〔1〕 参阅西川：《序言》，燎原：《海子评传》，中国戏剧出版社，2011 年版，第 1—6 页。下引燎原观点，亦见此书。

骆一禾都在反复地冷却和燃烧：很显然，他对海子的关心远超出对自己的担心。

紧接着，5 月 14 日的凌晨就来临了：骆一禾突发大面积脑出血，被送往天坛医院，昏迷长达十八天，到当月 31 日，终于不治，撒手人寰。骆一禾，1961 年生于北京，十八岁考入北京大学，二十二岁分配到《十月》杂志社作编辑，卒年仅二十八岁。骆一禾曾认为，海子死于五年天才生活，并举卢梭为例，认为后者过了十二年天才生活，最终死于大脑浮肿。这一说法，也许更适合他自己。他本来就是先天性脑血管畸形，在海子之后，他自己也开始冲击极限，最终死于长期和突然加速的大脑挥霍。

与海子的偏执和激荡判然相别，骆一禾俊朗、沉毅、开阔、智慧、从容、谦逊、温润、高洁，富有为神圣之物而献身的精神。这样一位诗人绝不会把个人之死视为一己之私事和一己之权力。在写给袁安的信中，他清楚地说道，“我反对死亡”[1]。那些在海子作品中触目皆是的死亡暗示，在骆一禾的作品中尤为罕见。长诗《大海》的第十二歌“面对死亡的蓖麻田”，几乎是独例，“面对死亡　末日的序幕敞开/我看见苍莽浩大的蓖麻田里正在掀去黄昏”，明显是观察者而非践行者的表述。当然，如果我们细读骆一禾的诗文，仍然可以理出一条令人惊骇的线索：这是一条不断遭遇茬口和春天的线索。1985 年，在《春天》一文里，骆一禾谈到长城附近一大片细幼的青杨林，几乎齐地折断，创口饱含汁液。在不久的下文，他写道，“的确，有一种春天似的东西浸润我的树

〔1〕 骆一禾：《关于海子的书信两则》，崔卫平编：《不死的海子》，中国文联出版社，1999 年版，第 17 页。

根，而当我生长出去，春天既已不可回复”——很显然，这是骆一禾的变形记，他已经把自己置换为一棵树。就在同一年，他完成了另一篇文章《水上的弦子》，谈及云南山区雷击区的大树，及其电火焦燎的命运，然后写道，“这便是你我的人生”。四年后的5月，在沉入昏迷的前几天，他一口气完成了五首短诗，其中《灿烂平息》和《壮烈风景》，细细读来，题目和内容均如谶语，几乎料定和命中了一个时代：“这一年的春天的雷暴/不会将我们轻轻放过”，“最后来临的晨曦让我们看不见了/让我们进入滚滚的火海”。这里，海子之“我”，被代以骆一禾之“我们”。这样，骆一禾的预感，就不仅仅是关于个人的预感，而是关于一代人的预感。他所预感到的，也不是自择的命运，而是被强加的命运。

关于骆一禾之死，西川认为是“中国健康文学的一大损失”，深以为“再也不会遇到一个像他这样近乎完美的人”[1]。而海子的传记作家燎原，则从另外一个角度发出感喟，“骆一禾向这个世界讲述了海子，因而海子复活；但海子先骆一禾而去，大约再也没有与之匹配的人，能像骆一禾讲述海子那样，来讲述骆一禾了”。值得一提的是，后来西川独立承担海子作品的整理工作，最终于1997年2月，促成上海三联书店出版《海子诗全编》。后来又于2009年3月，促成作家出版社出版《海子诗全集》，骆一禾的《海子生涯》和西川的《怀念》被用作序言，西川另写有《死亡后记》附于卷尾。而同于1997年2月出版的，由张玞女士编定的爱人遗著《骆一禾诗全编》，则前言也无，后记也无，八百七十

〔1〕西川：《深渊里的翱翔者：骆一禾》，西川：《让蒙面人说话》，东方出版中心，1997年版，第189、185页。

七个页码的白纸，只留下了二百五十三首短诗和两首长诗的黑字。这种不对称的仪式似乎是一个征兆：原本争辉于天宇的双子星座，具有同等的大质量，但是其中一颗，慢慢地变成了另外一颗的卫星。

因此，亟待重新认识骆一禾的意义。而重新认识的前提，恰在细细甄别骆一禾与海子之间的文本互涉问题，换言之，骆一禾的意义不能从与海子的相似性中获得，正如海子的意义不能从与骆一禾的相似性中获得。先说海子的意义。海子是自有新诗以来最有抱负，而且在很大程度上实现了这种抱负的人物。他几乎将整个人类文化作为自己的背景，却又从未脱离过植根其中的那一小片冻土。他轻易就打通了浪漫主义与现代主义之间的坚壁，通过一系列几乎无可挑剔的抒情诗，对农耕文化的式微致以不绝如缕的哀挽。但是，海子是不顾的，这种哀挽导致了他的纯澈，同时也引发他对“外部世界”的蔑眄，继而导致了他的暴烈。更为重要的是，海子放弃了自 T. S. 艾略特以来的现代主义的碎片传统，试图“在中国成就一种伟大的集体的诗”。虽然他欲与骆一禾和西川合写一部《伪经》的愿望最后归于落空，但是他已经接近完成《太阳·七部书》。这件作品同时证明，海子也放弃了自荷马以来的史诗和拟史诗传统。如果我们必须借助“史诗”这个既有概念来指认海子这个庞大构建，那也是与任何史诗传统判然相别的新形态，这种新形态，笔者曾在 1998 年称之为抒情史诗。让人震撼的是，在如此之长的篇幅中，海子式暴烈从未有过片刻的衰减。骆一禾的类似建构《世界与血》，则并非完全如此。现在说骆一禾的意义。在海子的朝霞或曙光之中，骆一禾嵌入了适量的知性和乐感，所以在血涌之际，往往能够得到及时而有效的控制。这看起来像是海子的弱化，但从另外一个角度讲，这种弱化正是耐性、美德和力量的表现。骆一禾的写作不是一种无暇他顾和不计后果的写作：神的命令和个人的义务都不会一边倒；天才的展现与公共知识分子精神的确立驰驱相竞，在清越的角逐中，后者逐渐占据上风。最能体现骆一禾这种卓越的平衡能力的，还在于他对古奥风格的追摹：异于寻常的词法和句法阻止了可能的油滑，这样，骆一禾绝不会自己从那危乎高哉的悬崖之上跌将下去。

四

海子的死讯很快传遍各地。在浙江淳安，一个长发披肩、满脸青春痘、全身邋遢牛仔服的大男孩忍不住失声痛哭。后来，这个大男孩坦言，那一年他精神上最为严重的事件，莫过于读到海子和刘小枫。这个大男孩就是方向。

方向的方向就这样被彻底改变，在此后五百多个日夜里，他“辗转在齐腰深的火焰里”[1]，面对着极其凌厉而庞大的挤压。到了1990年10月19日，他已经不堪忍受那继续活着的羞愧，终于服毒自杀，“就在顷刻中倒向亲人的怀抱/比穿过苹果的子弹更精彩绝伦”，翻倒的农药瓶里流出甲胺磷，浸透了桌子上的方格稿。在此之前，他已经显示出酒精中毒的前兆。方向，1962年生于淳安左口，十九岁考入湖州师范专科学校，二十二岁回到本县，先

〔1〕 方向：《水声》，方向：《挽留》，胥弋编选，香港金陵书社，1997年版，第76页。下引方向诗文，亦见此书。

后供职于多个行政部门，卒年仅二十八岁。方向死后，安葬在美丽的千岛湖畔，墓碑上镌刻着他最后一句遗言：“想写一首诗”。

这个诗人“有一条黄金做的嗓子”，少年时代就崭露才华。早在1980年，他曾这样低声歌唱：“太阳/像一只熟透了的苹果/贪婪的人/只要多看一眼/就会瞎了双眼。”至少还要在三年之后，芒克才完成《阳光中的向日葵》，表达出一种相似的危险态度。所以，到了今天，我们不得不对当年刊发此诗的那个地方刊物《山城》，表达敬意。后来，大约是在与海子建立起某种神秘联系的前后，方向的作品，忽然增加了“来此作一匆匆过客”的谪仙人气质。他似乎已经听到来自天堂的召唤：整日价焦躁、忧患、起降，夹杂着愤怒，愈来愈强烈地渴望毁灭。众生懵懂，一心消隐，不能注意到他越来越具体的设计方案。今天重读《恍惚马年》和《悔悟》，我们不得不倒抽一口凉气：“这是一九九〇年的马匹/最后的事情/可能发生”，“那秘密的武器/甜蜜的毒药/守口如瓶”。时间和方式都已经选定，如其所言，干戈就要化为玉帛，他就要前往那黑暗的“十三月”。

其实方向的理想，就是做一个布衣。然而，与这个理想颇不相类的是，他具有一种强烈的家国情怀：就像海子也曾在《祖国（或以梦为马）》中展现出来的那样。至少有三件作品：《热爱诗歌》、《计数》和《一把木剑带来的消息》，出现了那个让人疼痛的大词——“祖国”，或者“国家”。或者还可以说得更明白一些，方向绝非死于消散开的爱情和聚拢来的贫困，已经有人在更高的层面上积淀出他的意义。他在一篇文章里说道，“这已非我，不若死我”；又在一首诗里说道，“牺牲已不可避免”。正是在这个意义上，他与此前的死亡达成了呼应：一个家族将逐渐组织那不为我们得见的荟萃。让我们再次面对春天，背诵方向那“内脏出血”的诗句：

而春天正像一把真实的木剑
一朵悄悄生长的油菜花

穿过长长的、寒冷的冬天
直抵一个伟大国家的胸前

并且轻轻开放。献上自己

七年后，山东的一位义人胥弋，在香港金陵书社自费出版了方向的遗著《挽留》。这部单薄的诗集只被少数人慎重珍藏。又是很多年过去了，作为他自己所说的“至高的无名者”，方向已经快被大众彻底淡忘。让人痛惜的是，他在写作上的探索和贡献并没有得到及时而有效的总结。是的，方向对乡村一往而情深，他爱上了油菜、小麦、玉米、红薯和青草，听从鸟的教导，膜拜所有无知无识的石头，对城市文明和工业文明保持着足够的怵惕。到了后期，他在文字里不断加深着幽暗，增大着驳杂，并试图从幽暗和驳杂里透析出一派清明。换言之，他期待着渐渐臻于一种禅境。这些也不足为奇，让人击节赞叹的是，他的抒情轻易地实现了超现实主义和新浪漫主义的混成，在冷却与激动之间转换自如，显示出不断灌浆的巨大可能：风格的成熟已经指日可待。方向曾说，“一人一诗，此人此诗”，他几乎做到；现在，我们谁也堵不住他的口，他接着往下说，“此诗此言，此言此行”，他已全部做到。

方向也有理论的兴趣。1986 年 9 月，他就完成过一篇《论北岛诗歌的忧患意识》。据说，北岛阅后曾托人向他转赠诗集以示致意。可见此文定然不俗。今天能够得见的《我观今日诗坛中的自己》，完成于 1989 年 1 月，也给我留下较深的印象。在此文中，他谈及自己喜欢的三位诗人，写下一段诗学绕口令，“像艾青那样北岛，像北岛那样韩东，像韩东那样艾青”，无疑是极为深刻的。八年之后，诗人王家新完成长诗《孤堡札记》，该诗第三十九行与方向此语所见略同，现在已经成了挂在一些学者嘴边的名句：“为了杜甫你还必须是卡夫卡。”〔1〕

五

后起之诗人解读北岛，有其复杂的历史语境和心理动因：仿佛是一个个不断举行的小仪式。1988 年春天，北京大学三年级的学生戈麦，也完成了一篇解读北岛的文章：《异端的火焰：北岛研究》。这篇文章几乎不可得见。倒是一个日本人——是永骏先生，在获缘拜读之后，给予了极高的评价。到了第二年秋天，戈麦开始认真思考写作与生存的关系，很快就确定了自己的道路：隐居、素食、忍受、宽宥，调理着初衷与末路之间的紧张，恰如诗人西

〔1〕 王家新：《未完成的诗》，作家出版社，2008 年版，第 68 页。

渡所言，“独自在内心里承担了生活和时代的全部分量”[1]。在此前后，他复印了骆一禾的《修远》一诗送给西渡，以示相互砥砺。这首诗开篇这样写道：

触及肝脏的诗句　诗的
那沸腾的血食
是这样的道路。是修远
使血流充沛了万马，倾注在一人内部

就这样，戈麦彻底放弃了“经济救国”的理想，开始考虑一种诗歌和小说“双向修远”[2]的道路。这是长久的打算，没有任何不祥的征兆。到了第三年的春天，戈麦倡议与朋友合办一个小诗刊《厌世者》，每半月出一期。《厌世者》一共出了五期：从发表的作品来看，那阴影已经逐渐逼近。这年 12 月，他完成一件心如死灰的作品——《海子》。很显然，对海子的选择，他的认同大于惋惜——是的，几乎没有惋惜。到了第四年春天，戈麦在写作上愈来愈自觉地脱离海子，却在命运上愈来愈不自觉地贴近海子；没有谁意识到这一层，包括他自己，就曾经在一首诗中肯定地写道，“死是不可能的”。

往往就是这样：我们每每得迎来那不可能之可能。1991 年 9

---

〔1〕《戈麦的里程》，西渡：《守望与倾听》，中央编译出版社，2000 年版。下引西渡文及转引戈麦信，亦见此书。

〔2〕《戈麦自述》，西渡编：《戈麦诗全编》，上海三联书店，1999 年版，第 424 页。下引戈麦诗文及臧棣文，亦见此书。

月 24 日，戈麦忽然自沉于北京西郊万泉河。戈麦，1967 年生于黑龙江宝泉岭农场，十八岁考入北京大学，二十二岁分配到《中国文学》杂志社做编辑，卒年仅二十四岁。他的遗体是在清华园被人发现的，而西渡，要到 10 月 19 日才确证他的死亡。根据西渡等人的调查，9 月 22 至 23 日，戈麦连续两次被女朋友拒绝。当 23 日的黑夜降临，他回到北京大学，向北走到朗润园，将诗稿和信札扔进污浊的厕所，然后继续向北，来到污浊的万泉河，万泉河向下就流进清华园。戈麦最终把自己的作品和肉身都嵌入了那污浊，显得那么的刺眼，就像他自己曾写到的那样，“仅仅一次，就可以干得异常完美”。除此之外，我们还得反复感叹，他所选择的这条线路，早在三年前，骆一禾就有过描述，“那黑夜说：北/北啊　北　北和北”。这两行神鬼莫测的诗句，恰好出自《修远》，今天读来，不免让我等凡俗大惊失色。

在自沉之前，戈麦给他的哥哥写了一封未发出的信，此信的第四段或许给出了最后的解释：

> 很多期待奇迹的人忍受不了现实的漫长而中途自尽，而我还苟且地活着，像模像样，朋友们看着，感觉到我很有朝气，很有天赋，其实我心里清楚，我的内心的空虚，什么也填不满。一切不知从何开始，也不知如何到达。我不能忍受今天，今天，这罪恶深重的时刻，我期待它的粉碎。我不能忍受过程，不能忍受努力和奋斗。

这段文字已十分清楚，无需细细辨析，我们也会明白，戈麦之死自有其最重要的原因，至于爱情的挫败，只能说是最后的原因。今之论者，往往将最后的原因误认作最重要的原因。这样，诗人之死就逐渐被改写。还有另外的改写方式。比如臧棣，在这个问题上就未能自圆其说。他认为诗人之死既非时代的悲剧，亦非个人的悲剧，而是语言的悲剧。语言的悲剧从何而来？臧棣在回答这个问题的时候，居然又绕回到个人和时代："在一个写作被干预、被规范、被利诱、被蔑视的历史境况中，诗人和语言的关系趋于严密和紧张，变得像一种命定的契约。"然后，臧棣就得出了结论：戈麦之死，包括海子之死，就是汉语的悲剧。以臧棣的学养和洞见，此类表述，如果不是出于某种特殊考虑而故意有所迂回，就难以唤起我们那种发自内心的认同感。

与海子不同，戈麦身上存有一种几乎绝望的清醒。正是这种理性的力量，让他从不在作品中轻言死亡。但是这一点，并不影响我们终于注意到，他对于死亡与水的关联度的一再窥探。在仅有的两件以"死亡"为题眼的作品中，他曾在"一团水中的火焰在夜色中被点燃"或"如果支出一枚硬币能够将一口水井的深度测量"这样的隐喻之洞，存放了一把并未被及时发现的小钥匙。到了今天，当我们手持这把锈迹斑斑的小钥匙，终于打开了戈麦完成于 1990 年的《厌世者》，甚至更早的一首，完成于 1988 年的《游泳》，就必然会再次惊异于诗歌作为谶语的力量。在前一件作品中，那是谁，"高举着胜歌在洪水中奔走"？在后一件作品中，又是谁，"肉体被大水冲散"？水，众水，就像我们已经知道的，虽然逃过了我们的双眼，最后却都汇集到同一个下游，那就是万泉河。与方向一样，戈麦不但对于方式早有盘算，而且对于时间也曾作设定。大约在1991年5月，戈麦接到了一个约稿，以第三人称完成了一篇短文《一个复杂的灵魂》，其中有句，赫然刺目，“戈麦经常面露倦容，有时甚至不愿想25岁之后的光景”——这种精确度，在诗人的痛史上曾经有过先例。台湾诗人杨唤，亦写有一件作品《二十四岁》，不惜运用如此密集紧迫的排比句：“小马被饲以有毒的荆棘，/树被施以无情的斧斤，/果实被害于昆虫的口器，/海燕被射落在泥沼里”[1]，抒写了那种生命未茁而大限将至的强烈预感。这个杨唤，1930年生于辽宁，1954年因车祸丧命台湾，其卒年果然亦仅二十四岁。

事实上，前面提及的小诗刊《厌世者》，除了戈麦之外，就只有一个同仁，那就是西渡。戈麦弃世不久，西渡就毫不迟疑地给予他崇高的评价：“他将是我们中唯一得永生的人。”1999年1月，西渡不再理会戈麦那种“对于我，诗歌是，一场空”的虚无主义襟抱，甚或违背他的遗愿，最终编成《戈麦诗全编》由上海三联书店出版。但是，对西渡的判断力的质疑从来就没有停止过——尽管这种质疑以其对死者的不得不有的尊重而始终保持为小声嘀咕。是的，戈麦的写作的确因袭了一部分的海子和骆一禾：比如，他也怀揣“对生命的可能性受到戕害的恐惧”，通过《彗星》、《朝霞》这类作品，展示出早慧少年的自我暗示，或谓之自我期许。但是，戈麦拥有不可估量的蝶变可能性，因为他是如此憎恨一首诗与此前任何一首诗构成的重复——更何况自己与他人的重复。比如，我们已经确知，他早就着手并有充足的信心来撮合象征与

---

〔1〕张默、萧萧主编：《新诗三百首》上册，台湾九歌出版社，2007年版，第435页。

超现实，并试图在智慧和情感之间求得尖锐的张力，同时还意识到必须尽快克服那些突如其来的触因对写作的震荡和牵连。理论的自觉带来了实践的自觉：荷尔德林开始隐退，而博尔赫斯逐渐现形。这个曾经如此迷恋幻想和天外之象的诗人，很快用焕然一新的作品——这些作品通常留存多个不同的版本——混编了各种看似相互叉牙的美学可能性。抒情的初衷招致压抑和收束，修辞逐渐壮大，晚期作品慢慢结晶出一种看似吃力又总能出奇的形式感。这种孤身犯险，几乎让戈麦失去了所有的同道，最终陷入一种万劫不复的绝境。幸而还有西渡。在戈麦弃世十四年后的 12 月 2 日，西渡在中国人民大学发表了题为《诗人与生活》的讲演，在最后，他再次为戈麦的创造力和自己的判断力做出辩护："所以，我认为，戈麦正是我们时代一个呼唤奇迹并创造了奇迹的圣徒。"[1]

六

当诗神清点着自己的孩子，死神也清点着同一群孩子：所以他们常常结伴而行。从首都到外省，从中国到异域，都将留下他们的履痕。这两个联袂的刈割者，"不会丢下一穗大麦"[2]。1991 年，当从黑龙江来到北京的戈麦自沉赴死，从北京去往新西兰的顾城却恰好迎来三十五周岁生日。9 月 24 日，既是戈麦的忌日，

---

〔1〕 参见西渡：《灵魂的未来》，河南大学出版社，2009 年版，第 197—200 页。

〔2〕 顾城：《在这宽大明亮的世界上》，顾乡编：《顾城诗全集》上卷，江苏文艺出版社，2010 年版，第 733 页。下引顾城诗，凡未注明，均见此书上下卷。

亦是顾城的生日。两年之后，时间来到1993年10月8日，突然从太平洋西南部岛国新西兰的怀希基岛（Waiheke Island）传来一个令人震惊的消息：顾城当日戕妻自缢：童话灰飞，天国烟灭。顾城，1956年生于北京，十岁辍学，十三岁随父流放山东维河边的火道村，十八岁作过木匠、漆匠与画匠，二十七岁娶得谢烨，三十岁认识英儿，三十一岁游学欧美，三十二岁执教奥克兰大学，不久避居怀希基岛，卒年仅三十七岁。顾城死日，在其遗体附近找到一把没有任何血迹的破斧头——后来有证据显示，这把破斧头并未导致谢烨的左额之伤。但是这不影响另一个悲剧的发生：直升机和医生的“She should be right”最终未能挽回谢烨的生命。一时间舆论大哗：袒之者不免提及斧头下的玫瑰，斥之者偏会挑出玫瑰下的斧头。顾城之死，因其囊括了天才、女色、黑枭、情变、凶案和荒岛之间的各种可能性，很快就超出了文学界，滑落到新闻界，成为一个非常著名的公共事件，后来甚至还被拍成了电影：一个日本女演员森野文子，非常大胆地出演了第一女主角。顾城生前将怀希基岛称为激流岛，曾作有《激流岛画话本》十八首，世人遂袭用此名，该岛之原名反而不为人知。

顾城的父亲顾工，原名顾菊楼，生于1928年，也是一位诗人，曾以描绘藏民生活的作品赢得过“祖国”的认可。从他对自己名字的改换，似乎可以看出中国主流意识形态的转迁：从小布尔乔亚趣味、士大夫情怀到工人阶级立场。之所以如此强调，主要是想指出：顾城后来焕发出的思想火焰也许与乃父并无重大关系。顾城是一位真正意义上的早慧者和通灵者。从现存作品来看，他六岁就已经开始写作。而《杨树》，“我失去了一只臂膀，/就睁开了一只眼睛”，是其八岁作品；《烟囱》，“烟囱犹如平地耸立起来的巨人，/望着布满灯火的大地，/不断地吸着烟卷，/思索着一件谁也不知道的事情”，是其十二岁作品。小顾城的这些信手涂鸦，让老顾工顿时黯然失色。活塞已经拔出，光辉急着要出来，任谁也遮蔽不住这颗天然钻石。

1992年12月19日，在德国波恩，张穗子（Suizi Zhang-Kubin）代表《袖珍汉学》杂志社采访顾城，后者总结出“我”之四阶段[1]。第二年7月又深化完成《没有目的的“我”——自然哲学纲要》，在德国法兰克福大学演讲。顾城之谈话与演讲，往往天花乱坠，受众倘欲有所接，必然自恨无千手。察其主要之思想，不妨作出如下再阐释。最初是自然的我：我的主体性不能高于万物的主体性，我必须无休止地回归自然，我即自然，此一阶段（？—1974）代表作是《生命幻想曲》。继而是文化的我：我的主体性低于我们的主体性，我必得接受这个秩序化的世界，世界即我，此一阶段（1977—1982）代表作是《我是一个任性的孩子》。然后是反文化的我：我的主体性高于我们的主体性，我必要消解这个秩序化的世界，我即世界，此一阶段（1982—1986）代表作是《布林》。最后是没有目的的我，亦称无我：我的主体性不能低于自然的主体性，自然无休止地接纳我，自然即我，此一阶段（1986—　）代表作是《颂歌世界》和《水银》。至此，顾城自称已放弃任何艺术风格，进入无我状态，亦即自然状态。自然：自然而然。终点又回到起点，顾城似乎已经彻悟。写诗是一件很不

---

〔1〕参读张穗子：《无目的的我——顾城访谈录》，顾工编：《顾城诗全编》，上海三联书店，1995年版，第1—6页。

自然的事情，所以他随写随丢，作品散佚十分严重。“我的小孩儿跑来跑去，拿去扔进火里，也是个自然现象”。学习英文则是一件更不自然的事情，他在海外的日常生活都依靠谢烨：一位妻子，同时也是母亲、保姆、翻译、读者和经纪人。赵毅衡在谈到这位女性时说，“她正是‘非顾城’的一切”[1]。拥有肉身，特别是男儿身，可能是最不自然的事情——这个问题就不好解决。说到这里，我们必然要发问：无我，仍需借助我之口来表达，自然状态仍需借助非自然之力来实现，岂非执子之矛攻子之盾？顾城并非没有意识到这个问题，他注定要在这个不断收紧的矛盾中一步步落入自造的困境，或者说，达到他自设的佳境。

有意思的是，当顾城面对美，他自己也承认自然状态就会稍稍被打破。自然状态是没有恐惧的，然而美让他产生了恐惧：他既忧心自己玷污了美，更揪心别人毁灭了美。顾城所谓的美，在很大的程度上集中于女儿之美。他后来辞去教职，隐居怀希基岛，似是为了建立一个“绝对女儿国”：“好女孩和好女孩在一起”[2]。这个过程是值得描述的：那是在 1988 年，奥克兰的寒冬来临了，诗人夫妇买不起木柴，就带回来许多报纸，顾城用来烧起了壁炉，一边烧，一边看，他不懂英文，只看阿拉伯数字，是的，他在关注房屋出售栏目。不久，他就惊叫起来，因为他发现了一套最便

---

〔1〕《死亡诗学：访顾城》，赵毅衡：《豌豆三笑》，上海教育出版社，1998 年版，第 15 页。下引顾城演讲语，亦见此文。

〔2〕顾城、雷米：《英儿》，华艺出版社，1993 年版，第 3 页、98 页。下文若干情节亦参考此书；同时亦参考王安忆：《岛上的顾城》，江晓敏编：《顾城：生如蚁美如神》，中国长安出版社，2005 年版，第 3—11 页。

宜的房屋，就在离奥克兰不远的小岛。在接下来的星期天，他们渡海上岛，当然就是激流岛，走进黑压压的原始森林，找到了这个房屋。主人正坐在门前雕刻贝壳首饰，见来了顾城，说，“世界末日就要到了”，顾城问，“还有多久”，主人说，“大概还有五十年吧”，顾城说，“我只需要二十年就够了”——后来的事情表明：他其实只需要五年。他们就这样在岛上住了下来，搬石头，劈木柴，养蛋鸡，喝雨水，采贝壳，对抗冷和饿。有一次，顾城听人讲，有一种热带棕树能吃，他马上砍倒一棵，从树根尝到树梢，最后发现能吃的只是花穗，那花穗看上去有点像冬笋。顾城似乎终于过上了与世隔绝的非文明生活：他戴上了那顶用新西兰羊毛编织的翻边厨师帽，就像戴着一截牛仔裤管，成为岛上唯一不说英语的居民，古怪而又大名鼎鼎。1990 年 7 月，他们帮助英儿也来到激流岛：自然生活终于归附于一个绝对女儿国——眼看两者就要相得。反常的是，顾城也“同意负起挣钱责任”。但是，英儿前赴新西兰，并非为出世，而是为入世。此后某一天，顾城外出游学，在夜里打电话给英儿，却听到了一个男生的声音。大约是在 1993 年 3 月，顾城终于得知英儿与其情人同时失踪的消息：女儿神性开始崩溃。谢烨知道这意味着什么，她鼓励顾城与她一起写作《英儿》，成书后再死。8 月，《英儿》成书，未及通校，即已投送。大约在此前后，顾城恍觉谢烨亦有外遇：至此，女儿神性彻底崩溃。从 9 月 27 日到 10 月 8 日，顾城发出三封家书，留下一封遗书，在第二封中说，“她们都骗了我”〔1〕。10 月 2 日至 7

〔1〕 顾城：《顾城的诗》，人民文学出版社，1998 年版，第 394 页。

日，顾城口授，谢烨笔录，试图为儿子木耳写一部书，已经完成了十二篇：前者对后者仍有挽留之意。到了8日下午，不详具体触因，情况忽然陡转，顾城可能还是践行了当年7月演讲中的惊人语：为道者，杀人自杀，无为无不为。这句话，顾城讲得狠，行为却颇有犹疑，最后又是为何，我们已然不能得知。“凶手/爱/把鲜艳的死亡带来”，死亡让顾城彻底进入自然状态，其诗学及哲学悖论亦迎刃而解。顾城赴死前不久，曾在德国留有偈语：生也平常，死也平常，落在水里，长在树上。后来，顾城被其姊、谢烨被其弟带回国，分别埋骨于至亲之心，非如坊间种种传言，其结局与短诗《墓床》所写或有不同：

我知道永逝降临，并不悲伤
松林中安放着我的愿望
下边有海，远看像水池
一点点跟我的是下午的阳光

人时已尽，人世很长
我在中间应当休息
走过的人说树枝低了
走过的人说树枝在长

前文已经论及顾城的写作——但是被死亡打断了，现在必须回来深究顾城的晚期诗。顾城的晚期，或可称之为奥克兰—柏林时期。其中，完成于1988年3月的《水银》四十八首殊堪注意。

在这个组诗里，顾城彻底瓦解了自己与世界的种种关系，自称进入了一种“明亮的疯癫状态”[1]。他甚至已经做到不再依靠世界设定与固有的方式离开这个世界，因此，他几乎放弃了明确的所指，转向一些神秘的能指：“土里有土”式语言，非使用性语言，前语言。比如，他逮住了“滴的里滴”。《滴的里滴》是组诗的第三十九首。在顾城看来，这个声音，就是文化与价值突然坍塌的声音，就是世界不断离析的声音。通过对这个声音的反复捕捉，顾城获得了大解脱大自由大欢喜。这种大，大得不得了，让他停不下来，所以他常常得抱上一块石头才能走回家。到了1992年11月，他完成了《鬼进城》八首。这是顾城对付完世界之后，开始对付自然的一次小捷。人是最大的非自然。要对付自然，最好的办法就是融入自然：不仅仅是“复归于婴儿”，而且要更进一步，化为草木土石乃至虚无。人必成为非人，非人则不必成为人。所以，顾城为这个组诗写下了一篇让所有人相顾骇然的序诗：

〇点
的鬼
走路非常小心
它害怕摔跟头
变成
了人

---

〔1〕《从自我到自然》，顾城：《顾城文选》第1卷，北方文艺出版社，2005年版，第103页。

此后，顾城就沉浸于非人的黑夜。这黑夜，如白糖，此间乐，不思蜀。诗人满心欢喜，他说，“死了的人是美人”，又说“死了的人都漂亮”。但是，顾城最后仍然不得不如此承认：这个组诗的主角虽是鬼，但是视角还是人。换言之，这个组诗，乃是顾城“作为人”的写作。“我”就站在镜子的对面。这让顾城万分沮丧：绝对的自然似乎可望而不可即。倘欲百尺竿头更进一步，个我之生命必然成为最大最后的障碍。恰恰在顾城这里，诗学与生命同构之程度至深至烈。先是“与世为仇”，继之“与我为仇”，其势不可免矣。几个月之后，到了 1993 年 3 月，顾城完成了《城》五十二首：这是他“作为鬼”的写作。他自己亦坦言，特别是《后海》、《紫竹院》二首，即是以这样的方式得来。城是什么城？是顾城，亦是故城。这个行将赴死的诗人，在最后的刹那，以一个孤魂的身份回到了那“旧曾谙”的北京，且听他掰着指头一一细数：中华门、天坛、东华门、午门、德胜门、南池子、琉璃厂、首都剧场、故宫、西单、新街口、六里桥、中关村、昌平、北京图书馆、月坛北街、公主坟、知春亭、白石桥、打磨厂、丰台、太平湖、东陵、平安里、虎坊桥，然后，然后就是白塔寺：我们已经知道，这白塔寺，就是诗人初临的人世。

顾城生前就已经得到大名：大陆及台湾曾多次刊印其简体、繁体诗集；世界各国还曾先后出版其法文、德文、英文诗集。及其殁后，备极哀荣。1995 年 6 月，其父顾工编成《顾城诗全编》由上海三联书店出版；2010 年 4 月，其姊顾乡编成《顾城诗全集》由江苏文艺出版社出版；其间出版的各类选本更是不计其数。当然，关于顾城的研究亦愈趋深入。一个自幼师法安徒生和法布尔的少年诗人在我们的认知中渐行渐远：童话诗和寓言诗早已不再是顾城之为顾城的徽记。顾城的晚期诗学，通过断腕般的正反合，打破了所有人关于写作的理解。所谓“唯灵浪漫主义”，亦或“低度发展的现代主义”，似可揭示其风格之一端，然而顾城很快就抛出来一个万花筒，嘲笑着我们只见树木不见森林的眼睛。事实上，顾城的写作已经不再是一种语言作为，而是一种生命作为。诗只是一种生命的落屑而已。对于顾城而言，写作不再是不朽的根据地，而是必须动用巨大的毅力和勇气来使之中断的泼烦事。写作只有在不自然地表达自然的情况下才具有一点点聊胜于无的意义。写作，为了不写作：最后死亡调和了两者。顾城通过如此极端的行为主义，展示出一种登峰造极无以复加的自然哲学思想。这种哲学思想，从人的角度看来，无异于疯狂的呓语；从宇宙的角度看来，却是精警的提示。顾城大于人。因此，顾城乃是一位最彻底的诗人哲学家，其他的诗人哲学家，只能却步于去顾城的半途。

七

顾城之死引发了大范围的热议：经学家看见易，道学家看见淫，才子看见缠绵，真是众说纷纭，莫衷一是。大约在 1994 年初，在那遥迢而凛冽的白山黑水之间，一个二十二岁的青年诗人麦可，也加入了相关讨论。他非常简单地认为，顾城之死是一种与诗无涉的纯病态行为，不能与海子、方向和戈麦之死相提并论[1]。在这篇文章中，麦可展示出一个少年的天真无邪，以及一个青年的积极向上——“他并不是一个把死凌驾于爱和创造之上的人”[2]——但是并没有完全展示出认知的深度和理论的潜质。

虽然麦可并未以人废诗，但是他对顾城的崇拜已然大打折扣。值得注意的是，他转而将戈麦视为血亲兄弟。戈麦，麦可：这两个名字之间的顶针修辞格让人胆颤心惊。我们将会发现，这是命运之神的修辞格。1990年12月，戈麦写出一首《彗星》，“你的内心为遥远的一束波光刺痛/那唯一的目击者熬不过今夜，他合上了双眼”。海子已成彗星，目击者正是戈麦；戈麦亦成彗星，目击者却是何人？我们可以这样相信：正是麦可。1994年6月，麦可亦写出一首《彗星》，“你有光的名，将为丝柏和风所收藏/默默的生存者，大地为你留下高度和芬芳”。1995年4月，麦可另写出一首《陨石》：便从一个目击者变成了一个守灵人。后来的事实表明，这神秘的彗星连环套越收越紧。到了1996年12月6日，消息传来，麦可因马凡氏综合征猝然辞世，火鸟再次在湖畔留下了一片红羽毛。麦可，1971年生于黑龙江哈尔滨，十七岁考入黑龙江商学院，十九岁分配到哈尔滨汽轮机厂作技术员，卒年仅二十五岁。麦可，终于也像他在给戈麦的献诗中写到的那样，捧出了词，捧出了血的粮食，加入到那闪耀的天使合唱团。

在少年时代，麦可就承受到成长的恐惧感，但是，后来他并未将此直接诉诸作品。恰恰相反，通过持续的写作，他已经将尖

---

〔1〕参读麦可：《我所理解的顾城和他的文学》，《当代文坛》，1994年第3期。

〔2〕李德武、马永波：《天使的歌唱》，牟心海、罗继仁、李秀珊：《麦可诗选》，辽宁民族出版社，1996年版，第1页。下引麦可诗，亦见此书。

锐的恐惧感转换成宽阔的宁静心。麦可的做法至为简单：他不再游目于现实的乱象，转而注意于内心的幻象。他的写作几乎无一例外地指向大自然：大雪、阿勒锦、鸟、雅鲁河、天鹅、沙枣树、麦田、蓝、星辰、白露、光。当然，这些事物已经不再是大自然本身，而是朴素的材料，麦可藉此编织出内心的幻象。春天来了，他写出一首关于春天的诗；秋天来了，他写出一首关于秋天的诗；冬天来了，他又写出一首关于冬天的诗。他似乎不喜欢夏天，因为老是有暴雨。四季交替，年复一年，就这样不断给麦可带来新的诗篇：他没有过于敏感到时间的流逝，却总在时间的流逝里，锲而不舍地追求着某种高迈之境与高悬之物。是的，我说的就是自由精神——正是这种不断拾级的自由精神，反过来让时间的流逝变成一种巨大的诱惑："死亡不再远远地神秘，充满了美丽。"这样，麦可就在自己的灵魂中植入了一根定海神针。时间的罡风已经掀不动他的思想的洋面：很多时候，他自喻为一块铁，或者自喻为一块黑铁。这样的诗人，对死亡自必淡定，对生命亦当尊重。

奇怪的是，麦可的死亡预感却时常涌现，甚至可以说，这种预感覆盖了其全部作品。如果对麦可短暂的六年写作期细分阶段，可能在不同的阶段，其诗风也出现了一些不易觉察的微变。但是，死亡预感作为一种底色，却从未被麦可撤换掉。更加让人惊讶的是，他似乎逐渐清晰地洞悉了其生命长度。他先后写下的很多诗句，都有天不假年的暗示：太阳下一汪清凌的水，快要烧尽的红烛，当然还有划过屋宇的彗星。曾经被麦可的朋友们征引过的两件作品《夕阳的歌》（1994）和《黄昏诗章》（1995），则直言大限将至："夕阳下，夕阳多么绚丽，而又迷醉/一切都才刚刚揭幕，又面临结束"；"也许，期待的那次最深刻的睡眠/将会悄然到来"。到了 1996 年 1 月 4 日，发生了一件不可思议的事情：这天，麦可神思飘忽，在低头转身的刹那，打碎了一只暖瓶，水银镀面四散委地，呈现出天象，暖瓶原有的静态之象让诗人产生了怀疑，……就在一会儿前，麦可还沉醉在一本一个英国人写的《达利传记》之中，他被书里的插图吸引，刚用钢笔画上两道细线，钢笔水就没有了……翻开的书恰好停留在第二十五页。7 日，麦可就据此完成了《1996 第二号：失重的主题》，死神之谕就在其中隐藏：他翻开的只是自己的命运。必须这样说来，但是，这样说来又不免神秘：麦可二十五岁之殁，正如他在一首长诗中的供词，不过是"早知的宿命"。让我们屏息倾听吧，麦可最早的诗篇曾这样教会我们倾听：

静听这歌手的最后一个颤音，月光破碎
我们在倾覆的黑暗中捏紧了对方的手

麦可死后，他的朋友李英杰、李德武和马永波，当年就编成《麦可诗选》由辽宁民族出版社出版。然而，麦可并非一蹴而就的天才，也没来得及最后完成自己，他所期待的白银之耳和青铜之耳一直没有出现：其人其诗很快湮没无闻。2009 年 12 月，诗人阿毛改定《仿特德·贝里根〈死去的人们〉》，该诗几乎遍吊当代夭亡诗人，却单单遗漏麦可[1]。要让麦可的名字在众辞中升起，必须在其他夭亡诗人的种种美学特征之外辨认出他的差异性：做到这一点的确困难重重。尽管如此，我们并不惮于再次展开劈发析毫的小冒险。麦可的主导风格，乍一看，并未逸出浪漫主义的边域，这种浪漫主义，既保留韵律的修饰与圣经的吹拂，又经过卡夫卡、兰波、西尔维娅、茨维塔耶娃、曼杰斯塔姆和布罗茨基的浸染，或可称之为变异浪漫主义。在麦可的初期写作中，灵感与激情的交织如此错综，往后，滴加了少量的经验，再往后，充盈着大块的公共知识分子情怀。纯洁的抒情性，缓慢地让位于沉毅的担当性。1996 年 5 月，沈阳，在一次学术会议上，麦可作了题为《内心写作》的发言。他说了些什么，已经无从查考。但是有一点可以肯定，内心写作的重要前提，必然是对现实的无睹。所以麦可才在很多诗篇中自称盲眼人：这也是一种流亡啊！行文至此，我们要提出的问题是：他为什么要离开现实，最终有没有离开过现实，现实如何在其内心底片上不断地显影？麦可已经用自己的写作，比较出色地回答了这个问题。

八

1998 年 9 月至 1999 年 10 月，一个看上去总像没有睡醒的长头发诗人，常常往返于厦门和天津之间。我们可以这样想象，在火车上，或是飞机上，他老是手持杜甫，长时间地沉浸于《秋兴

〔1〕 参读阿毛：《变奏》，长江文艺出版社，2010 年版，第 96—102 页。

八首》，对作者沉痛萧疏的暮年心境，及其圆熟尖新的后期诗艺，发出了深长的赞叹。后来，这个诗人从杜甫的这八首律诗中各挑出一句，作为自己的小标题，写出一个诗组，亦名之为《秋兴八首》。在第四首中，他忽而发生疑问："谁是第一个，谁是/最后一个?"[1] 这个问题，恐怕连上帝也不能回答——麦可当然绝非那最后一个——更让我们迷惑不解的是，这个诗人如此年轻，只有二十七岁，何以提出了这样一个问题?

五年很快飞逝无影，时间来到 2004 年 6 月 20 日，恰是这个长头发诗人马骅，突然意外遇难。马骅，1972 年生于天津，十九岁考入复旦大学，二十四岁开始频繁变换职业，二十八岁参与创办北京大学新青年网站，三十一岁前往云南偏远山区作义务小学教师，卒年仅三十二岁。

在本文已经吊及，或即将吊及的诗人中，马骅可能是最有现实关怀精神和理论求证意志的一位。在大学里，马骅写诗、演戏、唱歌、喝酒，读书破万卷，毕业前夕把钢琴抬到女生楼下弹奏到凌晨。谁能够想到，就是这个看似轻狂的百科全书式才子，暗地里长期资助着一个贫困学生。毕业后，马骅去了上海某家外企，很快升任总经理助理。然而这不是马骅想要的生活：借用诗人胡续冬的话说，马骅豁达、宽厚，既慷慨又玲珑，寓真挚于游戏，可以把外面世界的规则玩得很好，却在内心死守自己的规则。后来，他去了厦门、北京，到全国各地逍遥游[2]，热爱着武侠小

---

〔1〕 马骅：《雪山短歌》，作家出版社，2007 年版，第 20 页。下引马骅诗，亦见此书。

〔2〕 马骅曾写有小说《逍遥游》。

说、电视、足球、彩票、厨艺、赵薇和周星驰。2003 年初，马骅对朋友们说，他要去漫游世界，事实上，为了自拔于城市和个我的双重枯竭，或者说为了自拔于某种空头精英知识分子氛围，他辗转去到云南香格里拉，往西，继而往北，前行二百五十公里，穿过金沙江，爬过海拔四千米的雪山，去到德钦，再往西，前行五十公里，去到明永——明永，藏语，意为明镜台——背靠着绵延三千米的巨大冰川，冰川属于卡瓦格博主峰，卡瓦格博主峰属于梅里雪山。“给山林冰凉泉水的，是念青卡瓦格博。/给村庄金黄玉米的，是念青卡瓦格博。”明永村是一个藏族聚居村，分为上村、中村和下村。小学校在中村，只有一座二层木楼，坐东南朝西北，一条小溪从西侧潺湲而过，将小学校与农田隔开。村长大扎西一眼见到马骅，心里就发毛，这个流浪汉，他能久待吗？不管怎么样，小学校现在有了三名老师、二十多名学生。马骅的班有十二名学生。他白天教孩子们汉语、音乐、舞蹈和体育，晚上就教当地人英语——常常会有外国人来到这里。他积极参与调查神山，保护生态，改造厕所，新建篮球场、洗澡间，还帮附近两个村制定村规，似乎在创造一个乌托邦，一个群山环抱的巴黎公社，或者如他自己所说，“重建想象中的虚拟的王国”。当他送走第一批学生，孩子们都哭了。马骅从没有拿过村里一分钱，村里五十多户人家凑起五百元，给他改善生活，他却加上朋友寄来的五百元，以及自己积攒下来的数千元，统捐给了学校。而马骅自己却过得相当困窘。在给朋友们的信中，他有时会抱怨没有香烟了。这些信，后来被称之为雪山来信。诗人韩博，也许还有马雁，都曾赶过去盘桓嘘问，留下了带隐忧的赠诗。当然，每次抵聚之后，留下的都是马骅，离开的都是朋友：

回去吧。另一个人
已替他，翻过垭口。
他拣起胳膊和腿，送自己
回汤里渡海，一生一菜叶。〔1〕

也许，马骅这样做的理由很简单：他给雪山的很少，然而雪山给他的却很多。马骅觉得自己必须像先知以利亚一样，用手遮住脸，不能直面那上帝来到的荣光。这样看来，在明永坚持下去出自一片私心。私心如冰心：这就是马骅的伟大之处。到了第二年的6月15日，小学校的粉笔用光了，马骅托县里的朋友帮寄——要命的是，这个朋友却忘了。18日，马骅决定自己去县里买。20日，马骅带着粉笔，搭乘朋友的吉普车返回明永，快要到达时，车翻下八十米的悬崖，掉入怒吼的澜沧江，再也找不到踪影。澜沧江继续往前，几百公里后改名为湄公河，将会穿过整个东南亚。与此同时，精神与品格的馨香也在不断远播。整个明永，整个德钦，整个云南，乃至整个中国，都陷入巨大的哀恸。孩子们回忆起马骅老师，就会这样说：他让我闻到了太阳的味道。

在这一年多时间里，马骅从来没有停止过写作和研究。那些曾经在他的作品中残挂的世俗小鳞片剥落殆尽，最后只剩下一座明镜台——就像河水倒流，终于回到雪山之巅。或有论者认为，

〔1〕 韩博：《济》，韩博：《借深心》，作家出版社，2007年版，第167页。

马骅践雪山之约，两者互赠性格，融合于语言，所以他到那里写的第一首诗就丰富、生动而完满。很快，如同天授，马骅在一棵桃树下写出三十七首《雪山短歌》。他坦言要认真学习明永村的生活，这个组诗就是大课堂上的小作业，或者也可以说，小课堂上的大作业。此时的马骅，还对藏传佛教和王阳明心学着了迷，他已完成了《龙树的中观在中国佛教思想中的流变》和《阳明天泉证道偈子中的佛教中观思想》，其专业水准让人吃惊。同样让人吃惊的是，他还同时完成了若干关于方言、摇滚、后朋克、罗大佑和行为艺术的论文。马骅将很多事列入计划，夏天过后，他就要去考母校的研究生。这样一个诗人，没有谁相信他很快就会死。

不可思议的倒是马骅自己的谶语。现在必须回到马骅的《秋兴八首》——无论从何种角度来看，这件作品都充满了神启之语。是的，马骅反复写到车：两轮车、轿车、列车。让人惊骇的不仅如此，他甚至写到：后座抛出流星，车轮追赶潮水。在这个组诗中，马骅从杜甫的《秋兴八首》中摘用的八句是："玉露凋伤枫树林"，"山楼粉堞隐悲笳"，"同学少年多不贱"，"鱼龙寂寞秋江冷"，"一卧沧江惊岁晚"，"万里风烟接素秋"，"波漂菰米沉云黑"，"白头吟望苦低垂"。这些诗句关涉夔州对长安的回忆与想象，关涉彼处之轻肥，关涉此处之山楼江林，关涉深布其间的清冷、颓伤、衰老和死亡。后来的事实证明：明永就是马骅的夔州，澜沧江就是他的长江，天津、上海和北京就是他的长安：那澜沧江必将迎来并且围绕他的长眠。就这样，在杜甫的六十四句中，马骅选出八句——他选出的又何尝不是自己的命运？所不同者，杜甫被逐，而马骅自逐。两组《秋兴八首》，相隔一千二百三十三年，终于构成神秘的互文。值得注意的还有《雪山短歌》第三十四首：一个午睡的人，与峡谷里扭曲的涧水，被俯视成雪山的两缕筋脉。不仅如此，马骅还选定了季节。1998 年 6 月，他写下《最后的夏天》：南风吹拂，吉他被拨响，琴弦嘎然而断，某人的生活走到了尽头；这时候，一个孩子现身，他以先知的口吻如此说话，“我不想让这个夏天过去”。任谁也买不到太阳不落山：前六个夏天很快过去，第七个夏天就是一道铁门槛。2002 年 10 月，马骅又写下《在变老之前远去》：“驾着剩下的夏天。”2004 年 6 月 16 日，马骅在他那间八平米的斗室里招待来访的朋友，酒酣之余，他抱起吉他开始唱歌，那琴弦，正如他曾经描述过的，戛然而断。同在这晚，马骅的朋友，校园歌手许秋汉，在北京大学的舞台上，亦有同样的遭遇。而在此前不久，2 月 20 日，马骅在最后一封雪山来信中如此写道：“澜沧江现在正是一年中最漂亮的时候……望江水时间长了，先是会头晕目眩，既而怅惘心碎，颇有效法屈子的冲动……”自杀者可以在生前选定方式和时间，遇难者何以亦能在生前料定方式和时间？这已经成为不解之谜。令人扼腕叹息的是，曾经在《秋兴八首》某段中透露出来的一丝生之可能，经过数百人持续多月的寻找和打捞，最终化为泡影：

总会有一条消瘦的鱼从丝网的缝隙里
死里逃生，总会有一茎草
在西风里喷射草籽
总会有一根脖子
奋力探出水面

马骅在复旦大学的同学，前文中曾经提及的韩博，寻找各种可能要出版马骅的遗著。他的努力唤起了几个北京大学出身诗人的共鸣——当然，这几个诗人，都曾是马骅在新青年网站工作期间的同道。2007 年，臧棣、姜涛、周瓒效法奥顿之主编“耶鲁青年诗丛”，亦发起主编“汉花园青年诗丛”，将马骅诗集《雪山短歌》列入，交由作家出版社于同年 11 月出版。这套诗丛，还包含韩博、胡续冬、清平、王敖、周瓒的诗集。可以这样讲，马骅代表了年轻一代学院派诗人对语言的自觉。他的词法和句法创造性来源于一种真正的聪明：用词之勇与造句之奇，内在地证明着才气对于艺术惯性的克服。而且，所谓个人思想，无论多么深刻的个人思想，都已经赶不上这种才气的驰掣。所以在马骅这里，对于时代的调侃和对于经历的感叹逐渐让步于“嫩而尖锐”的语言变法。及至雪山时期，马骅放弃了那为语言变法而匹配的聪明：也许在他看来，这只是一种小聪明。在此前作品中尚有残留的表演、刻矫、追攀与意气，都被雨打风吹去。他甚至警惕着那过于洋溢的才气，是的，他愿意只剩下纯净，被“透明的积雪和新月来回敲打”的纯净。毫无疑问，《雪山短歌》正是这种绝圣弃智的写作。马骅接受民谣的化育和雪山的施洗，很快就实现了从文明人向自然人的飞度。这飞度没有针凿的痕迹，就像一个硬币忽然翻了面。从这个意义上讲，在同代学院派诗人中，恰是马骅，从对语言的自觉，最先过渡到对生命和灵魂的自觉。

九

一起意外的交通事故

它的到来
没有改变你的生活
你只是一个旁观者
一个在饭后无所事事地
阅读报纸的人
那个飞速前进的轮子
撞上了你的眼睛
你却毫无察觉〔1〕

这件作品唤作《交通事故》。大约就在马骅因交通事故遇难后不久，一位栖居昆明的外来诗人余地，写下了此诗。余地是否借此诗以哀挽马骅，已经无从考辨；值得注意的是他对自己命运的暗里惊悚，以及对这种惊悚的佯装无知。事实上，余地长期自视为多余人、渎神者、异教徒和虚无主义者："下一步，我是那个自杀的王。"〔2〕就是这位与马骅一样热爱音乐留着长头发的诗人，挨到2007年10月3日晚，似乎再也不愿意为自己留下余地：他在昆明西山近华浦邮电所附近的小屋里突然弃世。余地，1977年生于湖北宜都，不详几岁考入某所卫生中等专业学校，约二十三岁迁居昆明并频繁变换职业，卒年仅三十岁。

关于这离奇的事件，我们已陆续获得多个版本的消息。以下

〔1〕余地：《余地诗选》，云南人民出版社，2008年版，第193页。下引余地诗及一行观点，亦见此书。

〔2〕余地：《内心：幽暗的花园——一个心灵的秘密札记》，云南人民出版社，2008年版，第418页。下引余地诗性随笔，亦见此书。

消息来自公共叙述人，亦即各种媒体：余地于 2005 年认识二十一岁的山东籍女军官 Y，2006 年 12 月结婚，2007 年 7 月得到一对双胞胎，此后不久就查出，Y 已是肺癌晚期，其中一子亦患有心脏病。养弱子，救病妻，还房贷，余地很快陷入极度贫困。据说，有一次，他只剩下七块钱，却依然过了整整一周。以下消息来自第一叙述人余地：7 月 8 日，济南某医院某医生短信相告，Y 已为其生下一对双胞胎，当日他正漫步在昆明的大街。以下消息来自第二叙述人 Y：10 月 3 日晚，她与余地发生争执，他突然安静下来，对她说，“好了，没事了，你去洗澡吧”，当她从浴室出来，发现他半躺于沙发，血不断往下滴，已经淤积成一大片深红的浆泊——她发现他用菜刀割断了自己的食道、气管和颈动脉。“我走了，因为时代需要尊严。”以下消息来自公共叙述人，亦即各种媒体：余地死后，刘春、阿翔、张翔武、宋尾、毛子、黄芳、采耳等诗人面向全国发起捐款，很快就筹集到五万多元。当此之际，Y 揣上近两万元捐款，忽然蒸发于人间，再也不见踪影。以下消息来自第三叙述人余地朋友：Y 系网名，本名 M，并非军官，亦无绝症，未与余地正式结婚，双胞胎则另有父母，心脏病云云则更难证实也。不同的叙述角度相叠加，我们只得借用余地语如此小结：“就是他，几乎是他，甚至不可能是他。”余地朋友颇欲调查此事，奈何困阻重重，最后不得不罢手。所以，剩下的疑问可能已经没有答案：媒体在何种程度上改写了余地，余地在何种程度上配合或参与了女友的杜撰，朋友在何种程度上还原了余地？就这样，余地之死让所有人迷失于一个复调叙事的连环套，就像迷失于他那篇离奇的小说《谋杀》——余地是这篇小说的作者，亦是主人公，他正在撰写一部小说《谋杀》：主人公是罗列，他亦在撰写一部小说《谋杀》：主人公是张力，余地很快失踪，罗列为张力所杀，张力则很快隐匿[1]。一个被创造出来的作家，被他创造出来的小说人物所杀：这就是余地留给我们的悖论。

对这些背景有所了解，我们就会侧目于由一行梳理出来的那条形而上之线索，并且，立马就嗅出这条线索的象征意味。一行乃是余地的朋友，亦是七十年代出生批评家中的重要人物，曾以对欧阳江河的独到解读赢得同代人的尊敬，现供职于云南大学。余地生前曾给一行发去一个组诗，其中有首《鸟鸣》："深夜，一只鸟不知道在哪棵树上鸣叫，像月光一样清脆，诗人看不到它张开的嘴，也看不到它的胸脯、脚趾和羽毛，当鸣叫声进入城市的耳朵，一座森林就在诗人的体内醒来。"深夜鸟鸣，意味着什么？一行百思不得其解。他翻阅了余地送给他的几本书，马格里斯的《微型世界》、休斯的《生日信札》，还有罗伯特·穆齐尔的《没有个性的人》，都没有找到答案；直到有一天，他重新读到穆齐尔的另一部小说——《乌鸫》，眼前跳出了这样的段落：

> ……那一只是远远地为我飞来的。为我！！——我想着，微笑着坐起来——一只天堂之鸟！原来真有这种事！——在这样的时刻，你看，人们会很自然地去相信超自然的东西，就好像他曾在一个童话世界里度过了童年一样。我毫不迟疑地想：我得追随这只夜莺。保重，

---

〔1〕 参读余地：《谋杀：余地小说全集》，新世界出版社，2011年版，第1—28页。此书所附白宗彝《余地昆明时期年谱初编》对本文亦有贡献。

爱人！——我想着——保重，爱人，房子，城市！

而在事实上，这部小说的主人公阿二，听到的恰恰不是夜莺，而是一只乌鸫：这只乌鸫模仿了夜莺的鸣叫。这阿二却不能分辨，最终还是离开了自己的爱人、房子和城市。这条线索如此神秘而玄悬，以至于我们宁愿相信这是由一行在无意间促成的文字姻缘：巧合般的互文，平行而不交叉的影响源。这条线索并不能明晰地阐释余地之死的真正动因，却提醒我们不得不如此挑明：余地之死在很大程度上受触于一场惊心的骗局。

昆明的一些诗人，包括一行，倾向于这样认为：写作涉及死亡十分平常，无数写作者曾重拾此类母题，却并未给自己带来不祥。我们只得暂且如此相信：诗与真，原是两回事。既然如此，对余地的那几件作品，比如《流星》、《远行》、《如果有一天》、《掉在地上的水银》以及组诗《死亡的火种》，展开传统的传记研究，就没有太多必然的意义。可是，对《内心：幽暗的花园》，却不能同等看待。这部长篇诗性随笔，似用但丁三韵句写成，乃是诗人的秘密札记，最终构建成连续的绝对真实的心灵史。可以想见，余地写作此书，必无虚拟的读者伴其左右。换言之，他不会虑及读者的种种阅读期待，而愿意凭一己之身，兼作者与读者之职。余地只剩下了“我”：原本面向读者的艺术创造也变成一种真正意义上的内分泌。因此，完全可以从这部书中寻找传记的蛛丝马迹。经过疲惫的阅读，我们很快就发现，全书已完成的2735节，大约有五分之一俨然已是死亡哲学。在此逐一引述，不必亦不能。概括其主要思想，值得注意的有以下种种：一切严肃的思考，不为别的，只为证明死亡的绝对；人原本不过都是死者，或者说是还没有来得及诞生的死者，白天醒来才返回人间；人不得不一次又一次地死去，然后茫然地活过来；活只是为了缝制死，成为一个死者才是真正的活；与其被杀，不如自杀；死让人进入最广大的无，变得更加完美，并在未知之中继续生活；因此，死是一种胜利；死者可以在生者的内心复活，然后不得不一次又一次地死去，这构成了世界的真实；黑暗最为真实。这些在《内心：幽暗的花园》中不断滴漏出来的可怕思想，已经没有必要再详加讨论；如果仍然有人对此熟视无睹，坚持认为余地的写作没有导致他的死，恐怕很难成为一个雄辩。事实上，《内心：幽暗的花园》第 29 节，余地已经描述了其死亡的境状，“所有的血液正在渐渐地凝固，一把刀子的光芒竟是如此寒冷”；至于第 2486 节，“走了三十里路，他没有喝一口水，远处的山梁上，一棵草”，则有可能预言了其生命的长度。

就在 2007 年最后两个月，余地的朋友张翔武，就着手对其遗著进行收集整理。到了 2008 年 1 月，经海惠女士玉成，《余地作品》三卷终于由云南人民出版社出版，诗歌、随笔、小说各占一卷——惜乎其关于摇滚乐的系列文论《声色犬马》仍然散落民间。余地认为，写作好比生活的开颅术。面对生活的不确定性，余地作品所展示的，是一个青年的困惑和痛苦，以及与此颇不相类的，一个哲人的明澈和幽深。奇怪的是，他的作品并未因此而获致不协调的驳杂。究其原因，在于他对“道”的而非“器”的真相的穷诘，至始至终持有某种罕见的捎带着玄想的激情。是的，甚至连死亡话语，也被赋予速度和光亮。余地并不具有学院派诗人常常富有的对于语言的敌意，他在语言的通用规则之内展开表达，即便写一个碎片，也能求其清晰和完整，能得中国古诗那种极简主义风范。但是，他的表达并非日常工笔，而总是指向更为华美和神秘的内在混沌，指向绝望之思。无论是长调，还是窄句，都因其共同的指向而具有大体相似的风格。我们已经看到，余地就这样复活了箴言、抒情诗和象征主义传统，但是，如果强调他的探索性和个人机杼，我们宁愿承认：他其实首先是一个小说家。

十

马骅与朋友们的相互赠答，以及类似的相互赠答，复活了伟大而迷人的知音传统。2003 年 9 月 22 日，马骅写出《给韩博》；28 日，韩博就写出《匿》，30 日，又写出《济》，三首诗隐含着同样的本事：两人结伴登雪山望云脚。到了第二年底，韩博陆续完成《致》、《契》、《避》、《缔》、《佚》、《沥》、《觅》、《替》，加上前两首，共十首，构成组诗《借深心》，成为一篇马骅诔：思无极，哀无极，理解入骨髓。马骅和马雁之间也有深挚的赠答，同样是在 2003 年 9 月 22 日，他也曾写出《给马雁》：

> 天气转冷，我们就回到木板屋里烤火，互相写诗。
> 积雪一漫到床边，我们就游出去找野花儿。
> 你不在时，我就劈柴、浇菜地，整理一个月前的日记。

到了这年的一个冬晚，马雁再也睡不着。父亲隔墙相问，反而逗起哽咽。“明月出天山，苍茫云海间”：马雁对虚空伸开手臂，起身写出《冬天的信》，寄给马骅：

> 你不在时，
> 我一遍一遍读纪德，指尖冰凉，
> 对着蒙了灰尘的书桌发呆。
> 那些陡峭的山在寒冷干燥的空气里
> 也像我们这样，平静而不痛苦吗？[1]

六个月之后，马骅遇难；六年之后，马雁自杀。大约在2008年10月，诗人吕历曾携马雁来我居住地小酌，记得席间我们曾经谈及张承志，不意当晚分别之后，斯人便成远天杳鸿。后来听到知情人言及，当时她就已经深患抑郁症。2010年12月30日，马雁赴上海访友，住在闵行区某宾馆，抱病，跳楼，再也不可挽回。马雁，女，1979年生于成都，十八岁考入北京大学，二十一岁参与创办新青年网站，二十四岁返回成都定居，卒年仅三十一岁。马雁死后，被就近安葬在上海谢卫路508号回民公墓：真主会给她更好的生活。

十余岁时，马雁就显露出诗的别才和文学的颖悟。早在1997年，她已写出《隐秘的波西米亚传统》，以独特的视角探讨四川现代诗的精神之源，引起较大反响。在北京大学读书期间，她将海

[1] 马雁：《迷人之食》，非正式出版，2007年版，第27页。下引马雁诗，亦见此书。

子的《弑》改编成诗剧，首次将海子作品搬上舞台；后来还将王尔德的《莎乐美》改编成舞剧，却被取消演出；此外，她还策划组织了第一届和第二届未名诗歌节。大学毕业后，她策划组织第一届华语小说峰会，拟对当下中国文学和中国文化进行一次深入而尖锐的剖析，亦被取消举行。再后来，马雁很快以洞察而不断出奇的书评和艺术评，产生广泛而新鲜的影响。返回成都后，马雁奉行简单生活："你看我如此简单/作为你的反对"。大约在此前后，她进入一个写诗的高峰期。到了 2007 年，她编成诗集《迷人之食》；2010 年，又编成随笔集《读书与跌宕自喜》。凡此种种，可以见出，马雁具有一种高度参与的性格和精神。这也意味着，即便为了他人，她都还有很多事情要做。

但是，马雁还是选择与这个世界彻底了断："被迅速裹进安全的无知。"如果试图探求个中之缘由，仍然得回到《冬天的信》。这首诗的重要性在于，它不仅见证了知音传统，还漏露出传记线索。对于逝者之隐私，本文保持极大尊重，绝无一丝新闻学兴趣。奈何此线索关涉马雁之死因，不得不稍加分析。这首诗承担了作为信的义务，向收件人介绍发件人的近况。马雁写道："胡萝卜已经上市，生活将会好一点，她也不再生气，你给我写信正是她去世的前一天。"由此可知，马雁有一位同性密友。对马雁这种情感向度倘有失察，将会导致我们无法解读以下作品：《小是小——献给阿才的情歌》、《童女之恋——给小黄的情书》、《老许同志——为许君兰和这个一览无余的透明的季节》、《将饮茶——为黄照静和我们共同的荒唐生活而作》、《荒唐——为亲爱的王美人而作》、《亲爱的，我正死去——给小黄、我的爱和赎罪》。现在，情况已经很清楚，这些作品都是女人写给女人的情诗，记录了“英雄的小姐妹”在中国大地上的“堕落”。明乎此，另一件作品就自然而然地进入我们的视野：《采花贼的地图》。这首诗写到北京的西四、甘水桥、农展馆、白石桥和六铺炕，涉及一个不存在的少女、一个地下室里的外地女子、一个穿红裙子的女中学生、一个脸上有疤的乡下女人和雪地里散步的两个少女。倘若这样说并无半点贬义，那么我们就会这样说：马雁就是那个夸张的采花贼。马雁生前自印的一部诗集，唤作《迷人之食》。何谓迷人之食？她在这部诗集的某个不起眼的角落给出了答案，是的，就在《樱桃》的最后两行：迷人之食既是指樱桃，亦是指她脸颊上消失的欲望。危机很有可能就来自迷人之食的夭逸。2004 年开春之后，马雁不断写到其密友之死，字里行间充满偷生之赧。到这年夏天，她写出《欢饮》，已有追随其密友之意：

我要和你击掌，
我要和你击掌三百下。
……
死亡是解放，
解放是第一回的醉，
也是一个智慧。
你想得太多，
而我要想得更少。
更少，一些些
留给下一杯。

击掌成誓，欢饮赴死，主意已成决心。到这年冬天，她写出一首十分奇怪的诗——《结婚》：她的密友命令她活着，而她只能含着大块的冰去死。死与结婚有什么关系？只有理解为不能生同衾，唯有死同穴。唯有死才能“给她新娘”。现在说到马雁对方式的选择。很显然，她早有盘算。值得注意的有两件作品。一件是《香樟》，完成于2008年，写及对空中二十米的“湿度”和“重力”的爱好。另一件是《感觉另一个人从对面走进你的身体》，完成于2005年，直接写及抱病，跳楼，两人合。马雁的一个爱词是“菲薄”。借用这个词，我们可以肯定地说，马雁之死绝非如此菲薄。除了上面分析的原因，必然还有其他的原因与之相错综。比如真性的受阻，良知的受挫，以及作为抵抗方式的荒唐生活的真正荒唐化，还有与这些密切相关的某种外部的“灰暗”。马雁之死还有些晦冥，精细而准确的指证也许只能留待他日。

目前，冷霜和秦晓宁，正在紧张地工作，即将编辑出版《马雁诗文集》。单凭现有资料讨论马雁的意义，只能得出局部的，甚或片面的结论。不过这仍然值得尝试。马雁的作品，往往具有双重视角：显性的享乐主义者视角，以及隐性的公众知识分子视角。作为前者，她在痛苦之中分拣出欢乐；作为后者，她在欢乐之中提炼出痛苦。大面积的厌倦和偶尔针刺般的清醒相交织，在波西米亚情调中不时闪现出主体之勇毅，交给我们一个“途穷的天真”，一个被时代反复销磨的颓废精英。那种潜龙勿用般的决绝，对某些被规定被豢养的“用”构成了巨大的讥讽。马雁写有大量赠答诗，种种小抒情散落进叙述性语调和戏剧性场景，而其作品的日志性质则不免时时带来意义的死角，这样就成全了渐渐风行开来的克制风格。如果从主题学的角度再作考量，我们不得不承认，马雁还为当代汉诗打开了一个全新的抒写空间：同性恋。如果说墓草的《人妖时代》[1]是中国第一部男同性恋者诗集，那么，《迷人之食》就是中国第一部女同性恋者诗集——当然，无论从何种指标进行评判，后者都远较前者更加高级。

现在要回到海子。可以这样说，海子藉其烈火开辟了北京大学诗歌的一个传统，在学院派写作的坚壁上凿出了一个豁然开朗的非学院派之洞：太阳、王位和生命汹涌而入，技术主义被彻底罢黜。到了九十年代中后期，北京大学的诗人们才逐渐意识到海子那咄咄逼人的后尘，他们一边缅怀海子，一边重拾修辞，缓慢而艰难地抗拒着那种看起来不能持久的写作模式。天真之歌就这样让位给经验之歌：臧棣即是重要代表；而马雁，正是他们中的长公主。

十一

本文重点论及的九位[2]夭亡诗人，上至海子，下迄马雁，有

---

〔1〕 春风文艺出版社2002年版。

〔2〕 本文以顾城享年（37岁）作为入选诗人享年之上限，故对于胡宽（1952—1996）、邵揶（1955—2010）、张枣（1962—2010）等，皆暂未叙及。参差同时之夭亡诗人，除已叙及的九位外，尚有蝌蚪（1954—1987）、林耀德（台湾，1962—1995）、路漫（1964—2000）、宇龙（1965—2002）、崔澍（1980—2003）、谌烟（1984—2004）、周建歧（1971—2005）、张紫宸（1975—2008）、吾同树（1979—2008）、辛酉（1981—2011）、小招（1986—2011）、陈让（1982—2012）、许立志（1990—2014）等，或以其作品重要性不足，或以其资料完整性不足，亦暂未叙及。

六人自杀，两人病故，一人遇难。即以病故者与遇难者而论，亦有死亡预感，甚或死亡冲动。他们的作品各具特色，除了死亡预感与死亡冲动，很难抽出共同的特征。单就死亡预感与死亡冲动而言，亦是全人类文学曾经反复抒写的一个重要母题，绝非夭亡诗人之独专。但是，有一点可以肯定，他们的作品都缺乏幽默感：对嘻哈文化的彻底绝缘导致了针尖对针尖。

那么，他们是痛苦的吗？这一点就不能妄下结论。导致自杀的原因有很多，陈独秀就曾经总结出十六种，后来又归纳成两种〔1〕。值得注意的是，加缪还曾有进一步的阐释，他说，“最明显的原因不是最致命的原因”〔2〕。写作的难以为继，失恋，物质上的困窘，偏激，独活羞愧感，幻想，骗局与谎言，确曾给他们带来不快乐。然而，这些只不过是最明显的原因；最致命的原因，可能恰恰在于对某种永恒快乐的追求和迷醉。幸福有多种定义，他们选择并践行了最为极端的那种定义。

还有，他们是消极的吗？这一点也不能妄下结论。早在古希腊时代，苏格拉底就认为：带着恶劣的肉体去探索真理，锻造灵魂，必然会失败，因此真正追求哲学，就要学习死，学习处于死的状态。所以，当那个掌管毒酒的人上来，所有的门徒都哭了，只有苏格拉底微笑着说，“我就要离开你们去享福了”〔3〕。苏格拉

---

〔1〕参读陈独秀：《自杀论——思想变动与青年自杀》，《独秀文存》，安徽人民出版社，1987年版，第262—277页。

〔2〕《西西弗神话》，加缪：《加缪全集》第3卷，沈至明译，河北教育出版社，2002年版，第70页。下引加缪观点，亦见此书。

〔3〕参读柏拉图：《斐多》，杨绛译，生活·读书·新知三联书店，2011年版。

底由此成为因信念而选择死亡的第一位先哲。这些诗人是否亦有此衷怀，谁也不能肯定，当然也不能轻易否定。有的诗人赴死，恰是因为爱，证明爱，确是毋庸置疑。

再有，他们会得到理解吗？这一点仍不能妄下结论。王国维自沉之后，陈寅恪曾作《清华大学王观堂先生纪念碑铭》。从这篇铭文来看，陈氏之理解王氏，堪称至深与莫逆。然则，当陈氏撰写《王静安先生遗书序》，却仍然不免犹豫："古今中外志士仁人，往往憔悴忧伤，继之以死。其所伤之事，所死之故，不止局于一时间一地域而已。盖别有超越时间地域之理性存焉。而此超越时间地域之理性，必非其同时间地域之众人所能共喻。"〔1〕连渊博深刻如陈氏者，对其同道亦无绝对的理解自信心；浅陋如我辈，岂能随意猜度，唐突存殁？真正入骨而同心的理解，如不指望今日，或可俟之未来。

前面提及加缪，这里还要再次提及。加缪曾说："真正严肃的哲学问题只有一个，那便是自杀。判断人生值不值得活，等于回答哲学的根本问题。"加缪此语，乍看与苏格拉底相类，细想则大不相类。苏格拉底认为自杀是不能容许的，但是死并不可怕，死是对哲学终极障碍的破除。加缪则认为死是死者对生者的发问：生者应该如何求取有尊严有价值的生，如果不能求取又当如何？只有解决好这个问题，才能解决好哲学的根本问题。所以，诗人之死正在向众人之生频频发问。如果众人都无视这凌厉的发问，而且都不能给出光辉的回答，那么，这既是死者的悲哀，亦是生

〔1〕 陈寅恪：《金明馆丛稿二编》，上海古籍出版社，1980年版，第220页。

者的悲哀，甚而至于，还是时代和民族的悲哀。

无论如何，不容否定：生者必须活下去。

连荷尔德林都没有自杀，在齐默尔塔楼上，他继续疯狂、生活和写作，后来活到七十三岁。到了今天，那个塔楼已经被全世界称为“荷尔德林塔楼”。

2012 年 1 月 11 日

回到帕米尔高原

——亚洲腹地的诗歌之旅

一

从 2010 年 10 月 14 日到 23 日，我参与了一支小分队的孤旅：另外四名成员全是公务员——如同我自己也在极力扮演的那种角色。大多数时候，这种扮演已经达到忘我的境界。我小心地看守着内心的秘密，不让诗歌之金重于加薪的可能和晋职的心愿。我获得了仆人般的大众化，提前塞住了一张又一张嘲讽之口。是啊，我没有渊博的知识，更没有高贵的思想，他们无机可乘，拿我就是没有办法。在这十天里，我像他们一样，为看到的一切发出惊呼：烤羊肉、混血美女、草原玫瑰、沙漠纯种野马、火烧山、针叶阔叶混生林、丹霞和高原冰峰。如果对此一一加以叙述，本文就会如人所望地堕落成新疆导游手册。然而，布袋与锥常常不能分别存放：我还是不间断地露出了马脚。这马脚越来越扎眼——要在小分队里求得一种安全的共性已经不可能。这个小分队的孤旅，就这样生硬而奇妙地裹挟着其中一个人的孤旅。

二

乌鲁木齐对我来说意味着什么？14日，当三个半小时的漫长飞行结束之后，乌鲁木齐意味着又一个省会。这座混血之城，已经彻底汉化，甚至彻底全球化：在阳光和叫卖声的晃动之中，轻易就看到成都的瓷、成都的玻璃和成都的不锈钢。我试图揭开墙面上的一幅牡丹图或梅花图——多么拙劣的“中国画”啊——仍然不能找出一角妩媚的波斯织毯。说到波斯，这让歌德顶礼的诗人之邦，我不免轻微地兴奋起来。我知道，波斯已经不远，波斯就是伊朗。可是，龟兹在哪里？高昌和楼兰又在哪里？一群少女从街角转过来，唯有她们的眼睛，还保留着昔日西域的一汪蓝碧，勾起我无限的幻想：王位、经卷、玉石、泉眼、圆月弯刀。这群少女很快将从第二个街角转过去。乌鲁木齐再次模糊起来。也许，只有昔日草原游牧民族受环境之困而形成的某些习性，比如烤羊肉，在成为旅游招徕的同时，仍然意味着历史提醒，在诗人沈苇看来，甚至还反方向地包含着一种生态觉悟：

> 一串肉在火上尖叫就是一只羔羊
> 在火上尖叫，是一百只羔羊在火上尖叫〔1〕

第二天晚上，我就与这个诗人在老回民餐馆见面了。他衣着闲适，

---

〔1〕《混血的城》，沈苇：《沈苇诗歌精选：我的尘土　我的坦途》，新疆人民出版社，2004年版，第136页。下引沈苇诗句，凡未注明，均见此书。

面容沉静，左右开杯，绝没有半句无聊的酒经。席间，诗人忽然谈及，有资料显示，早在七千年前，和田玉就已经在欧洲出现。然后，他的眼睛开始发红发亮，好像那些在内心收养已久的异兽再也压不住野性子。话匣子终于打开，新疆一点点地还原为西域。大家都微醉了。

这个沈苇，原本江南人，却早已将新疆视为第二故乡。如果说前者哺育其生命，后者则锻造其灵魂。他用全部的写作，证明了自己就是那个必须来此的人。沈苇与新疆，谁对谁更具重要性，已经很难分别。这种美妙的遇合，只能由神来安排。地气、血性、文脉与神迹就这样被一一斟酌。我曾经震撼于他的短诗《吐峪沟》。吐峪沟位于鄯善火焰山，是中国伊斯兰教最大的圣地。沈苇此诗前四行全用骈语和对仗，单调的句式承载着方生与已死、须臾与永恒的无语交谈，颇有古绝句之风。然而，熟读现代诗的读者，仍然捏着一把汗：这种死板将如何收场？第五行，人得以出现。六七两行，在满盘皆输的巨大可能中，诗人气定神闲，轻轻地扳回胜算：

> 当他们抬头时，就从死者那里获得
> 俯视自己的一个角度，一双眼睛

沈苇只写七行，已经敌过另一位江南才子潘维的八十二行长诗《吐峪沟村》。潘维之才，与沈苇原在伯仲之间。然而，《吐峪沟村》过于用力，用力便着相，着相反失衡。这一局，潘维已然输定。可惜的是，后来在喀什，由于飞机晚点一天，我们不得不取消了吐鲁番之旅，终于与吐峪沟失之交臂。这种遗憾，怎么说呢，致命，而又如此迷人。

诗歌的引导仍然在继续。沈苇完成了《占卜书》，在借镜突厥语的同时，已经曲折地营养了汉语——“你们要这样知道”。而层出不穷的新柔巴依（Rubai）写作，却在向辽阔的西域大地和西域文化致敬。我们来读新柔巴依的第一首：

醒来吧！黎明的大幕徐徐拉开，
黑夜不是撤退了，而是已为白昼殉葬。
是谁派遣了太阳的孤旅？光芒之箭
射中天山之峰：一顶中亚的皇冠。

这首诗的一些特点，比如呼唤语、明喻、对时空转换的敏感、置于大自然对面的诗人之眼，都呈现出典范的古波斯风。需要提醒的是，这首诗还暗含着一首诗，隐藏着另外一个天才诗人、两个杰出翻译家。在此后的行程中，他们将在适当的地方等着我……在那两千公里之外，十个世纪以前……在那著名的黑汗王朝。

现在，我要去摘取中亚的皇冠。

三

穆天子的玉人、丘处机的金丹和成吉思汗的铁瓦都已经杳无踪迹，只有瑶池泛碧，散发出茫茫水雾，反复缠绕远峰之雪。昔人不再，天山依然。我感到更为真切的，反而是梁羽生塞进来的那个世界。17 日中午，当我下得天山，就背负着七柄虚拟之剑，开始向北环游古尔班通古特沙漠：从东边进入，经卡拉麦里、恰图尔库、北屯、布尔津、冲忽尔抵阿尔泰山腹地，在神的后花园寻喀纳斯湖怪不遇，却在彼处的一处墙面上读到了沈苇的《喀纳斯颂》，“我愿意变成/景物中遗弃的婴儿，用一声啼哭/去发言，与赞美、咏叹/去参与湖水的荡漾、群山的绵延”；后来由西线返回，经乌尔禾、克拉玛依至石河子，已是 19 日下午。当日下午，似乎顺从某种神秘力量的牵引，我们不经意间竟然来到北三路，来到新疆兵团军垦博物馆。

我对新中国成立初期的集体主义和英雄主义神话充满了好奇。这些神话包含着政治奇迹、马拉松式的奉献、过火的纯洁、扭曲的羞耻感和殉道者的铁石心肠。去年在大寨，我已经得知村支部书记陈永贵曾搬运过的碎石头，可以在太原和北京之间铺一个来回。后来，他果然沿着这条碎石头之路去到副总理办公室。当我踏进军垦博物馆，这条本不存在的碎石头之路又在眼前晃动起来。我翻拍着一张张发黄的照片——丰收归来、摘棉花看谁摘得快、哨卡、三个少女战士学习文化、农暇篮球比赛、骑兵英姿——补习着一个热血沸腾的时代。在这块素有小西伯利亚之称的荒原上，连艰苦也是欢乐，当年四处洋溢的欢乐一直流淌到今天，似乎让“今天”也显得黯然失色。可是，这些从四面八方赶来的青年男女，他们内心的复杂性已经被这座博物馆彻底地平面化，我不能找到他们的忧愁和爱情，正如我在艾青的神情里找不到怀疑和抗诉。

参观即将结束，艾青忽然就出现在我的面前：啊，头发反梳的艾青，青筋突出的艾青，白色短衬衣的艾青，从眼角和嘴角露出微笑的艾青，你是你自己，还是画像作者或彼时文化语境的一个意图？我一时间茫然不知所措，思想铿铿锵锵，穿越无数历史的暗角和假象，回到半个多世纪之前。胡风案发之后，全国形势骤变。1957 年 9 月，《诗刊》发表《艾青能不能为社会主义歌唱》一文，劈头猛喝一声，艾青浑身颤抖。1958 年 4 月，艾青带着高瑛和不足一岁的儿子艾未未到北大荒落户，他想回应《诗刊》，证明象征主义的软弱和革命现实主义加革命浪漫主义的强大，在那里写出两首长诗《踏破荒原千里雪》、《蛤蟆通河上的朝霞》。1959 年 11 月，艾青来到新疆采写英雄人物，玉门关的冰雪也不能熄灭那日日蒸腾的忧心与激情，他登上海拔五千米的天山腾格里峰，写出《运输标兵苏长福》。1960 年 9 月，艾青决定留在石河子继续改造，接来妻小后，一住十五年，先后完成《荒原》、《第一犁》、《山东来的黄毛丫头》、《绿洲笔记》、《沙漠在退却》等作品。我们的诗人艾青，不间断地从伟大的聂鲁达和维尔哈伦撤离出来，当他终于完整地撤离出来，我们看到，他自己也趋于消失：那深沉、痛苦和求索的灵魂已然陷入漫漫的冬眠期，蜕变为一个“积极”而“正确”的工农兵记者，“泯然众人矣”。然而，这种壮士断腕般的努力也不能换来一份安全平静的生活。1966 年来了：厄运不可逆转。诗人被揪出示众，怒火中烧的人民为他换黑衣、贴白条，然后吐口水、泼墨汁。王震的庇护已然失效，艾青全家迁往古尔班通古特沙漠边缘的冰天雪地，住进母羊临时下崽的地窝子。所谓地窝子，即是垂直下挖形成的土坑，垒石成台，戳洞为橱，上搭木条，敷以干草，旁留斜坡，作为出口。艾青的五年地窝子生活已经难以复述：那不是什么大不了事件，而是时代的死角、囚徒的隐私。艾青本人“连叹息也没有”，也没有留下半个字的记录：一座古拉格群岛就这样被悄然埋葬。在艾青画像的下边，我读到了传诵一时的《年轻的城》，洋溢着标准化的幸福：

我到过的许多地方
数这个城市最年轻
它是那样漂亮
令人一见倾心

这首诗已经成为石河子的骄傲。可是，又有谁知道，这首诗恰恰证明了一个大诗人的自残：退却、顺从和看眼色，轻易战胜了人格的独立和诗学的自由。我不免从中读出巨大的悲哀。诗人生前编定的四川文艺版三卷本《艾青选集》，未收录此诗；流传更广的人民文学版《艾青诗选》则更为干脆，只收录1942年之前的作品。其中款曲，或有含蓄传达。1976年清明，我才一岁，在遥远的北京发生了“四五”运动。天安门人潮汹涌，归来的诗人已经六十六岁，他置身其中，泪流满面。两年后，艾青写出长诗《光的赞歌》，终于用“光”，实现对自己三十年代核心意象“火把”与“太阳”的隔世对接；同一年，他写出短诗《鱼化石》，完成对一代人的哀悼和确认。

从博物馆出来，我的七柄虚拟之剑已经悄然破碎，如土委地。彼时彼地，我不免产生一个疑问，地窝子的油灯在小未未的生命之路上留下了什么样的光明，又留下了什么样的阴影？是安于受难者处境，还是充当辩难者先锋？近年来，我注意到他对麻木的警觉，对良知的坚持，对真相的迷恋。就在我抵达军垦博物馆的前一个月，他出版了新书《此时此地》，开卷就可以读到《这漫长的道路》。我不能同意他关于现代主义的定义，“现代主义是对传统人文思想的质疑和对生存处境的批判性思考”，这个定义，显示了公共知识分子视角对现代主义诸艺术理念的选择性攫取和选择性放大，从而滋生一种“无边的现代主义”情怀；但是，我愿意推荐和参与讨论他关于中国现代主义命运的描述。

四

20日晨，我们再次从乌鲁木齐出发，这次折而向南，飞越塔克拉玛干，前往喀什噶尔。飞机在沙漠的空间中穿行，我却感觉到心灵在诗歌的时间里逆溯。当然，不是回到清人洪亮吉，回到明人陈诚，回到元人耶律楚材，回到宋人黄文雷，回到唐人岑参，回到魏人左延年，乃至回到汉武帝，他以西域天马自譬的胸襟与志向。是的，艾青之后，我不愿意再回到一系列汉文化视角，或者说汉化文化视角。我要以喀什噶尔为原点，沿着另外一条线路逆溯。比如，向前一点，是十九世纪诗人阿不都热依木·纳扎里；再向前一点，是十八、十九世纪之交的尼扎里；再向前一点，是十七、十八世纪之交的穆罕默德·伊明，他更让人熟知的名字是海尔克提，离开阿巴克霍加的宫廷，他以叫卖街头烤羊肉为生，其叙事诗《爱苦相依》广为流行，“情人眼底，/毁灭堪称天堂”已是名句，与之参差同时的还有则勒里和诺比提，史称“后三子”；再向前一点，是十四、十五世纪之交的鲁提菲，他有叙事诗《古丽与诺鲁孜》传世，与之参差同时的还有阿塔依和赛卡克，史称“前三子”；再向前一点，是十二世纪末的盲人尤格纳克，他带给我们《真理的礼品》；当然，再向前一点，就要逼近我们将要面对的两个伟大人物。就这样，我来到黑汗王朝，亦即通常所说的喀喇汗王朝，也来到了维吾尔文学的喀什噶尔时代。

可是，我们的线路安排似乎有意要错开这个时代。先是，来到阿巴克霍加麻扎，里边埋葬着七十二位霍加；据传又埋葬着乾隆的香妃，现代兴奋点和旅游招徕术促成了一次华丽转身般的更名，现在，人们已经径将阿巴克霍加麻扎称为香妃墓。我所震惊的不是香妃墓那种残阙夕照的动人之美，而是环香妃墓修建的层层叠叠的平民麻扎：隆起在地面的长条形黄土堆，无数无名者的最后痕迹，在时间的罡风里一点一点地化为飞尘。然后，来到艾提尕尔清真寺，正值礼拜时间，我们被婉拒约一个小时才得以入内。最后，是混合着南疆、突厥、波斯、天竺甚至地中海气息的职人街和大巴扎。职人街尚可沉浸玩味，大巴扎已是购买暗示。第二天下午，我决定脱离组织，单独行动。是的，我不仅要去寻找阔孜其亚贝希巷，还要去探访玉素甫（Yusuf）麻扎。

车子拉着我不情愿地启动了，十几分钟后，把我倒出在体育路和天南路的夹角处。风沙吹动，树叶哗响，衣襟飘飞，天地之间似乎只剩下我一个人。当我迈入大门数米，不知从什么地方钻出一个妇女，喊我回去买门票——当然，这是我所乐意的。就像补充一个小小的仪式，让我得以端正自己的敬畏、追加诗歌的尊严。进了陵园，仍然不见第二者。灰蓝色的尖顶楼和圆顶楼如此冷冽清寂，墙壁上挂满了《福乐智慧》摘句书法，落叶和尘土在地面上浮游：我们的大诗人玉素甫就长眠于此。当我轻手轻脚走进主殿，瞻仰到玉素甫的画像，以及画像之后的蓝绿色大麻扎，立即感到一阵眩晕。这是在伟大智慧面前的缺氧反应吗？我不能确切地知道。我稳住身形，慢慢转到麻扎后面，猛地发现一个干瘦的小伙子，弯着腰，拍着照，独自寻找着什么，又感到一种吾道不孤的温暖。

玉素甫约于1018年（一说1019年）出生于巴拉萨衮。巴拉萨衮位于七河流域楚河河谷，今属吉尔吉斯共和国托克玛克市，唐代属安西都护府，汉文典籍称之为碎叶。在玉素甫出生的317或318年前，即唐武后长安元年，伟大诗人中之尤其伟大者李白，也出生在那里。碎叶，这个名字，以及它所指代的那块土地，是多么遥远啊——仿佛已经在历史深处消弭于无形。五岁时，李白内迁至绵州昌隆县，即今四川江油市，距我的出生地仅有两百公里。时空的伸缩，真是神出鬼没，好像真有如来的手指在其间轻轻翻覆。李白是出世和弃智的典范，玉素甫则恰好相反，这在《福乐智慧》第十一章中交代很清楚：“愿它为读者引路”[1]。玉素甫在巴拉萨衮开始动笔写作《福乐智慧》，1068年东行至喀什噶尔，最终于1069年在这座伟大的城市完成全书。该诗计一万三千二百九十行，由两篇序言、八十五章正文、三个附篇组成，通篇使用回鹘语，他自己称之为突厥语：

---

〔1〕 玉素甫：《福乐智慧》，郝关中、张宏超、刘宾译，新疆科学技术出版社，2006年版，第50页。下引《福乐智慧》诗文，凡未注明，均见此书。

这突厥语言犹如无羁的羚羊，
我将它捕获，加以驯养。

玉素甫将诗献给了喀什噶尔的统治者桃花石·布格拉汗，荣膺哈斯·哈吉甫即御前侍臣名号，被称为玉素甫·哈斯·哈吉甫。正如其他众多的诗人，玉素甫卒年也不详。

《福乐智慧》通篇采用对话体。对话者计有四人：国王日出、大臣月圆、月圆之子贤明、隐士觉醒。这种安排简单而又巧妙，我立即产生了浓厚的兴趣，阅读前试着对四人的死亡秩序作出猜测，均一一得到证实：月圆先逝，贤明始出；觉醒继之，遗言以托。诗人自己颇有自托为月圆之意，但是，我相信他最后已经全部附身于觉醒。因此，他死在第二次。在第八十一章中，山居、草食、粗衣的苏菲主义者觉醒最后一次布道，讲解知足、来世和信仰，每句话都清清楚楚、明明白白，独有一语，牵出话端，忽然中断，抛给听者，值得细细揣度：

今世是顿美餐，享用者的名字——
让你说吧，我不敢妄言。

后来，贤明向日出转述过这些遗言，不知日出作何如想，作何如答。情况已经很清楚，《福乐智慧》乃是一部劝喻诗。诗人分门别类、不厌其烦地论及各种职务应该具备的条件，对待各色人等应该采取的态度。后世仿作，比如欧洲《守法镜》、德国《亲王的箴言》、俄国《雄辩的演说家》及英法《君王宝鉴》，无不类此。诗人沈苇对《福乐智慧》中波连浪接的教化之语颇有微词，他提出一个大胆的建议，“此诗可以只读开头和结尾，即开篇的抒情诗和附篇的哀歌”，认为它们称得上真正的“凤头豹尾”〔1〕，正是从诗的角度看问题、下结论。事实上，《福乐智慧》比诗大，它是黑汗王朝精神世界的百科全书。

《福乐智慧》之有别于此前维吾尔诗歌，正如黑汗王朝之有别于漠北草原回纥王朝和高昌回鹘王朝。十世纪初，摩尼教已经衰落，佛教正当兴盛。后来伊斯兰教强力扩张，经过一百年的此消彼长，当年玄奘在南疆播撒的种苗就已经被连根拔除。在塔克拉玛干沙漠中，今天还可以找到很多伊斯兰教圣人墓，记录着两种宗教力量的战争史。我在参观玉素甫麻扎的第二天，再次独自行动，钻进慕士塔格西路和艾日斯拉罕路的夹角，在两位汉族老人的热心带领下，穿过小巷和民居，找到两座破败而不失威严的麻扎：阿尔斯兰汗麻扎和赛依提艾里艾斯拉罕麻扎。大门紧锁，只能隔围墙以望。老人说，前者是王，后者是将军，死于与佛教徒的战斗。又说，前几年，麻扎里还住着守墓人。啊，守墓人！沈苇曾在一首以此为题材的诗中写道：

> 他身上有整整一个沦落的时代
> 一座巨大的虚空。那里：沉默深处
> 秘密在怀孕，美在怀孕

〔1〕沈苇：《柔巴依：塔楼上的晨光》，新疆美术摄影出版社，2006年版，第69页。

守墓人已经消失。可以断言，他们的家族一定还存在。阿尔斯兰汗当年的天恩已经融入这个家族的血液，他们生而为守墓。时代的变化让遥远的承诺和代代相传的职务显得十分尴尬，现在，他们只能在内心牢记祖先的遗训。阿尔斯兰汗是谁？据传，新疆第一位信仰伊斯兰教的统治者撒图克·布格拉汗的女儿阿拉努尔·加百列，与一只狮子生下一个英雄，就是萨依德·阿里·阿尔斯兰汗。狮子，Arslan。可以断言，正如一切类似的传说，阿尔斯兰汗乃是野合的结果。这个阿尔斯兰汗在向英吉沙方向追杀佛教徒时殒命。那么，我所看到的阿尔斯兰汗麻扎就是萨依德·阿里·阿尔斯兰汗麻扎吗？不管怎么样，昔日西域佛教中心，终于慢慢演变为南疆伊斯兰教圣地。《福乐智慧》开篇就写道，“一切赞美、感谢和颂扬，全归于至尊至贵的真主”，这意味着维吾尔文学在进入喀什噶尔时代的同时，也进入了全新的伊斯兰时代。

当然，作为三条丝绸之路的交汇点，喀什噶尔吸收其他外来文化也体现出惊人的好胃口。《福乐智慧》谈及的契丹商队、印度罗阇和凯撒使臣，都刺激着、挑战着这一胃口，又不断从中获取异域和他者的营养。我们稍稍分析《福乐智慧》采用的诗体，就会发现另外一些有趣的蛛丝马迹。比如，诗人几乎彻底摒弃了高昌回鹘诗歌著名的头韵，主要运用阿拉伯和波斯古典诗律中的阿鲁孜韵律玛斯纳维（Masnawi）体，这是一种典型的叙事诗体，两行一联，偶行押韵，数行一换韵；间或插入波斯柔巴依体，四行一首，或偶行押韵，或一三四行押韵，或四行通韵。沈苇曾经引述过一首玉素甫完成于1070年的柔巴依就属于最后一种情况：

在这世上我已遂心愿，
对贪欲我也紧闭了双眼。
对今生的求索我已厌倦，
万念俱泯，再也无话可言。

《福乐智慧》的第一篇序言是散文体。这篇序言称，“从来没有人用布格拉汗语言、突厥人的辞令编撰过一部比它更好的书”。可是谁又能知道，这句看似倨傲，但又确乎具有某种程度把握性的断言，有可能只经过五年，最多不超过十四年，就被另外一位伟大人物打破了。他就是麻赫默德·喀什噶里。

五

在喀什噶尔的三天中，我其实在第一天就曾前往疏附县。喀什师范学院的实习导游讲到，附近有圣人山和圣人墓。可是，汽车没有稍作停留，仍然直奔帕米尔高原。路边晃过一座又一座麻扎，大都是贫民麻扎。直到22日晚，将飞乌鲁木齐，候机时，在书店闲翻，打开一叠喀什噶尔明信片，我才知道错过了什么。是的，我错过了麻赫默德·喀什噶里麻扎。就在疏附县乌帕尔乡阿孜克村，曾经咫尺之遥，不料擦肩而过。

麻赫默德约生于1008年，比玉素甫大十岁，先辈曾是黑汗王朝的汗，少年时遍游亚洲腹地特别是中亚各国。1057年（另说1058年）他父亲的统治出现危机，最后发生宫廷政变。麻赫默德逃出国都喀什噶尔，经布哈拉、泥沙普尔至巴格达，“遍历了突厥的城镇和村落，查明了突厥、土库曼、乌古斯、奇吉尔、样磨、黠戛斯等语言的词汇和韵律”〔1〕：从此，一个王子逐渐消失，而一个天才的语言学家将在十五年的流浪中被真主之手慢慢打磨成器。1072年，亦即《福乐智慧》成书三年后，坚信“道德之首乃是语言”的麻赫默德在巴格达动工建造一项伟大的工程：编撰《突厥语大词典》。经过四次增删，最终于1074年（另说1077年或1083年），完成这部巨著，共收入七千五百个词条，盛满了突厥大地的傲慢与偏见、光荣与梦想。全书探幽抉微，诠词释义，“在提供新东西方面达到完备的程度，使其价值和优美都达到极高的境地。”这也是世界上第一部用阿拉伯语注释突厥语的大词典，编著者成功地实现了自己的梦想：让突厥语与阿拉伯语像两匹赛马一样并驾齐驱。如果说《福乐智慧》是黑汗王朝精神世界的百科全书，那么《突厥语大词典》就是黑汗王朝精神世界和物质世界的百科全书。大约在1080年，古稀之年的麻赫默德跟随一支商队，从巴格达回到故乡，在高级经文学院以课徒为业，最后可能活到九十七岁。现存麻扎被乌帕尔乡清真寺里九十高龄的老阿訇库尔班霍加首先发现，考古学家进行了查证和确认。从明信片看来，背后是黄色山头，侧边是零落成泥的贫民麻扎群，麻赫默德麻扎的礼拜室和主墓室则以旋转的钢蓝色呼应着远处的慕士塔格冰峰……

麻赫默德可能并非诗人。但是，他“以箴言、韵文、谚语、

〔1〕麻赫默德·喀什噶里编著《突厥语大词典》第一卷，校仲彝等译，民族出版社，2002年版，第3页。下引《突厥语大词典》诗文，凡未注明，均见此书。

诗歌、民谣、叙事诗和散文片段修饰”这部语言学巨著，使之具备了十一世纪中亚文献萃编，或者说碎编的意味。全书引用了三百多首诗歌，仅四分之一为两行诗，事实上就是玛斯纳维的一联；其余四分之三全是四行诗，事实上就是柔巴依。这一点，确凿地昭示了十一世纪中亚诗歌的流风时尚，那就是柔巴依和拟柔巴依。《福乐智慧》与之相反，只使用或插入少量的柔巴依，标明玉素甫渴欲从这种流风时尚中独立出来，以求得某种更为个人化的表达方式。但是，词典绝非个人化之物：词典意味着提取整个世界的公约数。所以，词典所引诗更能重现那个天花乱坠的时代。

根据耿世民先生的研究，《突厥语大词典》中的诗歌主要包括以下主题：自然风光、冬与夏的辩论、与回鹘人作战、与唐古特人作战、悼念英雄艾尔统柯、爱情、狩猎、节日、学习和盛满智慧的格言〔1〕。这些诗洋溢着人类青少年时代的率真、纯洁、活泼和勇武，具有以简胜繁、以少胜多的感染力。这种感染力迎面吹拂，让你一而再再而三地为白白浪费的无穷心机滋生出复杂的现代性羞愧。我们来摘取一些小小的片段吧。关于“劳苦，艰苦，困苦”，在谚语中是这样用的，“劳苦不会白费”，编撰者同时强调，这与真主的启示相似；而在诗歌中则是这样用的：

因为爱上你，
身受万般难，
求得早相见，

〔1〕 参见耿世民编选：《古代维吾尔诗歌选》，新疆人民出版社，1982年版，第87—130页。

高山也平坦。

“到，到达”在诗歌中是这样用的：

她射出蛊惑人的利箭，
谎言没击中我的心坎。

“夜”在诗歌中是这样用的：

夜晚我起身走了，
看见黑狼红狼了，
我刚把硬弓支起，
它们朝山岗逃了。

这些诗歌，表述圆转，意义单纯，具有相对完整性，可以视为独立的作品。但是另外一批诗歌，具有很强的割裂感和片断性，似乎隐藏着宏富的上下文，比如：

我对他说：亲爱的，
你怎样穿过辽阔原野，
翻越重重高山，
来到了我们这边？

它们应该是从具有相当篇幅的作品中摘录出来的。语言学家的吝引，往往只为我们保留一鳞半爪，到了今天，神龙已经不见首尾。这个特点，在诸多描写战争的诗歌里表现得更为突出。是的，只剩下了某次夜袭、追击，长矛较量，脖颈涌出红水，处理敌酋，毒酒与毒药，难以归鞘的刀，或者胜利换来的黄金与宝石。那些旷日持久的战争，只剩下这些残缺的瞬间，稍纵即逝的吉光片羽。《突厥语大词典》里面有千百张嘴，每张嘴只讲到一小块碎瓷，我们很难把所有碎瓷勉强粘合成一个或数个完整的巨瓶。但这并不阻碍我作出这样的猜测：可能有一部乃至数部卷帙浩繁的史诗，特别是英雄史诗，长期存放在麻赫默德的手边；甚至可以这样大胆断言：《突厥语大词典》的编撰既是田野考察的结果，也是书籍解析的结果；换言之，编撰者为一些词条配置了例诗，而一些诗歌则有可能反过来提醒编撰者应该添加的词条。如果是这样，麻赫默德就省事了：六百三十八页的工作量不会像我们想象的那么大，完全有可能在不算太长的时期内细细完成。

《突厥语大词典》深刻地影响了后世中亚文学。柔巴依经过一代又一代文人的雕琢打磨，就像水晶球一般折射出动人的光彩。同时，这种原本已经非常宫廷化的小诗体不断向广袤的民间扩散演变，吸引了维吾尔族草根阶层，以及邻近其他各族草根阶层的广泛参与，最终成为中亚民歌的重要形态。瑞典语言学家、考古学家贡纳尔·雅林，就曾经在喀什噶尔采撷过两首柔巴依民歌[1]。为了牵涉出本文另外一个主题，我特别在这里转引沈苇采撷过的一首柔巴依民歌：

〔1〕 参见贡纳尔·雅林：《重返喀什噶尔》，崔延虎、郭颖杰译，新疆人民出版社，2010年版，第155页。

在四十处驰名的凹地山谷中，
哪一处没有柯尔克孜人的白骨？
在四千棵长在山上的白桦树上，
哪一棵没有柯尔克孜人的斧痕？

六

柔巴依来自波斯。

一般认为，波斯诗人之父鲁达基，“多种歌喉的夜莺”，是这一诗体的创造者或定型者。鲁达基生于858年，卒于941年。频繁的贸易和战争完全有可能把他的柔巴依杰作迅速带到喀什噶尔，来到玉素甫和麻赫默德，乃至更早一些诗人的面前，最终引发突厥文化圈的柔巴依之潮。

但是，最伟大的柔巴依诗人并不是鲁达基，而是莪默·伽亚谟（Omar Khayyam）。他于1040年（或说1048年），生在波斯极东呼罗珊州首府纳霞堡，一个盛产突厥玉的地方。家族是做帐篷的，即所谓“天幕制造者”，他自己则成了一名数学家、天文学家和“无心插柳柳成荫”的诗人，系于其名下的柔巴依逾千首，其中六十首左右较为可信。他的两个朋友，一个作教王的宰相，一个作杀人宗派的首领，后者最终刺杀了前者，让他觉得忧伤和必须对抗这种忧伤，于是醇酒妇人成为快乐之源。莪默·伽亚谟大约活到1123年，在死后的736年内，作为一个诗人，他一直默默无名。美国人爱默生（R. W. Emerson）曾经赞赏过波斯七大诗人，莪默不在其列。莪默复活，还需要等到英国人爱德华·菲茨杰拉德（E. Fitzgerald）出来。1859 年，菲茨杰拉德像莪默鬼魂附体一般，对原本凌乱互文的大量柔巴依进行恰如其分的编排、剪接甚至重写，固定了 aaxa 或 aaaa 韵式，区别于英文四行诗（Quatrain）abab 韵式，并以其超凡的品味和独到的腕力将之创造性地译为英文，出版了《莪默·伽亚谟之柔巴依集》，录诗七十五首，第二年就激起维多利亚时代著名诗人斯文朋（A. C. Swinburne）和罗塞蒂（D. G. Rossetti）的惊艳，逐渐扩大影响，最后引发震动，一时间洛阳纸贵，其版本之多仅次于《圣经》。此后，这本书广泛地进入英语世界日常生活，《牛津引语词典》就曾摘引其中半数以上诗句。《洛丽塔》的作者纳博科夫，就至少两次在小说中暗示读者，他对《莪默·伽亚谟之柔巴依集》的谙熟程度超乎一般。虽然菲茨杰拉德一直拒绝在这本书署上自己的名字，但是西方人已然将此书视为菲茨杰拉德与莪默共同创造的不朽经典。莪默进入汉语，则归功于另外一个杰出的翻译家郭沫若。1923 年，郭沫若根据菲茨杰拉德译本第四版也是最好一版译出《鲁拜集》，录诗一百零一首。当年，闻一多就发表《莪默·伽亚谟之绝句》〔1〕，在指陈瑕疵的同时，对郭译击节赞赏，特别指出第一首“气充神旺，笔酣墨饱”，“把本来最难译的一首诗译得最圆满”，又说第十二首虽然是直译，“然而神工鬼斧，丝毫不现痕迹”，可以与菲茨杰拉德相视而笑：

---

〔1〕《闻一多全集》第 3 卷，生活·读书·新知三联书店，1982 年版，第 369—387 页。

树荫下放着一卷诗章，
一瓶葡萄美酒，一点干粮，
有你在这荒原中傍我欢歌——
荒原呀，啊，便是天堂！〔1〕

闻一多亦有天纵之才、海阔之学，居然对郭译作出如此高的评价，让人十分讶异。但是，当我们一次又一次取读郭译，特别是吸收闻一多建议后的修订本，就会越来越相信：《鲁拜集》已然成为郭沫若、菲茨杰拉德和我默共同创造的不朽经典。郭沫若之后，出现过新月派诗人朱湘的选译。1982年，上海译文出版社印出黄杲炘的重译本。六年后，湖南人民出版社印出张晖从波斯文直接译来的原貌本。然而，又有谁能够取代天才与天才之间的相互滋润和照耀？让我们现在取读郭译第一首，这舌头之源，并重新升起沈苇曾经在新柔巴依第一首中升起过的敬意：

醒啊！太阳驱散了群星，
暗夜从空中逃遁，
灿烂的金箭，
射中了苏丹的高瓴。〔2〕

值得注意的是，柔巴依在波斯又被称作塔兰涅（Taraneh），

〔1〕 我默·伽亚谟：《鲁拜集》，中国社会科学出版社，2003年版，第8页。
〔2〕 我默·伽亚谟：《鲁拜集》，中国社会科学出版社，2003年版，第3页。

其意就是小调、断章或绝句。当代学者杨宪益进而指出，从时间和地域来看，柔巴依极有可能是从唐代绝句演变而来〔1〕。闻一多显然早就已经注意到这个问题，不但直接将柔巴依译为绝句，而且特别强调，“这些文字在孤高的悲观主义的暗影之外，隐约地露示一种东方的锦雉与象牙的光彩”。郭沫若则说得更加明白，“读者可在这些诗里面，看出我国的李太白的面目来”〔2〕。由此可见，形式与思想从来就血肉相连，娶得形式的新娘，往往不能谢绝思想的嫁妆。绝句之西行与东传，由是成为比较文学史上“影响回流”的著名公案，其婉曲通幽，可以与一千多年之后，中国古典诗歌催化美国意象主义诗歌、美国意象主义诗歌催化中国白话诗歌相媲美。

七

从疏附县继续西行，穿过美丽的疏勒绿洲，就进入葱岭古道。盖孜河水浑浊而咆哮，河床及两岸都堆满石头。全是石头、石头、石头。偶尔看到三四只羊，可能在找草；也能看到一两个人，肯定为寻玉。我们沿着峡谷缓慢上行，来到布伦口恰克拉克湖，湖的清浅让人不安，然而水草丰美，水鸟翔集，心里几疑来到江南。对岸白沙堆积成山，流淌着的山，干净而灵动。继续上行，就来到卡拉库里湖，这个湖海拔高，湖面

〔1〕 参见《中国比较文学年鉴》，北京大学出版社，1987 年版，第 246 页。

〔2〕 莪默·伽亚谟：《序言》，《鲁拜集》，中国社会科学出版社，2003 年版，第 6 页。

大，颜色深，是帕米尔高原的圣湖——是的，我们已经置身于帕米尔高原，置身于这天山、昆仑山和兴都库什山共谋出来的巨大板结，冰山之父慕士塔格就矗立在前方，顶戴着羊脂玉般的冠盖，显得如此年轻，如此古老，仿佛刚刚送别玄奘东归的背影，马上就迎来我们西来的步履。

在这片高原上，居住着塔吉克族、哈萨克族，还有柯尔克孜族。在盖孜边检站，我看到两个柯尔克孜族妇女，或者说，我宁愿相信她们是柯尔克孜族妇女：一个大红头巾，粉衣橘裙，另一个深红头巾，蓝衣黑裙，都半跪在地上，在阳光的晃动中，用钢条不停地抽打着一堆羊毛。我知道，那是为了卖个好价钱。我的母亲曾经用相同的办法对付过半僵棉花。关于柯尔克孜族的来历，有一个残酷而反讽的传说。古代有一个阿尔汗，为了占有少女阿娜勒，诬陷她与哥哥乱伦，便用乱箭射死哥哥，谁知妹妹不甘屈服，当场用匕首自尽。阿尔汗盛怒之下，将兄妹二人焚骨成灰，倒入溪水。公主和大臣的四十个女儿饮了溪水后全部怀孕。阿尔汗只得将他们悉数驱逐。后来，他们生下二十个男孩、二十个女孩，互相匹配，世代繁衍，终于形成柯尔克孜族。柯尔克孜，意即四十个少女。《元史》对此亦有记载，不过说法有异，认为柯尔克孜族由四十个汉地少女和乌斯男子通婚形成。由此可见，前面所引民歌出现“四十”、“四千”字样绝非偶然。

柯尔克孜族就是《突厥语大词典》中言及的黠戛斯，汉文典籍中也称之为坚昆、护骨代、吉利吉斯、纥里迄斯或布鲁特。这个民族创造了伟大的英雄史诗《玛纳斯》。一般认为，这部史诗产生于八至九世纪，并在此后的十个世纪中不断生长丰富。最早记录发表《玛纳斯》的，是十九世纪五十年代混入柯尔克孜族地区收集情报的沙俄间谍乔坎·瓦利哈诺夫。他是一个哈萨克贵族。从已经整理出来的部分看，这部史诗贯穿着一个重要的思想：团结起来反对异族的掠夺和欺凌，为争取自由幸福的生活而战斗。能够演唱《玛纳斯》的民间歌手被称之为玛纳斯奇。当代最伟大的玛纳斯奇是阿合奇县切力克部落的朱素普·玛玛依，能够熟记全部《玛纳斯》，共计八部二十万行。如果天佑其人，此翁已有九十二岁高龄，堪称当世活荷马。朱素普·玛玛依打开遥远低沉的嗓音，伴着琴声，通常这样开唱，并一直从天黑唱到天亮：

戈壁上留下了石头，
石滩又变成了林海，
绿的原野变成河滩，
山涧的岩石已经移迁。
一切都发生了巨大的变化啊！
可是祖先留下的史诗，
仍在一代代地流传。

这部史诗，预言并证明了文字的力量。我站在帕米尔高原，忍不住这样想象：慕士塔格的融雪与无穷无尽的《玛纳斯》汇成洪流，奔涌而下，遍地开花，浇灌着亚洲的腹地，耐心地冲涮着每一个人的思想和灵魂。这块土地真是有福了。

八

21日，喀什噶尔刮起大风，飞机推迟一天。我的四位“同伴”已经厌倦了喀什噶尔，厌倦了这漫长的旅程。他们一边心不在焉地玩扑克，一边抱怨天气和航空公司。而我，心怀窃喜，假装参与。22日晚，飞机准时起飞，不久就经历一次很厉害的起伏。有人发出尖叫，大家都有些紧张，邻座的维吾尔族姑娘却表现得很平静。后来闲聊得知，她是喀什噶尔人，才毕业两个月，在乌鲁木齐一家医院当护士，经常往返于两地之间。问，你读过《古兰经》吗？答，没有。《圣训》呢？也没有。你父母呢？可能读了一点点。那你喜欢什么？我弟弟喜欢历史，我喜欢功夫片，飞来飞去那种，对，成龙！飞机很快抵达乌鲁木齐，住进机场附近一家酒店，我开始联系西南科技大学的一个朋友，研究英美文学的胡志国先生，请他代查《突厥语大词典》购买事宜。消息迅即传回：《突厥语大词典》汉文版，三卷，孔夫子旧书网有售。我松了一口气，倒头大睡。23日上午，又经过三个半小时的飞行，这次似乎很快，我们就回到了成都。现在，我愿意摘取兰州诗人叶舟《回望新疆》的第三联和第十四联，作为这次孤旅以及这篇拙文的结语：

一群鸟，飞出新疆。
鹅黄色的菜地里，埋着黄金的诗行。

像影子，翻过中亚细亚的穹顶。
像酒，被火焰收取。[1]

2011年1月24日

〔1〕叶舟：《边疆诗》，甘肃人民美术出版社，2007年版，第123—124页。

也来谈截句

一

最近几十年来，文学的文类界限不断松动。即以中国而论，也出现了像《前文化导言》（蓝马）这样的文论，像《黑山羊谣》（张承志）、《马桥词典》（韩少功）和《灵山》（高行健）这样的小说。文论的碎片化，诗歌的叙事化或学术化，小说的诗化、词典化或非情节化，都松动了既有的文类界限。跨文类写作——又叫跨文体写作——已然成为风尚，其登峰造极者，当推《旁观者》（钟鸣）。如果要问，这是一部文学史、文献史、随笔集、传纪式批评、成长小说、自传与他传相交织的回忆录、诗集、译诗集、注释、摄影集，还是一部书影录，一次手稿展，恐怕就很难回答。“很难回答？”钟鸣开心死了，也许他会说：“这就对了，我解放了我，也解放了你们。”

钟鸣作为个案，比较极端，且来看看只在两种文类之间的滑翔。比如一个小说家，因为腻、疲倦，也因为勃动的创造力，他不再满足于人物或故事，将小说写成了诗化小说，那么，他定会惹恼“小说”的读者或批评家，同时却也会把自己从一个小说家解放为一个诗人——“我”有了“非我”。小说、诗歌，可能会互相争吵，也可能会互相改造，以至于两者都有契机来获得新的面目——亦即既有文类的计划外特征。甚而至于，这个小说家忽然松开了小说的大绑，开始醉心于诗歌，那么，他或将给诗歌带来完全出乎专业诗人意料的计划外特征。

所以说，对小说家蒋一谈——而非某个诗人或诗论家——提出并践行“截句”这种诗体，我是一点儿也不吃惊，并且兴奋地嘟哝着，“终于来了这么一个人物”。这位作家的出现，将改变我们对于小说家和诗人的认知，并同时赋予这两种文类以越位的理想。“人到中年小说始”[1] 吗？不一定呢，中年，小说，似乎只是一种绕道。在蒋一谈这里，我们已经看到，小说化的人物、细节和场景对截句的成全；也有理由相信，截句还有可能反过来掐去其小说的头尾，甚至藏起其小说的心脏——让小说也可以化身为神龙。他已经将自己的小说家身份与诗人身份——换句话说，他的中年与青年——作了一次混淆，不惮于绕道小说，绕道中年，返回到他的截句和青年时代。“我要离开你/实在不行/我就离开/我自己”。两种文类——还有两种身份——之间的滑翔，变成了时间上的向后的滑翔，从今日往昔日的滑翔。真是妙极了。

---

〔1〕 蒋一谈：《截句》，新星出版社，2015 年版，第 114 页。下引蒋一谈截句及其短文《截句，一个偶然》，亦见此书。

二

2014年秋天，蒋一谈路过旧金山的一家中国功夫馆，看见了李小龙的照片；到了2015年春天，他梦见了李小龙的身影。是的，就是李小龙及其截拳道，给这位小说家带来了一次诗学的午休。截拳道意味着什么？街头、贴身、stop-hit、自由搏击术？也许不是这么简单，在更高的层面上，截拳道还意味着方法论、思想、精神、艺术、大道至简，上善若水？——正如李小龙所说："以无法为有法，以无限为有限。"李小龙丢开了任何拳谱，将搏击术从工厂制品中解放——或者说解救——了出来，最终臻于以武学入哲学的境界。在这样的境界上，武学、诗学、捡狗屎，又有什么区别？你有"截拳道"，我有"截句"——至于"道"，且再等它一会儿。蒋一谈就此命名了截句——截拳道的功夫美学，转了弯，以武学入文学，在小说的班级里，招收了一个诗歌的好学生。

截句之截，其来有自；截句之句，其来有自。前者来自李小龙的截拳道，后者可能来自绝句、俳句，或是集句、残句、秀句。绝句，俳句，亦句亦篇，乃是两种诗体，后文还要论及；至于集句，乃是一种游戏，残句，乃是一种现象，秀句，则是一种评语。梁人钟嵘在谈到谢朓的时候，较早用了秀句之说，"奇章秀句，往往警遒"〔1〕——秀句与奇章并列而互文。后来杜甫、梅尧臣和龚

〔1〕 钟嵘：《诗品》卷中，徐达译注：《诗品全译》，贵州人民出版社，1990年版，第107页。

自珍都有沿袭此种说法，分别见于《送韦十六评事充同谷郡防御判官》、《寄题时上人碧云堂》，还有《自春徂秋得十五首》。

说着说着就说远了，还是回到截句。蒋一谈认为，截句是诗，亦非诗。就在诗与非诗之间，我们相信，他得到了创造的自由——更高的自由。他曾如是自释，“截句是一种绝然和坦然，是自我与他我的对视和深谈，是看见别人等于看见自己的微妙体验，是不瞻前不顾后的词语舍身，是抵达单纯目标后的悄然安眠……截句，截天截地截自己”，这几句话也不是拳谱，紧接着，他也丢开了任何拳谱，“也许是这样吧”。“也许是这样吧”，说得好啊，简直可以译成苏轼的名言，“赋诗必此诗，定知非诗人”，见于《书鄢陵王主簿所书折枝二首》。由此可见，截句，正如截拳道，远非胶柱鼓瑟，更未刻舟求剑。

这位显在的小说家——潜在的诗人——很快就已管不住自己的兴奋。那么，他是提出了一个命名，进而创设了一种诗体吗？为了得到更加肯定的答案，他不断优化着截句的文类学设计。此种设计，由内涵，而外延，已逐渐具体到文类学仪式。他曾在不同场合说，截句不用标题，不用句号，不可多于四行，偏爱口语、冷抒情和雌雄同体。这里着重讨论其中两个特征。其一，关于无题。标题于截句何碍？私下里揣度，标题，乃是眼睛，而截句，“以神遇而不以目视”，哪里还需要什么眼睛。其二，关于建行。截句可四行，可三行，可二行，可一行。行数越少，留白越大，留白越大，越不欢迎偷懒的阅读。四行恰好可以满足诗意的一次小团圆，而蒋一谈，却很少将截句写成四行，他要的，不是一个环，而是一个玦。中国艺术的留白，非始于绘画，亦非始于书法，始于玉器也，就是这个玦。玦——还有截句——既是对作者的挑战，更是对读者的挑战。

在与黄得文决战取胜之后，李小龙猛地反省，由于太过耗时，自己也已同时被打败。务求瞬间取胜，不可超过六秒。而截句，也要瞬间取胜，不可多于四行。

三

现在，笔者要来掉书袋，从词源学的角度谈谈截句。截句之名，由来已久——这有些扫兴，然而，学术有为，不可不探其源而求其真。

说起来很是简单，截句，还有断句，都是绝句的别称。绝者，断也，截也。绝句起于两汉，成于魏晋南北朝，盛于唐宋。绝句这个命名，最早见于南朝。陈代徐陵所编《玉台新咏》，已收录四首“古绝句”[1]。而截句这个命名，最早见于元朝。元人不怎么懂写诗，却偏爱研究“诗法”，并留下了若干“诗话”。元人范德机与傅与砺，就曾合著有《诗法源流》——这部书，笔者没有见到。所幸，清人赵翼的《陔余丛考》，就引了《诗法源流》的说法：“绝句，截句也。”[2] 据此书分析，绝句乃是截取律诗而来。绝句只有四句，而律诗共有八句。八句分为四联：首联，颔联，颈联，尾联。颔联和颈联必须用对仗，首联和尾联可以不用对仗。如果绝句后两句用对仗，就是截取律诗的前两联；前两句用对仗，

〔1〕《玉台新咏》卷十，中华书局，1985年版，第469页。
〔2〕赵翼：《陔余丛考》卷二十三，中华书局，1963年版，第457页。

就是截取律诗的后两联；四句都用对仗，就是截取律诗的中两联；四句都不用对仗，就是截取律诗的首尾两联。如此阐释截句之“截”，清人王夫之有些怀疑[1]。事实上，绝句要早于律诗，所以，前述分析不妨反过来理解。另有清人董文涣，著有《声调四谱图说》——这部书，笔者也没有见到。所幸，当代学者王力的《汉语诗律学》，亦引了《声调四谱图说》的说法：“绝句，……或称截句，或称断句。”[2] 前述几部书，都很冷，只是学者的雪藏，当代诗人——包括蒋一谈——未见得有所涉猎。另有清人文康，著有《儿女英雄传》，却是家喻户晓，此书写到侠女十三妹何玉凤的故事，上半部述其快意恩仇，下半部述其潜心礼乐，虽然越读越不来劲儿，却与我们的话题有些关联。且说何玉凤嫁进了安家，东走西看，“只见内中有一幅双红笺纸，题着一首七言截句”，[3] 往下面去读，正是一首七言绝句。从这里也可以看出，截句正是绝句，只不过，前者乃是后者的次要命名。

既然绝句之体，少说已有一千八百年历史，截句之名，少说已有六百年历史，那么，蒋一谈命名的意义何在？从发生学的角度来看，此种命名或有参考截拳道，却并非蹈袭——而是暗合——了一个古代的命名，或者说，仅仅暗合了一个古代的“能指”。在美学命意上，古之截句，今之截句，或有相似，更有不同，已是两个几乎完全不同的“所指”。古之截句，字、句、韵、

〔1〕 王夫之：《姜斋诗话》卷下，王夫之等撰：《清诗话》，上海古籍出版社，1963年版，第19—20页。
〔2〕 王力：《汉语诗律学》，上海教育出版社，2002年版，第35页。
〔3〕 文康：《儿女英雄传》，上海古籍出版社，1991年版，第361页。

平仄，都有讲究，乃是严苛的格律诗，诗意既能实现一次小团圆，也要服从若干大规矩。今之截句，如神龙托身于蚯蚓，不要小团圆，也不要大规矩，乃是新诗不断求取自由的独得之境。

在新诗的历史上，类截句命名，还有小诗、短诗、微型诗、袖珍诗，等等，仅仅着眼于篇幅，却没有显示出美学立场，都是临时性的姑且如此的命名。卞之琳独拈出“断章”，却值得说说，——但是所谓断章，表示没写完，“未足成较长的一首诗”〔1〕，而截句显然并无此种意图。看来看去，倒是即兴诗，偶成诗，口占诗，这些命名——无涉篇幅——反而更接近截句的某些特质。

四

截句与传统到底有没有关系？在这个问题上，蒋一谈似乎有点儿前后矛盾。他谈及截拳道，盛赞其“简洁、直接和非传统性”，谈及截句，却又指出其“源自古典”。根据笔者的经验，任何诗学，思考越深，矛盾定然就越多，有时候甚至归于两可之说。对于蒋一谈，当作如是观：与其说是前后矛盾，不如说是交替思考。

任何文类都丢不掉传统，撂不开古典，截句亦是如此。截句不可多于四行，就与传统——主要是东方传统——大有干系。除了中国的绝句，还有波斯的塔兰涅（Taraneh）、西亚的鲁拜（Rubai）、英国的四行诗（Quatrain），每种都是四行。仓央嘉措的

〔1〕 卞之琳：《冼星海纪念附骥小识》，江弱水编：《〈断章〉取义》，安徽教育出版社，1999年版，第30页。

道诗（其实是情歌），大多都是四行。印度古诗——无论是吠陀诗、格言诗、抒情诗，还是佛经和史诗，都爱使用四行诗节。可见，诚如前文所言，四行恰好可以满足诗意的一次小团圆。还要谈到日本的俳句，俳句也是截句，所截者，和歌也，俳句（十七字）只是和歌（一般三十一字）的“发句”，相当于绝句只是律诗的两联。俳句每首一行，也可排为三行，分别为五个字、七个字、五个字。古代还流行过两行诗节，比如阿拉伯和波斯的玛斯纳维（Masnawi）——玉素甫（Yusuf）所作长诗《福乐智慧》就爱使用两行诗节。刚谈到的这些诗节与诗体，都很讲究格律。此外，在各国古典诗里面，笔者从未见过两行诗、一行诗，希望能有方家教我〔1〕。

截句不仅在建行上——还在美学立场上——响应了东方传统，特别是中国传统。这个话头有点大，谈起来容易显得匠。何谓东方传统？简单来说，就是以少胜多，以无胜有。少有少的办法，无有无的办法：两者乃是中国美学的核心机密。截句可四行，可三行，可二行，可一行，就是从少到无。从少到无，技而进乎道。最后要达到什么样的效果？言有尽，意无穷。古来相关论述，车载斗量，笔者则独钟司空图之说：“遇之匪深，即之愈希。脱有形

〔1〕高罗佩（Robert Hans van Gulik）在《黑狐狸》中写到一个如意法师，自称“贫僧专作两行诗，或对或不对，遣词不多，意尽而已”。参读高罗佩：《大唐狄公案》第四册，海南出版社，2015 年版，第 32 页。从《黑狐狸》后文可知，如意法师所作，乃是对联，或半首绝句。中国学者历来未将对联纳入古典诗范畴进行研究，自古亦无专作半首绝句的诗人；高罗佩来自荷兰，不囿于习惯，将对联视为两行诗，或可拓宽中国古典诗范畴。

似，握手已违。”〔1〕很显然，与其他现代文类——比如小说——相比较，截句更有可能接近并最终臻于此种境界。

我们已经看到，蒋一谈，还有其他截句作者，通过现代汉语——只是剩下来的汉语啊——试图续接和焕发中国—东方传统美学，已经有了不容小觑的成果。这并非偶然。

五

笔者以为，截句妙在起结，当戛然而起，起而未起，戛然而结，结而未结，如同孤峰拔地，悬崖临空。意到了，笔呢，偏偏不到欤。罗丹砍下了巴尔扎克雕像的手，因为这只手过于完美。截句就是这只手，而不是巴尔扎克雕像。截句就是居延的两根断简，就是萨福（Sappho）留下来的一角芦纸。所以，一首上乘的截句，其行与行之间，当有万里之势，词与词之间，字与字之间，亦能有千里百里之势。在一首上乘截句的背后，必有无限的意义空间。这个意义空间，将由作者和无限的读者来共同建构。创造和阅读（也是一种创造）的自由并不容易，进门容易，登堂入室则难矣哉。

参照这样的美学刻度，在蒋一谈命名之前，新诗里可曾出现过截句？中国自有新诗以来，四行诗节也很流行，尤以新月派诸家为甚。至于刘半农拟写的江阴四句头山歌，林庚和吴兴华创写的四行诗，每首都是四行——但是这些作品，明显只是民歌和绝

---

〔1〕 司空图：《二十四诗品》，何文焕辑：《历代诗话》，中华书局，1981年版，第38页。

句的变体，而且都是格律诗，颇有完整度，似乎不能算是截句。最早最接近截句的试验，也许可以追溯到 1922 年，杭州，湖畔诗社。湖畔诗社的主要成员有四个：潘漠华、冯雪峰、应修人、汪静之。其中，汪静之的试验，有四行诗、三行诗、两行诗，甚至还有一行诗（真是大胆啊），都用自由体，颇有余味，值得重视，或可视为截句的一个滥觞。其他还有没有呢？北岛的《太阳城札记》，写于上世纪七十年代，堪称截句——但是每首都有小标题。往后，就是严力的《多面》、伊沙的《点射》、马非的《残片》，再往后，则是王敖的《绝句》、肖水的《新绝句》，都已是很当行的截句。

2015 年以来，经过蒋一谈的倡导，截句写作已经成为潮流，甚至可以说，他已经发动了一个截句运动。2016 年，他主编推出十九家截句，荟萃了很多名宿与新秀。截句甚至再次唤起了部分诗人的创造冲动：他们本来已经搁笔，可是，截句趁手，那就再写写吧，要再写写才能睡呢。

六

截句为何忽而如此流行？除了传统之力，还有现代之力。散文、戏剧、长篇小说、下午七点钟的评书广播，已如“开元天宝遗事”。时间、空间，都已经被细细分割。只剩下了表格、合同、条例、规划、通知、说明书、抓紧、提前，各种转动的机器——这是一个加速度的时代。互联网，各种自媒体，已经改变了——并加快改变着——我们的生活和写作。电脑写作吗？不，手机写作啊。截句可谓恰逢其时，要将书斋写作，转变为课堂的、机场的、地铁的、办证大厅的、咖啡店的，甚至会议室的写作。这不但是文类的翻新，还会是写作方式甚至生活方式的革命。

小说家们、诗人们，在文类学的各个边缘，如果你愿意，那就起跳，你会成为一个滑翔者。“雾中奔跑”。如果你不是小说家，也不是诗人，你只是理发师、鞋匠、司机、厨师、礼仪小姐、卖香蕉的小贩、电工、门卫、全职太太、游民、高中生、或是公务员，“尘世落在身上/慢慢变成了僧袍”，那么就从你的身份起跳，你也会成为一个滑翔者，一个自己的“替身”或“逃犯”。那么，快来写截句吧，“给予你的片刻时间以最高的质量”〔1〕。

2016 年 8 月 4 日

---

〔1〕 瓦尔特·诺拉陶·佩特（Walter Horatio Pater）：《文艺复兴》，高建平、丁国旗主编：《西方文论经典：从唯美主义到意识流》第四卷，安徽文艺出版社，2014 年版，第 17 页。

遇真记

——苏小小接受史小纲

我会独自坐在那里，拥有白种人思想的
一位老诗人，而你，我的 puta，会死去
你的名字只有一半会被记住
——德里克·沃尔科特（Derek Walcott）《西班牙组诗》

高楼冥想独徘徊，歌哭无端纸一堆。
天壤久销奇女气，江关谁省暮年哀。
残编点滴残山泪，绝命从容绝代才。
留得秋潭仙侣曲，人间遗恨终难裁。
——陈寅恪《乙未阳历元旦诗意有未尽复赋一律》

一

乾隆十九年（1754）春，郑板桥（1693—1765）应吴作哲之邀，前往杭州作书作画。后者时任杭州太守，对郑板桥甚为礼遇。在杭州期间，郑板桥曾三次游览西湖，后来他还去往湖州，可能

过了端午才回到扬州。大概就在这年夏秋，郑板桥给杭州朋友杭世骏写去一封信，说他曾在杭州到处打听苏小小墓，“皆云西泠桥畔是其埋玉处也”，却又始终没有找到，遂想起“禾郡至今有苏小坟”，就怀疑苏小小或葬于钱塘，未必即在西湖之畔，于是求教于杭世骏。这个杭世骏是诗人、画家，也是大学者，此前二十多年就曾主持编修《浙江通志》之《经籍志》。也许郑板桥觉得向这样一位学者咨问一座妓女之墓，可能有点唐突，于是稍稍为自己作了辩护，“虽闾巷琐事，大雅所不屑道，在名士风流，未尝不深考也”[1]。笔者没有发现杭世骏的回信；但是郑板桥的这个辩护却很值得玩味：所谓“大雅”，可能指向庙堂秩序，亦即通行的不得不接受和服从的秩序。在这样的秩序里，风尘苏小小几乎可以让所有人转瞬就获得道德或伦理的制高点。然而，大雅亦非绝对之物，在其扞格不通人性之处，必定有裂隙，必定要出来所谓“名士风流”，后者借助巧妙的让步修辞，试图建立起一种被压抑的人性的秩序。两种秩序并非全然不能呼应；我们甚至还屡屡发现，很多人护卫着第一秩序，而在深夜或他们的深心，却往往阴悄悄地遵循着第二秩序。当然，两者的龃龉更是寻常事：这就是悲剧所以发生的文化机制。认识到此点，如果以第二秩序作为视角，把历朝历代对苏小小展开文学性重写的诗人和作家都视为苏小小的“读者”（Reader），并把此类文学性重写都视为对苏小小的“读者反应”（Reader-response），那么苏小小的“文学接受史”（History of Literary Reception）就需要另起炉灶。就这个意义而言，

〔1〕参读郑板桥：《与杭世骏书》，卞孝萱编：《郑板桥全集》，齐鲁书社，1985年版，第270页。

笔者愿意把郑板桥的自我辩护，作为这篇小文的自我辩护。

二

关于苏小小，最早见于徐陵（507—583）所编《玉台新咏》。徐陵一生由梁入陈，曾与庾肩吾、庾信父子出入于南梁太子萧纲之东宫，好作宫体诗，风情万种，冠冕两代，时人谓之“徐庾体”。为给梁元帝萧绎的徐妃破除孤闷，他花费了很大精力选录艳歌，得到东周至南梁之艳诗共七百六十九篇，编成继《诗经》、《楚辞》后最重要的诗歌总集《玉台新咏》。清人吴兆宜曾为之作注。就在吴兆宜注本的第十卷，收有一首《钱唐苏小歌》。钱唐是杭州古称，唐代为避讳，改为“钱塘”，此诗改题作《钱塘苏小歌》。后来此诗还见于宋人郭茂倩所编《乐府诗集》第八十五卷，改题作《苏小小歌》。

郭茂倩的生平已经湮没无考。据《四库全书总目》，他的父亲叫郭源中，有可能是浑州须城（今山东东平）人氏。作为一个乐府诗的大选家，他的耐心、眼界和学养让人惊叹。我们至今可以看到，他对每首乐府诗都写了“题解”。这些题解向来就以“征引浩博，援据精审”[1]著称，涉及大量古代乐府诗研究著作，很多现已失传的著作也因此得以留下一点点鳞爪。郭茂倩为《苏小小歌》所写题解就有征引《乐府广题》，“苏小小，钱塘名娼也，盖

〔1〕《四库全书总目》，转引自《出版说明》，郭茂倩编：《乐府诗集》，中华书局，1979年版，第1页。下引《苏小小歌》、《平陵东》及相关题解亦见此书。

南齐时人。西陵在钱塘江之西，歌云‘西陵松柏下’是也”，只有珍贵的三十个字。如果我们信任郭茂倩的“浩博”与“精审”，那么可知苏小小生活的时代——南齐（479—502），居然与徐陵生活的梁陈时代（502—589）相去不远。由此也可以逆推，若《钱唐苏小歌》确系《玉台新咏》徐陵祖本所有——这个可能性极高——那么苏小小乃是真实人物当不容怀疑。徐陵不可能伪造一个最多只比他大二三十岁的歌女（或妓女），进而以这个歌女的口吻伪造一首艳歌，并以此取悦于当朝天子妃。

吴兆宜注《玉台新咏》之《钱塘苏小歌》，也曾全文引用郭茂倩上述题解文字。然则吴兆宜何许人也？从现有资料来看，我们只知道他是江苏吴江人，约 1672 年前后在世，有个诗人哥哥，叫做吴兆骞（1631—1684）。吴兆宜、郭茂倩，这两位宫体诗和乐府诗的大行家，早就已经漫漶于江湖之云烟。好似他们做错了什么事情，没有人愿意谈及他们生于何年，死于何年，仕履为何如。正史当然遵循庙堂秩序，也故意不留半个字的记载。于是只剩下一种克制而暗里涌动的名士风流，还在他们写出的海量的题解和注释里发出一豆之光。

让我们还是回到苏小小。苏小小夭亡之后，历来都说葬于西湖之畔，今天可在西泠桥头见到 2004 年再次重修的“钱塘苏小小之墓”。关于这座小坟，梁绍壬（1792—?）引何薳（1077—1145）

记载云，“南齐苏小小墓，在钱塘县廨舍后”[1]，钱塘治所位于钱塘门之旁，去西陵桥不远。南宋（1127—1279）吴自牧（生卒年不详）也有记载，“苏小小墓，在西湖上，有‘湖堤步游客’之句，此即题苏氏之墓也”[2]。吴自牧乃是杭州人氏，其记载可信度也很高；但是他似乎故意忽略了唐以来若干关于南齐苏小小墓的经典诗篇，只顾没头没脑举出半联诗来，“湖堤步游客”，却甚为平庸，加之没有上下文，不知与苏小小墓到底有什么关联。这座苏小小墓，李贺（790—816）必曾亲见，后文还将详细说到。据说徐渭（1521—1593）亦曾得见。到郑板桥1754年游杭州，已然遍寻不见，这个事实很快就在稍晚的著作里得到印证。沈复（1763—?）《浮生六记》写到，“苏小墓在西泠桥侧，土人指示，初仅半丘黄土而已”。可是后来出现了戏剧性的变化，因为就在1780年，乾隆南巡，向地方询及此事，到1784年，乾隆再次南巡，“则苏小墓已石筑，其坟作八角形”[3]，甚为精致，亦颇有气象。这座为迎合皇帝而重修的苏小小墓也经不起时间的消磨，到了晚清，招招舟子（本名及生卒年皆不详）见到的已然另是一番

---

〔1〕转引自《苏小小》，梁绍壬：《两般秋雨庵随笔》卷八，上海古籍出版社，1982年版，第430—431页。此文曾收入《香艳丛书》，更名为《苏小小考》，却将关键字句“此必宋小小坟尔”讹为“此必苏小小坟尔”，致使全文理路大乱，几不可释读。虫天子辑《香艳丛书》九集卷二，上海国学扶轮社，1909年版，人民文学出版社，1992年影印版，第2459—2460页。下引招招舟子：《问苏小小郑孝女秋瑾松风和尚何以同葬于西泠桥试研究其命意所在》亦见此书。

〔2〕《梦粱录》卷十五，浙江人民出版社，1980年版，第139页。

〔3〕沈复：《浮生六记》卷四，朱剑芒编：《美化文学名著丛刊》，上海书店，1982年版，第36页。

萧条之景，“考其墓址，寔在西泠桥畔。石柱欲圮，户坏略封。凄凉埋玉之乡，惆怅销金之窟。荒唐杜牧，已醒扬州；落拓香山，空谈溢浦。指江山而屡幻，问城郭以皆非”。此文最早见于晚清虫天子（或是张廷华，生卒年不详）辑录的《香艳丛书》（1909），以其同时还谈到秋瑾（1875—1907）墓，可以断定此文完稿于1907年至1909年之间无疑。继招招舟子之后，1917年6月13日，诗人和未来的小说家郁达夫（1896—1945）还曾戴月夜访此墓。后来大约过了半个世纪，就来到一个史称“十年浩劫”的时代，不再是时间，而是一伙年轻的暴徒，彻底捣毁了这座有碍观瞻有害思想的小坟。

然而并非只有一个苏小小：其时代除了南齐之说，尚有两晋（265—420）之说、北宋（960—1127）之说和南宋之说；其墓址除了钱塘之说，尚有嘉兴之说。吴兆宜引用《吴地记》说到，“嘉兴县前有晋妓苏小小墓”[1]，就包含着两项与苏小小故事通行版本不同的内容：其一，苏小小是晋人而非南齐人；其二，苏小小墓是在嘉兴而非钱塘。《吴地记》为唐人所撰，宋人补录，其上述记载可能来自李绅（772—846）《真娘墓》诗序，这篇诗序说真娘乃是“吴之妓人，歌舞有名者，死葬于吴武丘寺前，吴中少年从其志也，墓多花草，以满其上”，然后附带说到，“嘉兴县前亦有吴妓人苏小小墓，风雨之夕，或闻其上有歌吹之音”[2]。李绅所

〔1〕徐陵编、吴兆宜注，程琰删补：《玉台新咏笺注》，中华书局，1985年版，第486页。下引《钱塘苏小歌》及转引《齐高帝诸子传》亦见此书。

〔2〕《全唐诗》卷四百八十二，中华书局，1960年版，第5484页。下引唐诗，均见此书。

谓武丘，今之虎丘也，笔者至虎丘，曾亲见真娘墓。所谓嘉兴，旧为苏州所辖，故有“吴妓”之说。而嘉兴苏小小墓，曾为元人张光弼（生卒年不详）亲见；又曾为清人郑板桥亲见，他在给杭世骏的那封信里还说到“禾郡至今有苏小坟”。禾郡者，嘉兴也。但是“晋妓”和“吴妓”之说似乎得不到其他史料的支持。除此之外，郎瑛（1487—1566）所著《七修类稿》第二十七卷、赵翼（1727—1814）所著《陔余业考》第三十九卷，均曾根据《武林旧事》考得苏小小乃是南宋钱塘名妓，还说苏小小有一姊（名唤盼奴），并述及苏家姊妹与赵氏兄弟之生死情事。厉鹗（1692—1752）等七人所著《南宋杂事诗》又说苏小小乃是北宋嘉兴名妓〔1〕。这四个苏小小，两座苏小小墓，可能各有来历，也有可能记载迁衍，由一个而两个，由两个而三个，由三个而四个，比附、混淆、演绎，乃有今天的迷离乱象。鉴于两座苏小小墓见于记载均早于北宋，笔者经仔细阅读和比对相关史料，倾向于认为只有两个苏小小：南齐苏小小和北宋苏小小，都是钱塘名妓，前者本葬钱塘，或因故改葬嘉兴，后者之墓则多次与前者之墓相混。本文主要围绕前者，亦即南齐苏小小，来展开这次探幽索隐的文化之旅。

〔1〕 赵翼、郎瑛和厉鹗的著作，笔者未曾亲睹，但是这两种说法（南宋钱塘说，北宋嘉兴说）可参读王文才：《白朴杂剧全目提要》，王文才：《白朴戏曲集校注》，人民文学出版社，1984年版，第198页。

三

关于苏小小的历史性记载如此之少，但这少，少得却很妙，因为苏小小已经没有机会“死于”有限的固定的记载。这个嗷嗷待哺的符号留下了巨大的空白，等待着填充和反复填充，等待着一代又一代文人的文学性重写。在连绵不断的重写里，文人们获得了想象的自由和补偿的快乐，而苏小小，特别是愈趋晚近的苏小小，则获得了越来越清晰、越来越丰满、越来越完整的形象。这个形象以其复杂和矛盾，满足着不同的时代、不同的作者和读者。毫无疑问，“苏小小”已经不再是历史人物，而是充满诱惑的“原型”（Archetype）和“母题”（Motif）。在这个原型和母题的历时性展开中，苏小小被反复重塑，已经成为王国维先生所谓“造境”，而且是一个不断累积和添加的“造境”。

有意思的是，这种文学性重写的成果，从唐之诗，到宋之话本和传奇，到宋金之词，到元之散曲和杂剧，到明清之小品和小说，到清之诗词、诗话、尺牍和笔记，再到现代以来之散文和新诗，完整地见证和践行了唐以后文学的文体演变史。即以唐代而论，就有包括白居易（772—846）在内的十余位诗人加入到这个重写的雅集，文体则涉及杂言、五言和七言，乐府、绝句和律诗，形成了一个秘响旁通的韵文家族。到杨维桢（1296—1370）出来，借鉴西蜀竹枝词，倡写西湖竹枝词，元以降，唱和者达数百人之多，每有咏及苏小小，则形成了一个前呼后应的拟民谣家族。更有意思的是，在这个文体不断推陈出新的重写过程中，出现了一种双向拟写的奇妙现象：后人取法苏小小，仿写南朝风格的拟乐府；而被后人反复塑造的“苏小小”，则不断起用南齐之后的各种新诗律。在若干文言小说和白话小说里面，我们已经惊讶地看到：宋人教会“苏小小”吟唱唐代教坊曲，而清人则已经教会她试写近体诗。

不管文体如何演变，历代诗人和作家大多将《钱塘苏小歌》或《苏小小歌》作为最重要、最原始的“输出者”（Transmitter）[1]，藉此展开抒情性重写，或叙事性重写。在关于两个苏小小的叙事性重写里，曾先后出现三个编码系统：一是苏小小鬼魂与司马槱之情事，二是苏小小姊妹与赵氏兄弟之情事，三是苏小小与阮郁、鲍仁、孟浪之情事。这三个编码系统都具有很高的自足性，相互不交叉，更不混淆，则需要看个分明。其中，第二个编码系统指向北宋苏小小，其上游文本当是《武林旧事》，下游文本则是凌濛初（1580—1644）的拟话本小说《赵司户千里遗音苏小娟一诗正果》[2]，可能作者亦认为这个苏小小不当与南齐苏小小相混，故将其名改为“苏小娟”，其姊则仍名苏盼奴。其余两个编码系统则指向南齐苏小小。苏小小与阮郁、鲍仁、孟浪之情事，似乎仅见于白话短篇小说《西泠韵迹》[3]，这个小说虽然晚

[1] 比较文学所谓“Transmitter”，是指跨国别跨语种的输出，这里借用这个术语，特指同国别同语种的跨时代的输出。

[2] 《初刻拍案惊奇》卷二十五，凌濛初：《二拍》，岳麓书社，1988 年版，第 251—258 页。

[3] 这篇小说的作者，已经不可考证。古吴墨浪子搜辑、邵大成校注：《西湖佳话》，浙江文艺出版社，1985 年版，第 87—114 页。下引小说，凡未注明，均见此书。

出，但已成为上游文本，被今之越剧和电影多次采用。苏小小鬼魂与司马槱（字才仲）之情事，最早可能见于宋人李宪民（生卒年不详）《云斋广录》所录《钱塘异梦》[1]，后来被宋人何薳《春渚纪闻》、王世贞（1526—1590）《艳异编》、梅鼎祚（1549—1615）《青泥莲花记》、明人（1368—1644）秦淮寓客《绿窗女史》、明人詹詹外史《情史》、张岱（1597—1684）《西湖梦寻》反复袭用改窜，或谓苏小小为唐人；又被宋人罗烨《醉翁谈录》（1152）所录话本《钱塘梦》、白朴（1226—?）戏曲《钱塘梦》[2]、清人沈沐戏曲《芳情院》反复演绎，这些下游文本均发源于李宪民那篇文言短篇小说，最终形成了支河纵横、波光潋滟的文本流域。司马槱确有其人，乃是陕州夏台（今山西夏县）人氏，元祐年间（1086—1094），曾获苏轼（1037—1101）推荐进入仕途，终知杭州，卒于任期，《全宋词》录其词二首。李宪民则稍晚于苏轼和司马槱，乃是开封酸枣（今河南延津）人氏，其《云斋广录》自序撰于1111年。可知司马槱大约生活在北宋中后期，李宪民则大约生活在北宋后期。罗烨、秦淮寓客、詹詹外史及沈沐之生平，早已失考，学术界倾向于认为詹詹外史即是冯梦龙（1574—1646），秦淮寓客或是明人纪振伦（号秦淮墨客，生卒年不详），而沈沐则大约于1692年前后在世。他们与前述郭茂倩、

〔1〕薛洪、牟青、李实、马兰选注：《宋人传奇选》，湖南人民出版社，1985年版，第149—151页。下引《钱塘异梦》，亦见此书。

〔2〕此剧已经失传，《录鬼簿》卷上有存目，其正题为“钱塘梦”，副题则为“司马槱诗酒蝶恋花　苏小小月下钱塘梦”。钟嗣成等著：《录鬼簿外四种》，古典文学出版社，1957年版，第10页。下文《芳情院》似亦失传。

吴兆宜、招招舟子以及后面还要提及的部分诗人、作家和选家相类，构成了一个羞涩的佚名者和匿名者系列，自然亦是风流系列，似乎已经彻底游离了大雅的视界。

《乐府广题》的历史记载被置之死地，然后就不断生还：那关于苏小小作为历史人物的三十个字的“说尽”，倒过来成全了一个三百万字也“说不尽”的文学人物。

四

现在必须面对这两个输出者，也可以说是原型诗或母题诗：一个是吴兆宜注本《钱塘苏小歌》，另一个是郭茂倩选本《苏小小歌》。这两首诗大同小异，可以视为同一首诗的不同版本。至于此诗是苏小小的亲笔，还是南齐文人的代笔，已经难以查考。古今学者，尤其是古代学者，倾向于是苏小小的亲笔——也只有以这种观点作为前提，后来展开的文学性重写似乎才具有更加“合法”的意义。这且按下不表。先来看《钱塘苏小歌》：

> 妾乘油壁车，郎骑青骢马。
> 何处结同心，西陵松柏下。

再来看《苏小小歌》，

> 我乘油壁车，郎乘青骢马。
> 何处结同心，西陵松柏下。

这两个版本出现了两处看似细微的差异。其一，“妾”另作“我”。笔者以为当以郭茂倩选本为是：“妾”字，相对于男性，似乎晚出于“我”字；而“我”字，只相对于“你”，不必相对于男性，也不必相对于女性，可以见出苏小小在两性问题上的“任我”；再者，历代文人对苏小小的重写，虽然多用“妾”字，但都是文人自己的选择，而非苏小小本人的选择，苏小小本人有可能会比较排斥这个卑称。其二，“郎骑”另作“郎乘”。笔者以为亦当以郭茂倩选本为是：古乐府，尤其是南北朝之乐府，多是民间口语诗，往往不避重字重句，“郎乘”紧跟“我乘”，恰是小儿女口头语，来得更加田野、率真，不事雕琢；再则，《玉台新咏》一书，宋以前似乎仅靠抄本流传，宋以后刻本渐夥，郭茂倩所见抄本或刻本，至少比吴兆宜所见早五百年，也许更接近徐陵祖本。所以笔者更愿采信郭茂倩选本。

不管是吴兆宜注本，还是郭茂倩选本，那两个将被后代诗人和作家反复使用的道具（具象）：“油壁车”、“青骢马”，均已经醒目地出现。油壁车，据吴兆宜所引《齐高帝诸子传》，“陛下乘油壁车入宫”，可知绝非普通人家之物。苏小小不过一妓女而已，居然也乘油壁车，这个问题就值得思考。后来，《西泠韵迹》的作者出来打了圆场，说苏小小虑及“男子往来，可以乘骑，我一个少年女儿，却蹩金莲于何处”，遂叫人制造香车，“命名为油壁车”。他还填了《临江仙》，描摹油壁车的形状“毡里绿云四壁，幔垂白月当门。雕兰凿桂以为轮，舟行非桨力，马走没蹄痕”云云。这个小说作者，不可能不知道油壁车的来历，却偏认为是苏小小督造，苏小小命名，或许他在内心如此设想：这个油壁车，天子坐得，苏小小也坐得。另一个道具青骢马，乃是指青毛与白毛相间的马。如果说油壁车意味着迎送，那么青骢马则意味着来往：两者关系看似协调，实则紧张之至。后来无数作品都借用了这对堪称经典的道具，让爱情的悲剧，彻响着油壁车的轮声，以及青骢马的蹄音。

关于作为输出者的《苏小小歌》，还有一个至关重要的问题，那就是“西陵松柏”。西陵泛指西陵桥一带，西陵桥则横架于孤山与苏堤。据周密（1232—1298）记载：西陵桥，又名西林桥、西泠桥[1]。这几个名字到底是同时并存，还是次第出现，现在恐怕很难考个明白。如果是同时并存，那么苏小小为何选择的恰恰是“西陵”？陵者，高丘也，大墓也：两个义项都指向生命的归宿地。至于松柏，以其有森森之态，向来就是“陵”的专属植物，今天仍然常用作墓园之行道树。郭茂倩《乐府诗集》载有相和歌辞《平陵东》，开篇就写到，“平陵东，松柏桐”。平陵者，在长安西北七十里，汉昭帝之陵也。按照这首诗的描写，在平陵的东边，种满了松树、柏树和桐树。西陵之“陵”，其义或同于平陵之“陵”，其周遭自然有松有柏。元人张可久（生卒年不详）《黄钟人月圆》[2]有“笙歌苏小楼前路……孤坟梅影，半岭松声”之句。朱彝尊（1629—1709）《梅花引　苏小小墓》[3]亦有“小小坟前松柏声”之句，均将坟墓与松柏并置，亦可佐证前述猜想。

---

〔1〕《武林旧事》卷五，西湖书社，1981年版，第78页。

〔2〕吕薇芬、杨镰：《张可久集校注》，浙江古籍出版社，2012年版，第1—2页。

〔3〕叶恭绰编：《全清词抄》卷五，中华书局，1982年版，第221页。

回过头来看看，“我乘油壁车，郎乘青骢马。何处结同心，西陵松柏下”，也许就非如有的学者或读者所言：坐油壁车的少女，遇见骑青骢马的少年，两人约会定情，就在西陵的松柏林。这两句诗，无论如何细读，都没有欢快甜美之意，越是细读，越是深思，越是生出一种诡异的凄凉，可能潜含着一个相见、相别、相思乃至人鬼殊途的故事。

《西泠韵迹》将《苏小小歌》用于苏小小与阮郁相见之时，说阮郁见到苏小小暗暗吃了一惊，而“苏小小看见那郎君，少年俊雅，也自动心，任他顾盼。马在车左，苏小小也便左顾；马在车右，苏小小也便右顾”，但是两者不便交谈，于是苏小小脱口吟出此诗，“我乘油壁车”云云，以暗示阮郁可往何处约会定情。如果笔者关于“西陵松柏”的论述可以成立，那么小说作者将《苏小小歌》用于此处甚为不当。那么此诗应该用于何处呢？似乎可将阮郁、鲍仁合为一人，用于鲍仁未归之时、苏小小临死之前。苏小小藉此回忆了车马相见的往事，并遥告那一去不复返的少年郎：你还没有回来，我们要结同心，恐怕只能到那松柏之下、幽冥之间。后世重写者，凡是遵循此种思路，比如权德舆（759—818）、张祜（约 785—849）、李贺、袁宏道（1568—1610）、朱彝尊，其诗其文必有可观。

五

毫无疑问，《苏小小歌》乃是绝妙好诗，由此可以反证苏小小之有才。《钱塘异梦》和《西泠韵迹》自然据此发挥，后者说苏小小“更有一种妙处：又不曾从师受学，谁知天性聪明，信口吐辞，皆成佳句”，前者则叙及苏小小鬼魂吟唱自己填写的半阕《蝶恋花》（又名《黄金缕》）。

然而，除了有才，后世之发挥，还包括有貌、有情、有识三端。苏小小之有貌，见于白居易《和春深》二十首之二十：

何处春深好，春深妓女家。
眉欺杨柳叶，裙妒石榴花。
兰麝熏行被，金铜钉坐车。
杭州苏小小，人道最夭斜。

白居易这种写法，说苏小小眉毛比杨柳叶漂亮，罗裙让石榴花嫉妒，同于张祜《题苏小小墓》“脸浓花自发，眉恨柳长深”句，亦同于徐渭《拟吊苏小小墓》[1]“绣口花腮烂舞衣”句，皆取譬于花木，乃是承袭《诗经》传统。《诗经·硕人》有句：“手如柔荑，肤如凝脂，领如蝤蛴，齿如瓠犀。”李贺《苏小小墓》前两句，“幽兰露，如啼眼”，不说“啼眼”如“幽兰露”，而说“幽兰露”如“啼眼”，则已是反用《诗经》取譬之法，这就引出了另一个更加陆离的传统，不再是取譬于花木，而是托身于花木，化身为花木，不妨称为《楚辞》传统。《楚辞·山鬼》有句：“被薜荔兮带女萝；被石兰兮带杜衡。”白居易之后，描写苏小小容貌，另有诗人承袭《楚辞》传统。还是引李贺《苏小小墓》，且看他如何用

〔1〕《徐渭集》，中华书局，1983年版，第280页。

墨，“草如茵，松如盖。风为裳，水为珮”，说苏小小以碧草为坐垫、苍松为伞盖、晚风为裙摆、湖水为玉珮，其想象之奇瑰，之冷艳，丝毫也不输给《山鬼》。后来袁宏道学步李贺，其《西陵桥》[1]有“莺如衫，燕如钗”句：“燕如钗”尚能出新，“莺如衫”已然离奇，远不如李贺来得妥帖传神。这是抒情性重写文本里面的苏小小容貌。到叙事性重写文本，比如《西泠韵迹》，就有“远望如晓风杨柳，近对如初日芙蓉”、“望影花娇柳媚，闻声玉软香温”、“碎剪名花为貌，细揉嫩柳成腰”之句，均不过是《诗经》传统的不肖之效。而另如“姿容如画”、“色貌绝伦”，与《钱塘异梦》“翠冠珠耳，玉佩罗裙”云云，早就已经落入了俗套。

苏小小之有情，则见于白居易之《杨柳枝词》八首之五、之六：

> 苏州杨柳任君夸，更有钱唐胜馆娃。
> 若解多情寻小小，绿杨深处是苏家。
>
> 苏家小女旧知名，杨柳风前别有情。
> 剥条盘作银环样，卷叶吹为玉笛声。

白居易对苏小小最深的认知，就是“多情”、“别有情”——情者，情态情致情调之谓也，并非专指情感，故而有情兼含有貌。这种苏小小印象具有很强的代表性，并慢慢结晶为历代诗人和作家的

[1] 钱伯城：《袁宏道集笺校》，上海古籍出版社，2008年版，第354页。

"集体无意识"（Collective Unconscious）。宋代小说写苏小小对司马槱之情，明清小说写其对阮郁、鲍仁之情，就是这种集体无意识的自然浮现。这个问题十分有趣，后文还将沿着一个非男性中心主义的向度展开，此处姑且打住。

苏小小之有识，主要体现为怜才，见于小说《西泠韵迹》。鲍仁萧然一身，得遇苏小小，"进退趑趄"，苏小小当即主动搭话，随后如是说来："妾之虚名，不过堕于脂粉。至于梁夫人之慧心，红拂女之俏眼，惟有自知，绝无人道。及今睹先生之丰仪，必大魁天下，欲借先生之功名，为妾一验。"两人话语十分投机，苏小小遂邀请鲍仁同返镜阁对饮，鲍仁自恨眉低气短，不能畅此襟怀，乃主动请辞，苏小小随后如是说来："妾既邀鲍先生到此，本当扫榻，亲荐枕衾，又恐怕流入狎邪之思，而非慷慨相赠之初心。先生堂堂国士，志不在于儿女，既要行，安敢复留?"言罢，取出两封白物，亲自送别鲍仁。后来鲍仁果然求得功名，官至滑州（今河南滑县）刺史，走马而归，奈何苏小小已奄然而逝。值得深思的是，阮郁是破瓜者，孟浪是买春者，鲍仁是受惠者，苏小小自被阮郁夺去贞操之后，"发觉委身于任何人都是十分自然的"〔1〕，故而如孟浪之流，也可与之缠绵数夜，但是她却与鲍仁以礼相待，自有磊落之怀、义烈之气，或许还含有长久之计。此种情节固然亦是俗套，然而为写苏小小之有识，小说作者当已不遗余力。鲍仁常有而苏小小不常有，历代困蹇文人，每因不遇自己的苏小小而心生怅惘，就连迟至郁达夫，也曾写出"苏小委尘红拂死，谁

〔1〕 西蒙娜·德·波伏娃（Simone de Beauvoir）：《第二性》，陶铁柱译，中国书籍出版社，1998年版，第631页。下引波伏娃观点，亦见此书。

家儿女解怜才"[1]之句。难怪有人微改《西泠韵迹》成《苏小小慧眼风流》[2]，忍不住在篇尾增加了议论，更为强调苏小小之有识，"其貌其才，皆因其有识而至今不朽也"。

无数的诗人和作家参与了并参与着对女性理想人格的设计和完善，苏小小集万千宠爱在一身，其才其貌其情其识，在反复的重写里逐渐臻于至境。为了让这种至境避开时间的戕残，需要小说作者对苏小小做出残忍的安排："大都好物不坚牢，彩云易散琉璃脆"；而且这个作者意图还必须转换为小说人物苏小小自己的意图，否则小说作者难逃读者的谴责。且看小说如何写。"忽一日，苏小小受了暑气，又感风寒，卧床不起，照顾她的贾姨娘甚是着急"，苏小小配合着作者意图，果然就如此说道，"须知颜色，妙在青春，一过了青春，便渐渐要衰败，为人厌弃。人一厌弃，则并从前之芳名扫地矣。若说此时，眉尚可画，鬓尚堪撩，我想纵青黛有灵，亦不过再五年十年止矣。而五年十年无非转眼，何如乘此香温温，甜蜜蜜、垂涎刮目之时，借风露天寒，萎芳香于一旦；假巫山云梦，谢尘世于片时，使灼灼红颜不至出白头之丑，累累黄土尚动人青鬓之思。失者片时，得者千古，岂不大为得计乎"？苏小小堪称"绝命从容"，临死前这番话，还为小说作者解了围：两者皆已"得计"，成全了一种才貌情识并重的十九岁的绝对之美——至为有趣的是，没有人认为妓女身份有碍于这种绝对

---

〔1〕《舟中读德诗人海纳全集》，郁达夫：《郁达夫诗词集》，浙江文艺出版社，1988年版，第58页。

〔2〕陈树基辑：《西湖拾遗》卷十五，浙江古籍出版社，1985年版，第214—235页。

之美。由此看来，苏小小既是男性对女性人格的补偿，亦是男性对现实生活的补偿：两种梦游让她成为不可替代的“对象”和“幻象”，苏小小也必将继续引导和玉成这两种梦游。蒲松龄写过一篇很奇怪的与西湖无关的《西湖主》，男主角陈生，好像具有分身术，可以同时分别与发妻和洞庭公主生活；而诗词歌赋传奇小说就是诗人和作家的分身术，借助这个分身术，他们可以暂时离开黄脸的现实，通向完美无止境的苏小小。

六

白居易早年耿介，中年风流，晚年安闲，虽然曾贬谪江州（今江西九江），人生种种亦算得如意。换言之，他没有太大的遗恨，特别是风月遗恨，需要通过写作来寻求补偿。这就决定了白居易对待苏小小的态度：后者只能是湖山之补缀，而不可能是心灵之萦牵。除了上文已有征引的《和春深》和《杨柳枝词》各一首，白居易还有很多作品写到苏小小，比如《杭州春望》有“涛声夜入伍员庙，柳色春藏苏小家”句；又如《余杭形胜》有“梦儿亭古传名谢，教妓楼新道姓苏”句，不过是将苏小小拉来，凑成一联而已。白居易与李绅生卒同年，他异于李绅处在于，老是把苏小小当成一位近在咫尺的芳邻来写，却从来不涉及苏小小的死与墓。白居易另有《简简吟》，“苏家小女名简简，芙蓉花腮柳叶眼”，写的乃是一个夭亡的少女，只活了十三岁，唤作苏简简，不当与苏小小相混。唐代还有两个参差同时的诗人，韩翃和柳中庸，都生活在大历年间（766—779），他们曾分别写下《送王少府归杭州》和《幽院早春》，稍晚杜牧（803—?）亦写下《悲吴王城》，这三首诗都有牵涉苏小小，但是情况与白居易差不多，作者较为冰冷，与苏小小的距离，尚有千里万里之遥。这个韩翃，已有美姬章台柳，顾不得幽魂钱塘苏，但是另有因原，后文还将提及。而柳中庸，为其《幽院早春》首句“草短花初拆”之“拆”字堪称大佳，故也在此费些笔墨。至于白居易《闻歌妓唱严郎中诗因以绝句寄之》：“但是人家有遗爱，就中苏小感恩多”，以及刘禹锡（772—842）对白居易《杭州春望》的和诗《白舍人自杭州寄新诗有柳色春藏苏小家之句因而戏酬兼寄浙东元相公》：“女妓还闻名小小，使君谁许唤卿卿”，均已将苏小小作为朋友之间的调侃之词：白居易调侃他的前任严维，却又被他的朋友刘禹锡反调侃，后者更狠，还同时抄送给他和白居易共同的朋友元稹。这种戏酬无非将“苏小小”作为代词，与历史人物苏小小已无关系，却对后世（特别是元曲）产生了较大的影响，以张可久《中吕 上小楼》、曾瑞（生卒年不详）《中吕 红绣鞋》为例，无非借来苏小小、张好好、许盼盼之类名目自写其意而已。苏小小就这样逐渐成为一个顺手的典故，就如李渔（1611—1680）那部关于“对仗”的袖珍工具书《笠翁对韵》所言，“莺莺对燕燕，小小对端端”[1]——而这个端端，全名李端端，乃是唐代名妓，她与张好好、许盼盼、苏小小均被同向符号化，借用索绪尔（Ferdinand de Saussure）术语不妨如是说：这四个“能指”已逐渐指向同一个“所指”。

---

〔1〕 艾荫范、解保勤：《笠翁对韵新注》，书目文献出版社，1985年版，第52页。

前述这些诗人的态度都还可以容忍；最不能容忍的乃是罗隐（833—909），他不但与苏小小尚有千里万里之遥，而且愿意继续扩大这个距离。此人曾留下两首关于苏小小的诗，五律《苏小小墓》和古风《江南行》，前者有“应侍吴王宴，兰桡暗送迎”句，后者有“西陵路边月悄悄，油壁轻车嫁苏小”句。罗隐生平坎坷，可能自忖苏小小必非穷文人之份，于是先后两次将她“嫁”给“吴王”。后来《西泠韵迹》写及苏小小屈就上江观察使孟浪，可能与这种心态有关系。

让我们感到兴奋的是，后世亦有诗人深刻理解输出者文本，仿佛苏小小附体，能够继续展开惊心动魄的死亡抒情。张祜《苏小歌》三首用苏小小口吻写来，不过并非文人为妓人代笔，而是情人为情人代笔，离人为离人代笔：

其一

车轮不可遮，马足不可绊。
长怨十字街，使郎心四散。

其二

新人千里去，故人千里来。
剪刀横眼底，方觉泪难裁。

其三

登山不愁峻，涉海不愁深。
中劈庭前枣，教郎见赤心。

这个小组诗，无论具象，还是情感，都可视为《苏小小歌》的下游，即便与后者并置为四首，似乎也没有什么大不妥。况且此三首亦不避重字重句，设喻古拙，造语朴直，颇有古乐府之风，堪称文人拟乐府之典范。张祜另有《题苏小小墓》，已是中规中矩的文人诗，字句拘谨，意境平凡，反而不如前三首来得真率，但是落脚于“不知谁共穴，徒愿结同心”，坐实了笔者关于“西陵松柏”的论述，可以说是《苏小小歌》的正脉。而最引人瞩目的死亡抒情，仍然是李贺，这个诗人仿佛已用自己的生命唤醒了苏小小的生命，且看他的千古绝唱《苏小小墓》：

幽兰露，如啼眼。
无物结同心，烟花不堪剪。
草如茵，松如盖。
风为裳，水为珮。
油壁车，夕相待。
冷翠烛，劳光彩。
西陵下，风吹雨。

这首鬼诗从起句，到结句，意象转个不停，氛围却始终寒峭。前十句写幽兰，写烟花，写碧草，写苍松，写晚风，写湖水，写绿火，乍看无不是写西陵之坞，细读无不是写苏小小：幽兰之属，不过是苏小小的现身和化身。苏小小的泪眼、衣物、用具已经散见于墓畔每一处花木，甚至每一处山水。可谓不见白骨，唯见红颜。接下两句，“冷”字极佳，“劳”字更佳，两个字写尽红颜之悲剧。直到末两句出现“西陵”二字，种种红颜幻象才戛然归结于“风吹雨”。可谓不见红颜，唯见风雨。诗人的高明还在于绝口不提青骢马，但是仍然写及油壁车：女主人早已夭死，油壁车却还在等待。诗人之心与苏小小之心早已合律，两者之生命相互错镶，相互替换，全诗字字句句出自专心与深情，造境、炼句、设色均匠心独运，堪称雕肝镂肺、呕心沥血、生死相随的作品。这种诗，这种诗人，苏小小自然欠他不得，天地间自然欠他不得。而此种生命与此种写作的高度同构，则有可能导致诗人之死。据《新唐书》记载，李贺“为人纤瘦，通眉，长指爪，能疾书。每日旦出，骑弱马，从小奚奴，背古锦囊，遇所得，书投囊中。未始先立题然后为诗，如他人牵合程课者。及暮归，足成之。非大醉、吊丧日率如此。过亦不甚省。母使婢探囊中，见所书多，即怒曰：‘是儿要呕出心乃已耳’”〔1〕，母亲的担心并非多余，他后来只活到二十六岁，比苏小小仅多七岁。李贺另有《七夕》，写及男女聚散，直呼情人为“苏小小”，则已为后人留下更加宽阔的造梦空间。

比李贺稍晚的李商隐（约813—858），怀才孤独，其《汴上送李郢之苏州》有“苏小小坟今在否，紫兰香径与招魂”句，与者，为也，就已经潜含人鬼恋“情结”（Complex）。紧接着就到了宋代，以苏小小为女主角的人鬼恋故事忽而大为流行，《钱塘异梦》可以视为滥觞。鉴于这个故事后来成了输出者派生出来的输出者，有必要将其梗概缩写如后：司马槱于私第昼梦美人，欲以身相托，并言可俟他日，为唱《蝶恋花》“妾本钱塘江上住”云云。槱唯记其半，爱其词旨幽凄，乃补写下阕“斜插犀梳云半吐”云云——

〔1〕《新唐书》卷二百三，中华书局，1975年版，第5788页。

据说此种装扮乃是南齐风尚。后来槱到余杭作幕僚，思之不怿，是夕乃复梦美人，相将就寝，至此每夕无间，梦中必来。槱尝建造画舫，专供游览雅集，令舟卒看守。某日，舟卒看见少年衣绿袍，携美人，登画舫，很快大火突发，烧没画舫。舟卒急报公署，而槱已暴亡矣。公署之后旧有苏小小墓，或谓美人即是苏小小鬼魂也。我们不妨如是作想：司马槱也就是李商隐的替身，他最终将后者的招魂诗，引申为义无反顾不知所终的爱欲行动。

当代诗人潘维（1964— ），生于湖州，常居杭州，可能亦受到《钱塘异梦》之类故事的影响，曾写出轻狂而俗艳的新诗《苏小小墓前》[1]（2004），自称“恋尸癖”，并将人鬼恋改写成人鬼婚：“向美作一个交待”。他将此诗题献给“宋楠”——就像他将《隋朝石棺内的女孩》题献给“陆英”——但是骗不了我们，因为就像《西泠韵迹》写到孟浪时说的那样，他的“胸中原有一个苏小小横在心头”。此种死亡抒情，与张祜、李贺遥遥呼应，与白居易之辈的无关痛痒，相去何啻千里万里之遥。这些新诗作品，可以视为抒情性重写的当代琼瑶。

七

我们已经分析了较多的抒情性重写的成果，上文也已经牵出叙事性重写的主要成果，下文将沿着这个方向，重点分析《西泠韵迹》。这个小说见于清人古吴墨浪子（本名及生卒年不详）搜辑

---

〔1〕 潘维：《潘维诗选》，浙江文艺出版社，2008年版，第137—139页。

的《西湖佳话古今遗迹》，此书将苏小小与葛洪、白居易、苏轼、骆宾王、林和靖、岳飞、于谦、济颠、远公、文世高、钱镠、圆泽、冯小青、白娘子、莲池并称为西湖十六佳话，最早刊行于清康熙年间（1662—1722）。到了乾隆年间（1736—1795），杭州人陈树基（生卒年似亦不详）辑集与西湖相关的白话小说，编成《西湖拾遗》，并于乾隆辛亥年（1791）撰成序言，此书再次收录《西泠韵迹》，首尾添加议论，正文稍作调整，易名为《苏小小慧眼风流》。这个小说虽然成篇于明末清初，却可以视为《钱塘异梦》的前传；而其中苏小小与鲍仁的子故事，则可以视为苏盼奴故事的翻版。

上文已有言及，《西泠韵迹》实是三个独立故事的拼盘，看起来拉杂随便，细读来却发现小说作者自有苦心和深意。这个小说作者重点设计了三个男性主角——阮郁、孟浪、鲍仁：分别代表青春、权力、才华，作为苏小小的相对之物。苏小小辗转于三者之间，其实质就是辗转于爱、利、义之间，如何与三者保持得体的距离，不对所谓绝对之美带来抵扣和折损，就是这个小说作者和小说人物都必须解决好的叙述学难题。换言之，小说作者必须呵护小说人物的形象，而情节设计又必须符合小说人物的身份与处境。我们已经发现，苏小小见到阮郁和鲍仁都是主动示好，唯独对孟浪，她的态度十分简慢，佯忙、佯醉、佯怕，多次婉拒，最后才屈从，与其说她屈从于利，不如说她屈从于威。苏小小对待孟浪的态度，就是对待利和威的态度，这种态度响应了小说作者的初衷，进而挽救和重申了苏小小的绝对之美。前文曾有叙及，苏小小克制住自己的欲望，与鲍仁以礼相待，则让所谓绝对之美度过了另外一次危机。

然而，我们如何看待苏小小的放纵性生活？难道这个也不妨碍所谓绝对之美？为了让苏小小有机会自己现身解答，必须依靠另一个看似无关紧要的小说人物贾姨娘，来代表苦恼的叙述者和潜在的读者向苏小小面询那个至关重要的问题。贾姨娘劝导苏小小从良的言语，转换成波伏娃（Simone de Beauvoir，1908—1986）的疑问便是“她为什么会选择这门职业”，而苏小小的长篇回答，堪称千古奇文，此处必须全部照录：

> 姨娘之意，爱惜甥女，可谓至矣。但甥女却有一癖处，最爱的是西湖山水。若一入樊笼，止可坐井观天，不能遨游于两峰三竺矣。况且富贵贫贱，皆系于命。若命中果有金屋之福，便决不生于娼妓之家；今既生于娼妓之家，则非金屋之命可知矣。倘入侯门，河东狮子虽不逞威，三五小星也须生妒。况豪华非耐久之物，富贵无一定之情，入身易，出头难，倒不如移金谷之名花，置之日中之市，嗅于鼻，谁不怜香？触之目，谁不爱色？千金一笑，花柳定自来争；十斛片时，风月何曾肯让？况香奁标美，犹如钓饵甜甜；彤管蜚声，不啻溪桃片片。朝双双，暮对对，野鸳鸯不殊雎鸠；春红红，秋紫紫，假连理何异桃夭？设誓怜新，何碍有如皎日？忘情弃旧，不妨视作浮云。今日欢，明日歇，无非露水；暂时有，

霎时空，所谓烟花。情之所钟，人尽缠绵[1]，笑私奔之多事；意之所眷，不妨容悦，喜坐怀之无伤。虽倚门献笑，为名教所非议；而惜旅怜鳏，亦圣王所不废。青楼红粉，既有此狎邪之生涯；绿鬓朱颜，便不可无温柔之奇货。由此想来，以甥女之才，一笔一墨，定当开楚馆之玉堂；以甥女之貌，一笑一颦，誓必享秦楼之金屋。纳币纳财，不绝于室；秣驹秣马，终日填门。弄艳冶之心，遂风流之愿。若能在妓馆中，做一个出类拔萃的佳人，岂不胜似在侯门内，抱憨痴之衾，拥迷瞒之被，做一个随行逐队之姬妾？甥女之志向若此，不识姨娘以为何如？

归纳这番言语的主要意思，便是只有做妓女才能尽情展览自己的才貌，并得到可靠的自由和快乐、务实的地位和财富，而且还可以帮助解决若干社会问题。苏小小甚至振振有词，将两个原本相互矛盾的结论（“为名教所非议”，“亦圣王所不废”）化为玉帛，以一种唯美主义的态度，一个极度妖娆的自由女性的派头，偏认为风流亦不过就是大雅，堪称离经叛道、惊世骇俗，这番言语转换成波伏娃的反问即是“她为什么不会选择这门职业”。从这个角度试作分析，我们已然得出一个看起来有点哗众取宠的观点：苏小小堪称“女权主义”（Feminism）的先驱——也许连武则天都算不上这样的先驱，她只是一个皇权而非女权的女性代表。而苏小

[1] 《苏小小慧眼风流》作“人尽吾夫”。

小就像一位以子之矛攻子之盾的冒险家：她通过彻底放弃部分女权的方式，试图在某种意义上求得更多更大的女权。可能纳兰容若（1655—1685）对此感到困惑，其词《卜算子　新柳》[1]才有“苏小门前长短条，即渐迷行处”的茫然之感。不管怎么样，苏小小轻易就解除了男性对女性的权力支配，从来不把任何男性（包括高富帅阮郁）作为当然的性别上级，她随时都可以到来，随时都可以离开，反倒“把男性旋转得天昏地暗”[2]。她还在巩固作为一个女性的“生理性别”和“体貌性别”的同时，较为彻底地抗拒了那接踵而至的“社会性别”（Gender Difference）。很显然，龚自珍（1792—1841）也已经意识到这个问题，他严格服膺于自己的社会性别，热衷于“屠狗功名”和“雕龙文章”，所以才在《湘月》[3]词里如此尴尬自嘲，“乡亲苏小，定应笑我非计”。与龚自珍相反，苏小小对社会强加的“性别类推”（Thought by Sexual Analogy）充满了戒备和怀疑，她既不愿意接受贾姨娘的建议嫁入富贵人家，也不愿意做一个见钱眼开唯利是图的职业妓女。借用波伏娃关于“高级妓女”的说法：“她们会觉得，必须单独地去证实他人的赞美给她们带来的价值；她们会渴望把被动的美德变成行动。她们作为主权的主体进入了这个世界，她们写诗、作文、绘画和谱曲。也许女人也可以把男人当做工具使用，并以他为中介发挥男性的那种作用。……归根结底对她来说，最高价值

〔1〕张草纫：《纳兰词笺注》卷一，上海古籍出版社，1995年版，第94页。

〔2〕参读曹聚仁：《苏小小与白娘娘》，陈益民编：《丝弦与丹青》，天津人民出版社，2013年版，第147—150页。

〔3〕王佩诤校：《龚自珍全集》卷十一，中华书局，1959年版，第564—565页。

就是她的主观成功。”所以贾姨娘听了苏小小这番言语，不觉笑将起来道：“别人以青楼为业地，原来姑娘倒看得人情世故这等透彻，反以青楼为净土。”

然而我们需要清醒地看到，苏小小这番言语，不过是小说作者的代笔，对于历史人物苏小小而言就是绝对虚构。这个佚名的小说作者，不管是男是女，才是真正的女权主义先驱。他也运用分身术，或者说是隐身术，隐身于苏小小之身，借力于苏小小之口，展开曲径通幽的消极反抗。哪怕是在明清这样的叙事文学的黄金时代，小说这种文体仍然难登大雅之堂，因此“小说”正好同时成为作者的策反之地和藏身之所。

八

若说历史上真有女权主义先驱，李贽（1527—1602）之后，也许要算袁枚（1716—1797），后来当然还有俞樾（1821—1907）。《西泠韵迹》的作者应该不会比李贽更早，当然绝不会比袁枚和俞樾更晚。袁枚辞官后再无复仕，卜筑于江宁（今南京）小仓山，读书，做诗，写散文，研究美食，长达半个世纪之久。其间，他致力于女性教育，许多江南名媛自投其门，向他学习诗文之道，他的三个妹妹、五个孙女都是有名的才女。袁枚亦多次组织雅集，与女弟子欢饮酬赠，后来还编成《随园女弟子诗选》，其《随园诗话》对此间种种也颇有记载，时人为之侧目，但是袁枚初衷不改。

这样一位女性的导师，却对另一位女性很是倾慕。是的，笔者说的正是苏小小。袁枚与苏小小都是杭州人氏，为此，他专门刻了一枚闲印“钱塘苏小是乡亲”，用的正是韩翃七律《送王少府归杭州》中的半联。后来，某尚书过访南京，向袁枚索取诗集，后者并未深思，就加盖此印，哪里知道这个尚书竟然对袁枚大加斥责。袁枚开始还道歉，后来难忍絮烦，就正色说到，“公以为此印不伦耶？在今日观，自然公官一品，苏小贱矣。诚恐百年以后，人但知有苏小，不复知有公也”〔1〕，言毕一座軃然。

值得提及的是，袁枚与郑板桥曾于乾隆二十三年（1758）在扬州见面，两人都是大名士，重情重性，故能够相互珍惜和推许。《随园诗话》曾两次赞美郑板桥的诗，后者也曾写出《赠袁枚》，有“女称绝色邻夸艳，君有奇才我不贫”之句。

九

两百多年转瞬即逝，历史完美地兑现了袁枚的预瞻。那个忿忿然的道学尚书，其诗其文，其姓其名，早就已经片瓦无存。与此对应的是苏小小，以及关于她的文学性重写，却从来没有消歇。当代诗人和作家，仍然在不断地“接受”苏小小，不断地凭吊、选择和创造苏小小。我们甚至还可以兴奋地发现，当代重写紧扣作为“原型”和“母题”的苏小小，自觉遏制了宋元以来苏小小的典故化和符号化倾向。“苏小小”，其能指与所指的错位滑动放缓了速度，到了今天，最初的能指，急着要召回最初的所指，两者试图在新的写作语境里重新实现精确的合榫。“苏小小”本已沦

〔1〕 袁枚：《随园诗话》卷一，顾学颉点校：《随园诗话》，人民文学出版社，1960 年版，第 15—16 页。

为泛用的代词，眼看就要变回专用的名词：源头的、狭义的、不可增删和替换的名词。

仅就当代新诗而言，前文已经提到，潘维曾为之写出《苏小小墓前》；就笔者目力所及，还有华万里（1942— ）为之写出《过分小小墓》，安遇（1949— ）为之写出《今天有你》（2015），钟玲（1954— ）为之写出《苏小小》（1986），欧阳江河（1956— ）为之写出《苏小小》（2011），柏桦（1956— ）为之写出《灾难考》（2012），向以鲜（1963— ）为之写出《苏小小》（1984），马拉（1963— ）为之写出《苏小小》（2015），古马（1966— ）为之写出《再遏苏小小墓》（2010），泉子（1973— ）则为之写出《苏小小》（2013）和《圣因寺》（2014）——这是一份略显参差却也相当醒目的名单。古马化用袁宏道之原句作起句，向以鲜翻译李长吉之旧诗成新诗，均可以见出古今诗心之不隔。舍此而外，部分当代散文家，比如曹聚仁（1900—1972）、余秋雨（1946— ）和玄武（1972— ），也对苏小小颇费了些新鲜的笔墨，这里亦不准备展开来说。

很少看到女诗人或女作家涉及这个古旧的题材。钟玲虽为之写出新诗，不过自居为苏小小而已，也没有见出新女性的倾向和态度。据说曹疏影（1979— ）曾为之写出散文，惜乎未能得见，姑且存目待查。为了更加深入地分析相关问题，笔者做了一个关于“接受”的小实验，邀请安琪（1969— ）写出《应胡亮之约为苏小小而作》（2015），从此诗以及我们关于此诗的讨论来看，果然印证了笔者此前的猜想：这位曾经写出《像杜拉斯一样生活》的作者，对苏小小却甚为漠视，并对男性“意淫”这具骷髅亦甚为鄙视，她只对来自现实异性的“器重”和“认可”充满欢愉。那么，杜拉斯（Marguerite Duras，1914—1996）与苏小小，这两位相距十五个世纪和一万五千公里的女性，到底有什么不同，以至于安琪对待她们的态度判若云泥？也许我们可以试着给出答案：真实的杜拉斯代表了女性的梦游，而被不断虚构的苏小小则代表了男性的梦游。前者意味着杜拉斯附体，自己的热烈；后者则意味着苏小小还魂，他人的快怡。所以安琪解开捆绑，转而致敬愈老愈热烈的杜拉斯。

男性的天性就是不知足，在他们看来，也许所有的女性都在去苏小小的中途。世间再无苏小小。他们已经彻底丢失，并永远呼唤着：苏小小，苏小小，苏小小。难怪古马在《再谒苏小小墓》结尾写到，“我认识你，你是我的心”[1]，这大概说出了古往今来的一个真相：苏小小就是男性的心。为此，他们不惮于冒犯身边的女性，甚至冒犯同时代的女性，反复建造着这个远未竣工的异性乌托邦，并书写着这部永不完稿的“苏小小丛书”。此类文学史事实和社会学现象不免让人忽而念及，詹詹外史的《司马才仲》在抄袭完前人原文之后，到底没有忘记亲自添加的那句感叹语，“然则古今有才情者，勿问男女，皆不死也”[2]。

真个是：湖山此地曾埋玉，风月其人可铸金。

---

〔1〕 古马：《落日谣》，甘肃人民美术出版社，2010年版，第137页。
〔2〕 詹詹外史评辑：《情史》卷九，春风文艺出版社，1986年版，第226页。

十

清中期以来，苏小小或被灵异化。高鹗（1758—?）续写《红楼梦》，在勉力收结全书之际，曾借甄士隐之口，将苏小小的“仙子尘心”[1]说与贾雨村来听。而稍早的纪晓岚（1724—1805），则记录了一个扶乩者故事[2]，在这个故事里，苏小小似亦具有仙子或巫师般的身份，她下坛，显灵，赋诗，但是并未藉此推演求神者的命运，却只管倾述自己作为“幽魂”的伤心怀抱。且引来“苏小小”这首近体诗，作为这篇文章的结束语：

旧埋香处草离离，只有西陵夜月知。
词客情多来吊古，幽魂肠断看题诗。
沧桑几劫湖仍绿，云雨千年梦尚疑。
谁信灵山散花女，如今佛火对琉璃。

2015年6月17日

---

〔1〕蔡义江评注：《增评校注红楼梦》，作家出版社，2007年版，第1435页。
〔2〕纪昀：《阅微草堂笔记》卷十八，天津古籍出版社，1994年版，第448页。

后 记

百年来中国文化，大破，却未大立。由此亦可反推，大立，不必大破。白话文运动的结果，只要识得三五百字，就可以混迹终老——风雅由是断绝。今日看来，关于胡适，倒是他的本家和冤家——胡先骕——的立论最为公允。胡先骕之《评〈尝试集〉》，以古文写就，洋洋二万余言，无不挠及胡适痛痒。可是，所谓专家，所谓学者，即便专治新诗史，又有几人正眼看过此文?

1922年，《学衡》创刊，吴宓任主编。胡先骕长文，分两次连载于是刊。胡适之启蒙，先是媚俗，后是救亡，终步入他途。胡先骕未能振聋，后来改治科学，转以植物分类学名世。1933年，《学衡》终刊。吴宓、胡先骕诸公，被称为学衡派，当时即已栖身边缘。学衡派之宗旨，当年已三申，曰:“论究学术，阐求真理。昌明国粹，融化新知。以中正之眼光，行批评之职事。无偏无党，不激不随。”百年来，凡违离此宗旨，文化——甚或思想——定然出现危机。

学衡派任何先贤，笔者均不敢望其项背。然则，无妨隔世鼓掌。笔者之文化立场，亦无妨稍稍趋近学衡派。2015年10月，笔者赴浙江领受“袁可嘉诗歌奖”，期间，获《世界文学》主编高兴先生约稿，乃撰《大江健三郎书店》，欲以大江为例，阐明东方作家应有之文化立场，当时即已推举学衡派，以修正胡适以来之文化极端主义。袁可嘉先生、高兴先生，乃至《世界文学》，均以融化新知为专任，未遑昌明国粹，笔者此文，类似唱反调，竟得到高兴先生再三称赏，暗里，也不免甚为高兴——不是为我的文章，而是为越来越圆融而通透的氛围。或以为，学衡派，复古主义者也，守成主义者也，甚而至于，骑墙主义者也，种种均非公允之论。汤一介先生——学衡派大将汤用彤先生之子——已多次予以驳斥，笔者不再絮烦。要言之，学衡派或可称为新传统主义，或文化整体主义。昌明国粹，融化新知，非唯并行不悖，前者还是后者的当然前提。

笔者反复思量，特拈出“虚掩”二字，来描摹此种文化立场。文化之门，不当全闭，不当全开，唯虚掩，可得主客咸宜之境——这就是这册小书的得名因缘。

这册小书共收录十三篇小文，乃是近七年的近作，均秉持上述文化立场。全书各篇，未按成稿先后编排。卷首置《大江健三郎书店》，卷尾置《遇真记——苏小小接受史小纲》，从外国说到中国，从当代说到古代，自有一番苦心和深意。知我，不知我，均不再多费口舌。这十三篇小文，有随笔，有文论，有游记，有史传，文体驳杂而交错，篇篇都是“四不像”，然而从头至尾，自有一颗诗心，自有一种虚掩而虚怀的态度。小书起不了什么大作用，唯愿凭此古典之心，采取西洋之蜜，有可能慢慢地——慢慢地——成就一种当代之酿。

这十三篇小文，多曾公开发表，这里要感谢以下师友及刊物：

吴思敬教授及《诗探索》，宋琳先生及《今天》，高兴研究员及《世界文学》，孙文波先生及《当代诗》，沈苇先生及《西部》，张执浩先生及《汉诗》，潘洗尘先生及《星星》，蒋浩先生及《诗林》，王学东博士及《蜀学》，王锦厚教授及《郭沫若学刊》，商震先生及《诗刊》。

还要感谢陈先发先生。没有他的鼓励，就不可能有这册小书的结集，更不可能有这册小书的付梓。

我当然清楚，小书亦是小众之书。以是故，还要感谢安徽教育出版社，在这个物质主义时代，仍愿出版这么冷的小众之书。

谨以这册小书芹献父亲胡克俭先生——他固执、偏激、古怪、暴躁，却又无比朴实而勤劳。愿他永远健康。

胡亮

2017 年 1 月 21 日